가면을 벗긴다

가면을 벗긴다

어느 탈북 외교관의 끝 모를 여정

초판 1쇄 발행   2023년 5월 29일

지은이   김중근
펴낸이   안병훈
펴낸곳   도서출판 기파랑
등 록   2004. 12. 27 제300-2004-204호
주 소   서울시 종로구 대학로8가길 56 동숭빌딩 301호   우편번호 03086
전 화   02-763-8996(편집부) 02-3288-0077(영업마케팅부)
팩 스   02-763-8936
이메일   info@guiparang.com
홈페이지 www.guiparang.com

ISBN 978-89-6523-517-0   03810

가면을 벗긴다

어느 탈북 외교관의 끝 모를 여정

김중근 지음

가면을 벗긴다
: 어느 탈북 외교관의 끝 모를 여정

케도* 작업 차량에 난입하여 남쪽으로 보내달라고 막무가내로
버티던 40대 남자. 북 감시자들에게 들킬까 봐 나는 케도 운전자
한 명만을 대동하고 차량을 해변의 솔밭 안으로 몰았다. 탈북하겠
다고 작심한 그는 함흥에서 3박 4일 동안 산길로 숨어 걸어서 케도
건설현장까지 왔다고 했다. 남루(襤褸)를 걸치고 악취를 풍기는 그
는 차량의 지지용(支持用) 쇠 폴(pole)대를 꽉 잡고 남쪽으로 보내주
겠다는 약속을 하기 전까지는 차에서 나가지 않겠다고 버텼다. 케

- 케도(KEDO; Korea Energy Development Organization), 즉 한반도에너지개발기
  구는 1994년 미국과 북한 간에 체결된 '제네바 협정'을 이행하기 위해 출범한 국
  제기구로 1995년 한국, 미국, 일본이 출범시켰고, 1997년 유럽연합(EU)이 참가했
  다. 케도는 북한이 영변 원자로를 해체하는 대가로 북한에 1,000 MW 용량의 한
  국형 경수로 2기를 지어주는 등 대 북한 대체 에너지 공급 지원 사업 제공을 목적
  으로 설립되었다.

도와 북한 당국이 맺은 협약에 의하면 나는 그를 북한 당국에 인도하여야 했다. 반면에 국제법상으로는 '망명자는 본인 의사에 반하여 탈출국으로 돌려보내지 않는다(non-refoulement)'는 원칙이 있다. 북한 경비병들의 감시를 피해 그를 케도 장비 운반선에 태워 남쪽으로 보내는 것도 불가능했다. 그를 억지로 차에서 끌어내어 솔밭에 내팽개쳐 버리는 것이 나의 최선의, 최후의 선택일 수밖에 없었다. 차에서 나가지 않겠다고 쇠 폴 대를 꽉 부둥켜안고 있는 그를 차량 밖으로 끌어내기 위해 나는 온 힘을 다하여 그를 내던졌다. 그는 힘없이 날아가 풀밭에 주저앉았다. 그는 전혀 힘을 쓰지 못했다. 나는 솔밭에 널브러져 있는 그에게 주려고 20달러짜리 지폐 한 장을 만지작거리다가 그 돈이 물증이 되는 사태를 생각하여 이내 포기했다. 그리고 차는 솔밭을 빠져나갔다. 동해에서 불어오는 바람에 해송(海松)이 윙윙거리며 울었다. 나는 그 사건을 뉴욕에 있는 케도 본부에 보고하지 않았다. 어느 누구도 무엇인가를 할 수 있는 상황이 아니며, 보고는 불필요한 행정의 레드 테입(red-tape)만을 불러일으킬 것이 뻔했기 때문이었다. 그날 밤 만감이 교차하여 나는 잠을 이루지 못했다.**

저자는 케도(한반도에너지개발기구) 대표로 경수로 원자력발전소 건설현장에서 2001년부터 2년간 상주했다. 북한에 머무는 그 2년 동안 저자를 가장 슬프게 한 것은 굶주림과 노역에 지친 북한 주민의 피폐한 외모가 아니라 살아남겠다는 일념으로 거짓과 배신을

•• 김종근, 『최종해법』, 2018년, 소화, 8-9쪽

다반사로 하면서도 죄책감을 느끼지 못하는 그들의 파괴된 정신 세계였다. 저자를 지배한 감정은 한 마디로 인간의 존엄성을 파괴한 김씨 정권에 대한 분노였다. 그러한 분노는 안온한 삶과 사회적 출세를 쫓던 평범한 사회인이던 저자의 삶의 지향을 변화시켰다. 저자는 북한문제 해결이라는 해답 없는 숙제에 도전하고 싶었고, 오랜 고뇌 끝에 2018년 『최종해법』이라는 사회과학 서적을 출간했다. 그러나, 사회과학 서적으로는 북한 사회와 그 인민의 모습을 그리기에는 한계가 있을 수밖에 없었다. 그 아쉬움이 저자로 하여금 『최종해법』에서 못다한 이야기를 소설의 형식을 빌어 쓰게 하는 무모한 시도를 하게 했다.

이 책 『가면을 벗기다』를 마무리 짓기까지 많은 분들의 도움을 받았다. 초고를 접한 친지들 중 몇몇은 "소설 같기도 하고, 다큐멘터리 같기도 하고…… 영화로 만들면 좋겠다." 라는 반응을 보였다. 저자도 그들의 반응에 수긍이 갔다. 원고를 마무리 짓는 이 순간에도 저자는 "이 책이 어떤 장르에 속하지?"하고 스스로에게 묻곤 했다. 고민하다가 내린 결론은 "아무려면 어떠냐? 그냥 말하고 싶은 이야기를 쓰자. 그것으로 충분하다." 였다.

이 책 저술과정에서 조언해 주신 분들께 감사를 드린다. 그 중 가장 큰 도움이 주신 두 분에 대해서는 짚고 넘어가고 싶다. 한 분은 북한 고위 공직자 출신이고, 다른 한 분은 북한 고등학교 국어 교사 출신이다. 그 공직자는 저자가 접할 수 없었던 북한 내부의 은밀한 세계, 특히 거미줄 같이 촘촘하게 얽혀 있는 그들의 감시체계를 일깨워 주었다. 국어 교사는 이 책에 사용한 어휘 중 특히 북한 사람들끼리의 대화를 북한 식 표현으로 교정해 주었는데, 저자가 놀랬던 것은 북한 표준어가 대한민국 표준어와 크게 다르지 않다는 점이었다. 다시 한번 이 글을 쓰는데 도움을 주신 분들, 특히 신분이 밝혀 지기를 꺼려 했던 탈북민 여러 분들께 고마운 마음을 전한다. 마지막으로 이 책 제4장에 나오는 시민단체 '자유북한'은 사단법인 북한인권정보센터(NKDB; Database Center for North Korean Human Rights)를 모델로 했음을 밝혀 둔다.

저자는 이 작은 노력이 북한 정권과 북한 주민에 대한 우리의 이해를 높이고, 나아가 통일을 이루는 길목에서 벽돌 한 장으로 쓰일 수 있으면 하는 바람으로 이 글을 썼음을 고백한다.

2023년 봄
김중근

차례

제1장

탈북

장성택의 죽음

검은 색 메르세데스 벤츠가 톈안먼(天安門) 광장의 대로에 접어들었다. 흰 눈이 운전석 왼편에서 펄럭거리는 인공기의 붉은 별을 휘감았다. 긴 한숨 끝에 최현준 대사가 입을 열었다.

"그놈들, 주겠다는 거야, 안 주겠다는 거야?"

허공을 응시하던 강철민 일등서기관의 눈길은 광장을 굽어보는 근엄한 표정의 마오쩌둥(毛澤東) 초상에 머물렀다. '줄 거요, 말 거요?'

곡물 50만 톤을 중국 정부로부터 원조 받는 문제를 교섭하라는 평양의 긴급 지시를 받고, 최 대사는 공산당 중앙대외연락부 부부장과의 면담을 요청했다. 당에서는 사흘이 지나서야 외교부와 접촉하라고 통지해 왔다. 최 대사는 식량 원조 문제를 일반 외교 사안이 아닌 정치 문제로 풀어 가고자 외교부를 제쳐 두고 당과 접촉하려 한 것이었지만, 당은 외교부와 접촉하라고 차갑게 응대했다. 이미 당으로부터 통지가 있었던지 외교부는 부부장을 만나라고 당일로 알려 왔다. 당에서 최 대사와의 면담을 회피한 것부터가 식량 원조 요청에 대한 중국측의 시큰둥한 반응을 보여준 것이리라.

시내 중심가를 통과하면서 눈보라가 더욱 심해졌다. 철민은 뚜렷한 결과가 없는 오늘 면담을 어떻게 평양에 보고하여야 할지 고민에 빠졌다. 그는 대사에게 눈길을 돌렸다. 차안의 습기에 대사의 안경 렌즈가 뿌옇게 흐려졌지만 그가 꿈쩍 않고 있었다. 철민은 대사가 눈을 감은 채 자신과 마찬가지로 평양에 어떻게 보고할 것인가에 대해 고민하고 있으리라고 짐작했다. 깍지를 낀 그의 양 손이 오늘 따라 더욱 파리하게 보였다. 벤츠가 대사관 정문에 다다르자 인민복 차림의 초췌한 사내가 문을 열었다. 3층 붉은 벽돌 건물의 현관 위에 '21세기의 태양 김정은 동지 만세'라는 구호 현판이 두 사람을 맞이했다. 대사는 2층 중앙에 위치한 대사실로 향하며 뒤따라오던 강서기관에게 오늘 중으로 보고서를 보낼 준비를 하라고 지시했다. 자기 방 책상에 앉은 철민은 메모를 꼼꼼히 훑어보면서 머리 속으로 면담 상황을 재현해 보았다.

최 대사는 유창한 중국어로 린밍 외교부 부부장에게 아래 요지로 식량 원조를 요청했다.

"금년 조선에서는 극심한 가뭄과 홍수로 인해 대 흉작이 발생하여 100만 톤의 식량이 부족하다. 그러나, 미 제국주의자들의 조선에 대한 경제 제재가 수년간 지속되어 대외적으로 식량을 조달할 방법이 없다. 조선의 경제적 어려움은 미 제국주의자들과의 투쟁으로 말미암은 것이다. 조선은 중화인민공화국의 미 제국주의자들과의 싸움에 동참해 왔고 앞으로도 그럴 것이다. 그러므로 조선이 가열차게 미 제국주의자와의 투쟁을 지속하기 위해서는 중국과의 협력이 필수적이다. 조선 인민은 투쟁 정신으로 식량 부족에 대처해 나가겠지만 부족한 식량의 절반 정도를 동맹국인 중국으로부터 지원받는 것이 불가피하다. 곡물의 종류는 쌀, 밀, 옥수수 기타 잡곡 등 중국측 사정을 보아가며 협의해 나가자.”

대사가 열변을 토하는 것에 아랑곳없이 린밍 부부장은 눈발이 날리는 창문 밖을 내다보거나, 손가락을 꺾으며 딴청을 부리는 등 대사의 시선을 피함으로써 대놓고 자신의 무관심을 표현했다. 이어 그는 미국의 중국에 대한 적대적 정책과 행위에 대해 장황하게 설명하면서, 조선이 중국의 항미 투쟁에 보조를 맞추고 있는 것에 대해 높이 평가했다. 그러나 식량 지원 문제와 관련해서는 “조선의 홍수와 가뭄은 금년만의 일이 아니지 않소. 삼림이 황폐하니 가뭄과 홍수가 매년 발생하는 것이 오히려 자연스러운 일이 아니겠소.” 라고 비아냥거렸다. 철민은 폐부를 찌르는 린밍의 지적에 모욕감을 느끼면서 대사를 쳐다보았다. 대사의 창백한 얼굴에 순간적으로 실망의 빛이 스쳤지만, 그는 내색하지 않으면서 양국간의 우호 협력 필요성을 다시 한 번 강조했다. 린밍은 조선의 요청에 대해 상부에 보고하고 검토해 보겠다는 선에서 짤막하게 답변하면서 서둘러 면담을 끝냈다. 그러한 반응은 한마디로 거절에 가까운 것이었다.

철민은 두어 시간을 낑낑거리며 전보문을 마무리 지었다. 대사실로 가는 복도에서 창 밖을 보니 눈발이 더욱 거세졌다. 대사는 철민이 작성한 보고서를 두어 번 읽고는 “이렇게 보낼 수는 없소. 평양에서 직을 걸고 과업을 성사시키라고 하지 않았소. 전보를 수정하시오. 린밍 부부장이 조선의 항미 투쟁에 크게 공감하면서 조만간 좋은 소식이 있을 거라고 했다고 하시오." 철민은 "오늘 린 부부장의 냉랭한 반응으로 보아 좋은 결과를 기대하기 어려울 것 같은데요. 중국 공산당과 노동당 채널로도 중국측의 소극적 입장이 곧 전해질 텐데 그렇게 보내도 될까요?"라고 조심스럽게 말했다. 대사는 눈을 감은 채 아무 말이 없었다. 침묵이 길어졌다. 철민은 자신이 공연한 말을 한 것이 아닌가 하는 생각이 들면서 불안해지기 시작했다. 이윽고 대사가 침묵의 공백을 깼다. 그는 "모든 책임은 내가 지겠소. 시킨 대로 하시오."라고 단호하게 말했다. 철민은 군말 없이 "예, 알겠습니다."라고 하며 보고서 초안과 관련 문건을 주섬주섬 집어 들고는 자리에서 일어섰다. 철민은 방문을 나서며 힐끗 대사를 쳐다보았다. 의자를 뒤로 제낀 채 천장을 응시하는 대사의 얼굴에 피로의 기색이 역력했다. 3층 자기 방으로 향하는 계단을 오르며 철민은 예리한 판단력과 균형 감각을 가진 최 대사가 평소와 달리 엉뚱하게 고집을 부리고 있다는 사실이 이상하고 놀라웠다. 철민은 평소 최 대사를 존경했고, 그보다는 노동당 내에서의 그의 막강한 입김을 믿었기 때문에 별 저항감 없이 지시대로 보고서를 수정했다. 보고서는 대사의 재수정을 거쳐 밤 아홉 시경 평양 외무성으로 타전 되었다.

　최 대사는 김일성의 항일 빨치산 동료의 아들이니 금수저 중의 금수저를 입에 물고 태어난 인물이다. 그러한 배경으로 그는 일찍이 베이징 외국어 대학 정치외교학부를 졸업하고, 평양에서 당과

정부의 요직을 거쳐 김정일 생전에 주 중국대사로 임명되어 6년째 그 자리를 지키고 있었다. 김정일 치하에서 그의 위세는 막강했으나, 대사로 임명되어 평양을 떠난 후 그 힘이 줄어들었다는 평가가 있었다. 그러나 철민은 그렇지 않다고 믿었다. 철민은 김정일이 그를 베이징으로 보낸 이유는 비자금 관리에 있다고 추측했다. 최고 권력자가 김정은으로 바뀌었는데도 그가 여전히 대사로 남아 있는 것은 김정은이 그의 비자금 조달 능력을 인정했기 때문일 것이라고 생각했다.

다음 날 철민은 평소보다 일찍 출근했다. 어제 보낸 보고서에 대한 본부의 반응이 찜찜했기 때문이었다. 출근이라 해 봐야 대사관 경내에 있는 직원 아파트에서 걸어서 3분 정도 온 것이지만. 책상에 앉으려 하는 순간 마치 그의 출근을 기다렸다는 듯이 전화벨이 울렸다. "지금 바로 옥상으로 올라오시오." 대사의 목소리였다. 서기*를 통하지 않고 그가 직접 전화를 건 것도 의아스러웠지만 옥상으로의 호출에 철민은 이상한 기분이 들었다. 옥상 출입문을 열었다. 이미 대사가 와 있었다. 3층 건물의 옥상에는 직원들이 휴게 장소로 이용하는 슬라브 지붕의 간이 막사가 있는데, 대사는 영하의 날씨를 아랑곳하지 않고 천막 외곽의 CCTV 촬영 사각지대에서 담배를 피우고 있었다. 대사가 도청을 피하고자 추운 날씨임에도 일부러 막사 밖으로 나온 것이 아닌가 하는 생각이 들었다. 대사는 철민에게 던힐 한 개피를 권했다. 철민은 자신은 담배를 안 피운다

• 북한에서는 비서를 서기로 칭한다.

며 사양했다. "참, 그렇지." 하며 대사가 철민을 물끄러미 바라보다가 입을 열었다. "강 서기관, 당신이 어떻게 외무성 내에서 가장 경쟁이 치열하다고 하는 이 베이징대사관으로 오게 된 것 같소?" 의외의 질문에 머뭇거리며 대사의 얼굴을 쳐다보는 순간 그의 결연한 표정이 눈에 들어왔다. "자네 평양 외국어대학 중문학부를 나왔지? 중국어를 잘 한다는 이유만으로는 이 대사관에 올 수는 없다는 것을 당신도 잘 알지 않소. 자네가 여기에 오게 된 것은 자네 부친 강상욱 동지가 내게 은밀히 부탁했기 때문이요. 밖에서는 물론이고 당신도 나와 강 동지가 매우 가까운 사이라는 것을 잘 알지 못할 것이요. 나는 오랫동안 장성택 동지와 가깝게 지냈소. 자네 부친은 중앙당 행정부에서 장성택 부장 동지를 오랫동안 보좌하여 왔지. 강상욱 부부장과 나는 비슷한 일을 함께 했는데 그러다 보니 우리는 서로 가까워졌소. 강 동지와 나는 서로를 신뢰했고, 그 신뢰감에서 우리는 곧 호형호제하게 되었소. 그 은밀한 친교는 이제까지 계속되어 왔지." 대사는 말을 멈추고 허공을 응시하다가 다시 새 담배 개피에 불을 붙였다.

"장성택 동지가 어제 처형되었다 하오. 오늘 새벽 나의 평양 비밀 연락책이 전해 주었소. 당 간부와 군 수뇌부가 보는 앞에서 공개 처형당했다 해. 배신하면 너희들도 이렇게 된다는 경고인 거지. 그의 처형에 사용된 무기는 고사기관총라고 해. 비행기에 쏴 대는 대공포를 사람에게 쐈으니 그의 시신은 형체도 없이 찢겨 나갔고 남은 잔해는 화염방사기로 불태워져 재만 남았다 하더군." 철민은 숨이 턱 막혔다. '권력 투쟁 때문에 권좌에서 밀려나는 정도의 숙청은 예견했지만, 처형이라니? 위원장 동지의 고모부 아닌가?' 대사는 철민을 찬찬히 바라보며 "어제, 그러니까 2013년 12월 12일은 조선의 미래뿐만 아니라, 당신과 나, 아니 우리 두 사람 가족의 운명을 어둠으로 몰아넣은 날이 될 것이오. 장성택 동지는 새로운 조선을 중국식 모델로 개혁, 개방시키고자 은밀히 중국 수뇌부와 교섭을 시작했소. 내가 중간에서 모종의 역할을 했지. 그러한 움직임이 김정은에게 발각되었나 보오." 그 순간부터 위원장 동지에 대한 호칭이 김정은이라는 하대로 바뀌었다.

대사가 말을 이었다. "장 동지의 구상이 실현되었더라면 조선의 권력은 정은이에게서 장 동지 쪽으로 넘어갔겠지. 장 동지는 이미 정은이의 반발을 예상하고 중국 수뇌부와 대책을 마련 중이었는데, 정은이가 이를 알고 선수를 친 것이지. 체포 다음날 즉각 장 동지를 고사기관총으로 공개 처형한 것은 정은이가 지금부터 자기 앞 길을 막는 자는 가차없이 제거하겠다는 의지를 만천하에 선언한 것이겠지." 대사는 다시 한번 새 던힐에 불을 붙였다. "당신 부친과 나는 밖으로 드러나지는 않았지만 장성택 동지의 최측근이었소. 나는 이곳에서 김정은뿐만 아니라 장성택 동지의 비자금을 조달하고 관리해 왔소. 자네 부친은 평양에서 그 책임을 맡고 있지." 순간 철민은 자신이 외무성에 들어갔을 무렵부터 집안이 경제적으로 활기를 띠기 시작한 일이 생각났다. "조만간 장성택 인맥에 대한 숙청이 전개될 것은 불 보듯 뻔한 일이 아니겠소? 나와 자네 부친이 비밀리에 장성택을 보좌했지만 정은이가 그것을 모를 리 있겠소? 나와 자네 부친의 목숨은 바람 앞의 등불이지. 따라서 당신과 당신 가족의 운명도 짐작이 갈 것이요." 철민은 등골이 서늘해지는 것을 느꼈다. 동시에 평양에 두고 온 아내 미옥의 얼굴에 딸 영애와 아들 영석의 얼굴이 겹쳐지면서 눈 앞에 아른거렸다. 철민은 27세에 결혼하여 딸과 아들을 하나씩 두었다. 그가 비교적 이른 나이에 결혼하게 된 것은 후에 장인이 될 군고위 장성 하나가 그를 점 찍어 외동딸과의 결혼까지 밀어부친 결과였다.

"장 동지 체포 소식을 듣고 나는 오랫동안 준비했던 일을 즉각 시행하기로 했소. 나는 공화국을 탈출할 것이야. 어제 보고서를 사실과 다르게 쓰라고 한 것은 시간을 벌기 위해서였지. 식량원조 문제에 대한 중국 측의 진의가 당 통로로 보고되기까지는 적어도 며칠은 걸릴 것 아니겠소? 그 며칠 동안은 평양에서 군소리 없이 기다릴 것이고, 나는 그 며칠이 필요했던 것이야. 그런데 장 동지의 처형으로 상황이 급박해졌어. 강 서기관, 자네도 앞으로의 당신의 운명을 쉬이 짐작할 수 있지 않겠나? 어때, 나와 함께 가지 않겠나?"

그때 대사의 머플러가 휘몰아 치는 바람에 날아가 난간 위에 아슬아슬하게 걸쳐졌다. 대사는 머플러를 주우려고 급히 걸음을 옮겼다. 철민은 망치로 머리를 맞은 듯한 충격을 받아 우뚝 선 채로 그대로 얼어붙었다. 머플러를 다시 목에 두른 대사는 난간에 기대어 한참동안 허공을 응시했다. 철민은 심호흡을 하며 마음을 진정시키고 있었다. 대사가 철민 쪽으로 걸어와 말을 이었다. "오늘 퇴근 전까지 자네 입장을 밝히게. 지금까지 내가 한 말을 믿기 어렵겠지만 이를 확인하느라고 평양의 부친과 연락할 만큼 강 서기관이 어리석지는 않다고 생각해. 강 동지는 이미 체포되었거나 아니더라도 철저히 감시받고 있는 상태일 것이니까 말이야. 부인에게도 연락하지 말게. 가족 문제는 상황을 보아가며 대처해 나가자구. 나도 자식들이 평양에 있잖아." 대사의 철민에 대한 말투가 조금씩 하대로 바뀌기 시작했지만 철민은 아버지 뻘인 대사가 자기를 그렇게 대하는 것이 오히려 마음이 편했다. 대사는 말을 끊고 철민의 반응을 관찰하다가 옥상 출입문을 통해 계단을 내려갔다.

그날 늦은 오후 세 명의 낯선 사내들이 대사관에 들이닥쳤다. 세 명 모두 당당한 체격에 검정색 양복을 제복인 양 입었으며 눈매가 날카로웠다. 철민은 그들이 정보기관에서 온 사람들일 것이라고 직감했다. 그들은 당에서 파견 나온 이광석 서기관의 안내를 받아 약 30여 분간 대사를 만난 후 바로 이 서기관과 지하에 있는 회의실로 직행했다. 그 방은 말이 회의실이지 수사기관의 취조실을 연상케 하는 창문 하나 없이 음산한 기운이 감도는 밀실이다. 철민은 이 서기관이 공식적으로는 당 대외연락부에서 파견 나온 직원으로 되어 있지만 평소의 그의 행적으로 보아 김정은의 비자금을 조달, 관리하는 로동당 39호실 소속일 것이라고 추측하고 있었다.

퇴근 무렵, 요란한 전화벨 소리와 함께 인터폰의 대사실 표시 단추가 붉은 색으로 깜박거렸다. 대사의 서기였다. 그녀는 그날 저녁 러시아 대사 주최 리셉션에 대사를 수행하라는 지시를 전달했다. 리셉션은 러시아 대사관에서 열린다고 했다. 철민은 온종일 진퇴양난의 고민에 빠졌다. 첫째, 대사 말이 사실인지 여부를 확인할 길이 없다. 둘째, 대사 말이 사실이라 하더라도 장성택의 측근에게도 장성택처럼 처형과 같은 가혹한 형벌이 내려질 것일까? 셋째, 가장 중요한 문제. 즉 아내와 자식들을 남겨둔 채 혼자 살겠다고 도망가야 한단 말인가? 넷째, 어디로, 어떻게 도망 갈 것이며 탈출 후의 삶은 어찌 될 것일까? 최종 결론을 내리지 못했지만, 대사의 말이 사실일지라도 대사를 밀고하면 부친의 죄(죄가 있다면)를 용서받을 수 있지 않을까 하는 생각이 하루 종일 머리에서 맴돌았다.

그때 방문이 열렸다. 대사였다. 그는 "갑시다."라는 한 마디 말을 던진 채 뒤를 돌아보지도 않고 앞장섰다. 운전수는 대사의 벤츠 문을 열어주면서 흘끔 시계를 보았다. 일곱 시가 조금 지났다. 리셉션에 늦었다는 제스처일 게다. 번화가로 접어들었을 때, 대사가 갑자기 괴로운 표정을 지으며 운전기사를 불렀다. "박 동무, 당이 떨어졌나 봐. 저기 내가 잘 가는 약국 앞에 차 세우고 인슐린 주사약 몇 개를 사오게." 대사는 오랫동안 당뇨병으로 고생하고 있었다. 철민이 자기가 다녀오겠노라 했지만, 대사는 처방없이 주사약을 사려면 그 단골 약국 주인이 얼굴을 아는 박 동무가 가야 한다고 했다. 운전수는 대사가 쥐여준 1백 위안짜리 지폐 세 장을 받아 들고 재빨리 약국으로 향했다. 운전수가 시야에서 사라지자마자 대사는 차의 뒷문을 열고 내려 운전석으로 자리를 옮겼다. 그리고는 예비 키로 바로 시동을 걸고 러시아워의 혼잡한 물결 속으로 스며들었다. "미행이 붙었어. 대사관 골목 길에 주차되어 있던 회색 토요타가 따라오는 것을 조금 전에 발견했어. 낮에 내 방에 왔던 평양에서 온 그 녀석들일 거야. 39호실에서 왔다면서 충성 자금 관리에 대한 최근 상황을 나에게 이것저것 물어봤지만, 질문의 내용이 비자금 문제의 핵심에서 겉도는 것으로 보아 39호실 직원들은 아니고, 틀림없이 보위부*에서 나온 놈들일 게야."

오랫동안 말이 없던 대사가 신호 대기 중에 조심스럽게 입을 열었다.

"나의 평양 비밀연락책으로부터 두 시간 전에 다시 연락이 왔어. 나 보고 빨리 이곳에서 탈출하라고 하더군." 대사가 백미러로 철민의 얼굴을 관찰하며 말했다. "꺼내기 어려운 얘기이지만 상황이 상황이니만큼 지금 말하지 않을 수 없구만. 이해해 주게. 자네 부친도 어제 장성택과 함께 처형되었다 해. 야밤에 보위부 놈들이 강동지와 당 행정부의 또 다른 부부장 집에 들이닥쳐 그들을 체포해 갔다 하네. 그들은 장성택 처형 직전에 그가 보는 앞에서 역시 고사기관총으로 처형되었고 화염방사기로 소각되었다고 해." 철민은 하늘이 무너지는 것을 느꼈다. 심장이 멈추는 것 같았다. 소리 내어 울 수는 없었지만 양 뺨으로 주르르 눈물이 흘렀다. 가슴 속에서 불덩이가 솟구쳤고 머리 속은 멍해져서 아무 생각도 할 수 없었다. 대사가 말을 멈췄다. 침묵이 흘렀다. 대사는 철민의 고통을 의도적으로 외면하면서 백미러와 육안으로 수시로 뒤편을 체크했지만 회색 토요타가 눈에 띄지 않았다. "따돌린 것인가 보네. 러시아워가 도와주었구만." 대사가 웅얼거렸다.

• 국가안전보위부. 북한의 비밀경찰 조직. 대한민국의 경찰청에 해당하는 인민보안성과 함께 정치사찰을 전담하는 조직으로 사상범에 대한 감시, 구금, 체포, 처형 등을 임의로 결정하는 권한을 가졌다. 무장한 양 기관의 인원은 합해서 30만 명이다. 2016년 8월 명칭이 국가안전보위성으로 개명되고 국무위원회 산하로 편제되었다.

대사는 골목길에 차를 세우고 차량 깃대 봉에 매어 있는 인공기의 끈을 풀어 깃발을 차 시트 위에 던져 넣으면서 그가 늘 휴대하던 갈색 가죽 가방을 집어 들었다. 벤츠를 길가에 세워둔 채 두 사람은 택시를 타고 시 외곽에 있는 재래시장에 도착했다. 도보로 재래시장을 관통한 후 둘은 허름한 식당에 자리 잡았다. 음식이 나오고 백주가 한 순배 돈 후 대사가 입을 열었다. "어떻게 자네를 위로해야 할지 모르겠어. 강 동지는 나에게도 아우나 다름없었어. 내 가슴도 찢어지는 것 같아. 자네 외아들이지? 나를 믿고 동행합시다. 나도 당신의 도움이 필요해. 지금 내 나이가 칠십에 가깝고 건강 상태도 별로 좋지 않아. 앞으로 어떤 장애물이 내 앞을 가로 막을지 모르겠지만 나 혼자 그 장애물을 넘어 가기가 힘들 것 같아. 나는 장성택 동지와 꾸미는 일이 여의치 않게 된다면 탈출하겠다고 마음먹고 오랫동안 준비하여 왔지. 주변을 살펴봤어. 자네가 최적임자였어. 자네에게 내색하지는 않았지만 당신이 이곳에 부임한 이래 나는 자네를 유심히 관찰했네. 물론 강 동지의 아들이라는 점이 당신에게 관심을 가졌던 첫 번째 이유였지만 말이야. 나는 당신이 사태를 정확하게, 그리고 객관적으로 판단하는 안목을 가지고 있다고 판단했어. 그리고 강단이 있고, 의리가 있는 사내라고 느꼈지. 또 난관을 뚫고 나갈 만한 돌파력도 있는 것처럼 보였어. 그러나 무엇보다도 강상욱 동지의 아들이기 때문에 나와 비슷한 처지가 될 가능성이 크다고 생각했었지. 당신과 내가 지금까지는 각별한 관계가 아니었지만 이제부터는 공동운명체가 될 수밖에 없을 거야. 아비의 죄를 자식이 뒤집어써야 하는 나라에서 태어난 업보야. 당신

처와 자식들은 그래도 큰 화는 면할 거야. 애들 외할아버지가 보위사령관*이니 김정은의 최측근이지 않은가. 알다시피 내 처는 작년에 세상을 떠났어."

철민은 일년 전 대사 부인의 장례식에 문상을 갔던 기억을 되살렸다. '위암이었지, 아마.'

"내 아들 둘 다 장례식 때 만났었지?"

"예, 제 또래인 것으로 알고 있습니다."

"그래. 오늘 오후 자네 부친의 비극적 소식을 듣고, 그 비밀 연락책을 통해 평양에 있는 그 녀석들에게 비상을 걸었어. 공화국에서 탈출하라고 했지. 작년 장례식 때 그 아이들에게 위기 상황에 처했을 때의 대비책을 알려 주었어. 내가 비상을 걸면 그 비상 등급에 따른 행동계획에 따라 움직이는 거야. 비상 등급은 세 가지인데 오늘 최상 등급의 비상을 걸었어. 집사람 상을 당했을 때, 그때가 애들을 만날 마지막 기회일지도 모른다는 생각에 오랫동안 마음에 품었던 행동계획을 구체적으로 작성했어. 그리고 그 행동지침을 백지에 깨알 같은 글씨로 썼어. 그 종이를 제 애미 유골함 바닥에 깔고 그 위에 유골 가루를 덮었지. 날고 기는 보위부 놈들이라도 그곳까지 뒤질 생각은 못 할 거라고 생각했지. 2008년 장군님이 뇌졸중으로 쓰러지고 나서 곧 정은이에 대한 우상화 작업이 시

---

* 보위사령부는 국가안전보위성, 사회안전부와 함께 북한의 3대 정보사찰기관이다. 원래 군 관련 보안 문제만 다루었지만, 96년 군 쿠데타 음모('6군단 사건')가 발각되고, 97년 '사로청 사건'(청년단체 간부들이 남한 국가안전기획부와 내통) 이후 김정일의 직속 기관으로 격상되고, 민간인 사찰까지 할 수 있게 되었다.

작되었지. 갑자기 정체도 모르는 샛별 장군이 출현했다는 등의 방식으로 말이야. 그때부터 나는 나에게 검은 그림자가 다가오는 것을 느꼈어. 그래서 나와 자식들이 살 방법을 오랫동안 생각해 왔어. 정철**에게 실망한 장군님은 일찌감치 정은이를 후계자로 지목하고 황태자처럼 키웠지. 그래서 정은이는 안하무인이야. 장군님 서거 후 2년 동안 내가 이 자리에서 버틴 것은 오직 나의 충성 자금 조성과 관리 능력 때문일 거야. 정은이도 이제 그 비자금 관련사항을 거의 파악했고 장성택 동지를 제거한 마당에 나를 살려 둘 이유가 없지."

그들은 밤 10시가 다 되어서야 식당을 나와 잠 잘 곳을 찾았다. 재래시장의 끄트머리에 여인숙 불빛이 몇 개 보였다. 대사는 그 중 가장 허름한 곳을 택했다. 낡은 2층 건물인데 젊은 남녀들이 짧은 사랑을 위해 들락거리는 곳으로 보였다. 카운터에서 텔레비전의 사극 드라마에 눈이 팔렸던 50대 중반으로 보이는 사내가 성가시다는 표정으로 그들을 맞았다. 1층에 위치한 트윈 베드의 방을 달라고 하니까, "80위안, 선불입니다."라며 숙박계를 내밀었다. 대사는 의도적으로 숙박계에서 눈을 옆으로 돌리면서 백 위안짜리 지폐를 내밀고는 "잔돈은 필요 없소."라고 했다. 사내는 씨익 웃으며 숙박계를 밀쳐 버리고 두 사람을 1층 구석 방으로 안내했다. 방에

●● 김정일은 세 번째 여자인 고영희와의 사이에 아들 정철, 정은과 딸 여정을 두었다. 김정일은 주변 사람들에게 형 정철에 대해 "그 애는 안돼. 여자 아이 같아."라고 자주 부정적 평가를 내렸다고 한다. 정은에 대해서는 여덟 살 생일 때 장군복을 선물하는 등 일찍부터 후계자로 지목했다고 한다.

서 퀴퀴한 냄새가 났으나 그래도 난방은 잘 되어서 훈훈했다.

　대사가 철민에게 "나는 급히 처리할 일이 있으니 자네 먼저 씻게."라고 하며 오른손 검지로 욕실을 가리켰다. 철민은 세면대 앞 거울에 비친 자신의 얼굴을 뚫어지게 바라보았다. 충혈된 두 눈에서 눈물이 흘러내렸다. 아내를 폐결핵으로 떠나 보낸 후 재혼도 하지 않고 외동 아들인 자신에게 지극 정성을 다했던 아버지의 얼굴이 거울 속에 비친 자신의 얼굴과 겹쳐 희뿌옇게 보였다. 핏기 없는 일자 형 얇은 입술이 파르르 떨렸다. 안으로만 삭히는 그의 울음은 동굴 속에 숨어 있는 상처 입은 짐승의 신음과도 같았다. 그는 '울지 않으리. 이것이 마지막 울음이야. 이제 더 이상 울지 않으리'라고 속으로 되뇌며 어금니를 꽉 깨물었다. 그리고 애써 천연덕스러운 표정을 지으며 욕실을 나왔다.

　대사가 욕실로 들어 갔다. 철민은 아버지 죽음의 고통을 뒤로 한 채 현실로 눈을 돌렸다. 이 순간이 마지막 기회라는 생각이 들었다. '뛰쳐나가 대사를 밀고할 것인가, 아니면 대사와 같은 배를 탈 것인가?' 철민은 어릴 적부터 아버지 주변에서 벌어지는 권력 암투를 어깨 너머로 보아 와서 피 냄새를 맡는 후각이 발달해 있었다. '대사 말이 사실일 것이다. 지난 2년 동안 김정은이 저지른 만행에 비춰볼 때 조만간 그는 장성택 주변 인물들을 제거할 것이 틀림없다. 이미 보위부 놈들이 이곳까지 들이닥쳤다. 내가 대사를 밀고하더라도 자비는 없을 것이다. 아버지를 장성택이 보는 앞에서 무참히 살해한 놈들이 내가 대사를 밀고한다 하더라도 살려둘 리 없다. 살려준다 해도 수용소* 행을 피할 수는 없을 것이다. 수용소에 있는 사람 대부분은 자신이 저지른 죄 때문이 아니고 연좌제에 말려든 사람들이 아닌가? 다른 사람도 아니고 아버지의 죄는 피할 수 없다.' 처와 아이들 생각이 가슴을 짓눌렀다. '집사람과 애들은 그래도 장인이 지켜 줄 수 있지 않을까? 김정은이 아니라면 누구도 보위사령관을 건드리는 위험한 짓을 하지 않을 테니까.' 이렇게 자기 좋을 대로 상상하는 것은 결국 자기 합리화에 지나지 않는다는 생각이 들기도 했다.

이때 화장실 문이 열리면서 샤워를 마친 대사가 내복 차림으로 나왔다.

"안 갔소? 나를 고발할 시간을 주었는데……" 대사는 잠시 침묵 후, "뭐 물어볼 말이 많을 것 같은데……"라며 철민을 바라보았다. 또 얼마간의 침묵이 흘렀다. 마침내 철민이 결연한 표정을 지으며 입을 열었다.

"대사 동지와 한 배를 타겠습니다. 어디로 가며, 어떻게 할 계획인지 알려 주십시오."

대사는 악수를 청하고는 아무 말없이 갈색 가죽 가방을 열었다. 그리고 철민에게 두툼한 황색 봉투를 건넸다. "자네 중국 공민증, 그리고 비상금으로 5만 위안을 넣었어. 물론 위조 공민증이지. 공민증에 있는 자네 사진은 내 방에 보관하고 있던 당신 여권에서 복

• 북한에서는 현재 약20만 명의 정치사상범을 6개 정치범수용소에 분산 수용하고 있다. 사상범에 대해서는 사법기관에서 신문하지 않고 국가안전보위부에서 비공개, 단심제로 처벌하며, 이들에게는 가족, 친척까지 처벌하는 연좌제가 적용된다.

사했네. 며칠 전에 꽤 많은 돈을 주고 만들었는데 실제로 잘 통할지는 나도 모르겠어." 철민은 "며칠 전에 내 위조 공민증을 만들었다고요? 대사 동지는 오래 전부터 저를 동반자로 생각했나 보죠?"라고 물었다. 대사가 말을 이었다.

"내가 공화국을 탈출해야 할 상황이 온다면 당신 부친도 나와 비슷한 처지가 될 것이라고 생각했어. 그러면 당신도 당연히 숙청 대상이 되기 때문에 도주할 수밖에 없다고 생각했지. 당신은 이제부터 '리 하이펑'이라는 이름의 중국인이야. 나는 '우 하이난'이고, 우리의 최종 목적지는 미국이야. 우선 내일 아침 일찍 고속철로 상하이로 갑시다. 그리고 그곳에서 항공편으로 일단 동남아 쪽으로 갑시다. 동남아 어느 나라가 되든지 그곳 미국대사관을 찾아가 정치적 망명을 요청하는 거야. 당신이나 나나 정보 가치가 있으니 미국 놈들이 환영하겠지. 무사히 미국에 도착하면 당신에게 스위스 은행 계좌번호와 비밀번호를 알려 주겠어. 나를 도와줄 사람을 위해 무기명 계좌를 개설하고 거기에 미화 3백만 달러를 넣어 두었지. 나와 함께 미국에 도착하면 그 돈은 온전히 당신 것이야. 목숨을 건 값이지."

철민은 생각했다. '나에게 3백만 달러를 주겠다면, 이 자는 자기 몫으로 도대체 얼마를 챙겨 놓았을까?'

철민의 부친 강상욱은 로동당 중앙위 행정부°에서 6년 동안 행정부장인 장성택을 보좌했었다. 두 사람은 조직의 상하관계를 뛰어넘어 개인적으로 끈끈한 유대를 갖고 있었다. 강상욱이 장성택의 재산 관리인이기 때문이었다. 특히 중국을 통하여 장성택에게 들어오는 비자금은 최현준 대사와 강상욱 부부장 라인으로 전달, 관리되었고, 이를 계기로 강상욱과 최현준은 호형호제할 정도로 가까워졌다. 장성택이 체포되던 날 보위부 요원들이 강상욱의 집에 들이닥쳤고, 그는 체포된 지 10시간 만에 그가 알고 있던 장성택의 비밀을 모두 실토했다. 그가 아무리 의지가 강한 사람일지라도 잔인한 프로들의 전문적 고문을 감당할 수 없었을 것이다. 강상욱은 자신이 관리하던 장성택의 재산과 그의 비밀을 모두 실토했음에도 죽음에 이른 것이다. 자비는 없다.

장수일 보위사령관은 사무실에서 앉아 있질 못하고 근 한 시간 동안 안절부절못하며 서성거렸다. 유리창 너머로, 눈 덮인 흑룡산이 저녁 노을에 오렌지 빛으로 반사되어 빛났다. '그래, 망설일 이유가 없어.' 그는 인터폰을 눌렀다. "애들 집으로 전화 연결해" "전화 연결되었습니다."라는 교환원의 안내 목소리와 거의 동시에 "여보세요."라는 미옥의 목소리가 들렸다. "애들은 잘 있니?" "예, 지금 저녁 먹고 있어요. 웬일이세요?" "응, 당분간 애들 데리고 우리 집에 와 있어. 내가 곧 데리러 갈 테니 짐을 싸 놓아. 우리 집에 웬만한 물건 다 있으니 애들 책이랑 간단한 옷 가지 등 꼭 필요한 짐만 챙겨." 미옥은 이상한 기분이 들었지만 더 이상 묻지 않고 "알겠습니다."라고 대답했다. '공연한 호기심은 결코 좋을 일이 없어.'라는 어

• 당 행정부는 국가안전보위부, 인민보안성, 검찰소, 재판소 등 공안사법기관을 관할하는 부서로 장성택이 2007년말부터 수장을 맡아 자기 세력의 뿌리를 내린 곳이다. 김정은은 장성택의 잔재를 청산하는 과정에서 장성택 세력의 근거지인 노동당 행정부를 없애고 그 권한과 기능을 당 조직지도부로 이관했다.

렸을 적부터 경험적으로 몸과 마음에 새겨진 생각이 들었기 때문이었다. "한 시간 내로 갈게." 장 사령관은 부관 백낙준 소좌를 불렀다. "차 대기시켜. 바로 퇴근할 거야."

'일단 애들은 집으로 데려왔는데 앞으로 어찌할 것인가?' 장수일은 사돈 강상욱 부부장이 보위부에 체포, 처형되었다는 소식을 듣고 즉각 외동딸 미옥과 외손주 영애, 영석을 자기 집으로 불러들였다. 단 며칠 동안이었지만 다섯 살, 세 살짜리 손주들의 재롱은 칠순의 그에게 생명의 불꽃을 다시 한번 지펴 놓았다. 그는 마음을 다잡았다. '무슨 일이 있더라도 애들은 반드시 내가 지킨다.' 그의 생각이 사위 철민에게 미쳤다. '괜찮은 녀석인데…… 그렇지만 할 수 없다. 버리는 수밖에…… 일단 이혼시키는 수밖에 없다. 오늘부터 미옥이를 설득해야지.'*

최현준 대사와 철민은 그날 밤을 거의 뜬 눈으로 새웠다. 이른 새벽 최대사는 철민에게 곧 휴대전화의 위치를 추적 당하게 될 것이니 전화에 저장된 정보 중 꼭 필요한 것을 옮겨 적어 놓으라고 일렀다. 둘은 주요 전화번호 등을 옮겨 적은 후 휴대전화를 방바닥에 던져 부쉈고, 여인숙을 나오자마자 그 잔해를 길거리 쓰레기 통에 버렸다. 그들은 고속철로 여섯 시간 남짓 달려 오후 두 시경에 상하이 홍차오 역에 도착했다. 개찰구 입구가 하차 승객들로 붐볐다. 감색 제복의 공안들이 일일이 신분증을 대조해 가며 승객의 신원을 확인하고 있으니 장사진이 될 수밖에 없었다. 국내 여행인데 마치 외

---

* 북한에서는 탈북자의 배우자가 이혼을 신청하는 경우 어렵지 않게 허가가 난다.

국에 도착하여 입국심사를 받는 것 같았다. 역시 공안의 나라 중국이었다. 대사와 철민은 그러한 번거로움에도 태연을 가장한 채 얌전히 순서를 기다렸다. 위조 공민증은 첫번째 시험을 잘 통과했다.

한낮의 홍차오 역은 인파로 붐볐다. 대사가 공중전화로 어딘가에 연락하더니 철민에게 택시를 타자고 눈짓했다. 김정일 위원장이 경천동지했다는 상하이 시가지의 모습은 베이징보다 훨씬 번화했다. 택시는 와이탄 중심가에 위치한 페어몬트 호텔에서 멈췄다. 와이탄은 아편전쟁으로 강제 개항된 역사의 현장이라 동서양의 문물이 섞여 있었다. 대사가 프론트에서 뭐라 말하자, 매니저는 벨 맨을 불러 객실을 안내하게 했다. 누군가가 미리 예약을 해 둔 것 같았다. 엘리베이터는 11층에 섰다. 객실 문을 열자 창 밖으로 황포강이 한 눈에 들어왔다. 유람선들이 한가롭게 떠다니고 있었다. 대사가 팁을 쥐어 주자 벨 맨은 구십 도로 고개를 숙여 인사하고 사라졌다. 철민은 "스위트 룸 아닙니까? 괜찮습니까?"라고 물었다. 대사는 "돈 걱정은 말게."라고 대답했다.

화사한 꽃

방문을 두드리는 소리에 대사가 문을 열었다. 한 여인이 화사한 미소를 지으며 방으로 들어왔다. 그녀는 대사를 가볍게 포옹하고는 철민에게 눈길을 돌렸다. "상하이는 처음이세요?"라고 영어로 말을 걸며 눈짓으로 인사했다. 순간 그녀의 야릇한 미소에 철민은 심장이 두근거리는 느낌이 들었다. 철민은 그녀의 강렬한 눈빛을 피해 고개를 떨구면서 "예스"라고 짧게 답했다. 여인은 프라이빗 룸을 예약해 놓았으니 점심하기에는 늦은 시간이지만 하여튼 그곳에서 식사를 하자고 청했다. 이번에는 푸통화(普通話)*다. 에이미는 영어와 푸통화 그리고 광둥어를 모국어처럼 구사하는데 이들

• 푸통화(普通話)는 중국의 8대 방언 중 베이징 어음을 표준음으로 하고 북방어를 기초 어휘로 삼아 제정한 중국 표준어. 서양인들은 북경어를 흔히 만다린(Mandarin, 滿大人)이라 칭하는데, 만다린은 중국 청조 말기의 고위 관리 또는 그들이 사용하는 말이라는 두 가지 뜻으로 쓰인다.

과는 푸통화로 소통했다. 호텔 3층에 자리한 회원 전용 클럽에 들어가자 크리스마스 트리를 장식한 작은 전구가 반짝거리며 일행을 반겼다. 캐롤이 은은히 울려 퍼졌다. 철민은 낯선 분위기에 어울리지 못하는 자신을 발견했다. 그러나 어색함을 태연으로 가장하면서 자리에 앉았다. 철민의 눈길을 의식한 듯 여인이 입을 열었다.

"인사가 늦었네요. 에이미 정이라고 해요. 골동품과 고서화를 취급하는 갤러리를 운영하고 있어요." 철민은 기습을 당한 듯이 놀라며 "강철민입니다. 반갑습니다."라고 자기 소개를 했다. 그리고 후회했다. '이름 석자로 자기 소개를 끝내다니…… 참 멋대가리 없기는.' 여인은 쾌활한 몸짓을 섞어가며 세상 돌아가는 사소한 얘기들을 늘어놓았다. 대사는 어제의 긴박한 순간을 다 잊은 듯이 연신 미소를 지으며 여인과 맞장구 쳤다. 철민은 여인을 유심히 관찰했다. 30대 중반으로 보였다. '늘씬한 몸매, 웨이브 진 갈색 머리, 매끈한 콧날, 얇은 입술, 잿빛에 가까운 눈동자.' 아무리 뜯어봐도 중국인 같지 않았다. 몸 전체에서 묻어나오는 이국적 분위기는 마치 화사한 붉은 장미와도 같았다.

샥스핀 수프로 시작한 코스가 거의 끝날 무렵 대사가 여인에게 물었다. "부탁한 건 얼마나 걸릴 것 같소?" 에이미는 철민에게 눈길을 돌리면서 "이 분이군요." 라고 말했다. 대사는 "그렇소. 철민 씨와 나는 이제 한 배를 탔소. 이 사람에게는 감출 것도 없으니 편히 얘기해도 돼요." 라고 했다. 에이미는 대사에게 윙크하며 말했다. "전화 받은 지 두 시간 밖에 안 되었잖아요. 오후에 그쪽으로 연락할 거예요. 통상 일주일은 걸린다는데 좀 서두르라고 할게요. 그리고 며칠 이곳에 머무르시면서 마무리 지을 일도 있잖아요." 에이미는 말을 이어 갔다. "보냈다던 물건이 아직 도착하지 않았다고 오늘 아침 첸한테서 전화가 왔어요. 목소리가 심상치 않던데요."

대사가 굳은 얼굴로 며칠 더 기다려 보자고 말했다. 디저트가 나올 때 에이미는 가방에서 휴대전화 두 대를 꺼냈다. "전에 쓰시던 것들은 버렸다 하셨죠. 이 휴대폰들은 사용자 이름이 가명으로 등록되어 있어요. 소위 대포 폰이죠. 가급적 꼭 필요할 때만 사용하세요. 쓰시더라도 통화는 매우 짧게 하시고요. 그래야 위치 추적을 피할 수 있어요." 곧이어 에이미는 "참, 사진이 필요하잖아요. 두분 다 저를 보세요." 에이미는 스마트 폰으로 대사와 철민의 얼굴 사진을 각각 찍었다. 그리고 가볍게 작별인사를 하고 식당을 나갔다. 철민이 대사에게 물었다. "부탁한 건 뭐고, 물건은 뭔가요?" 대사가 산책이나 하자고 했다. 혹시나 모를 도청을 의식한 것 같았다.

둘은 황포 강변을 걸었다. 상하이가 베이징보다 훨씬 남쪽이고 바닷가이지만 12월 중순의 강 바람은 역시 싸늘했다. 대사가 양복 윗주머니에서 무엇인가를 꺼내 철민에게 주면서 말했다. "대사실에 보관하고 있던 자네 여권이야. 지금 이게 쓸모 있을지 없을지 몰라도 당신 여권이니까 당신에게 주는 거야." 철민은 2년 전 베이징에 도착한 직후 대사관에서 수거해 간 자신의 여권이 낯설었다. 짙은 고동색 표지 상단에 조선민주주의인민공화국, 그 아래에 외교관 여권이라고 한글과 영어로 적혀 있었다. 대사가 다시 입을 열었다. "이 여권으로 오늘이라도 동남아로 가는 비행기를 탈 수도 있겠지. 그렇지만 그러한 시도는 만용이라는 생각이 들었어. 대사관에서 이미 우리의 탈주를 공안에 신고했을 가능성이 충분히 있으니까 말이야. 그래서 홍차오 역에서 에이미에게 전화할 때 위조 여권 두 매를 준비해 달라고 부탁 했었지. 물론 리 하이펑과 우 하이난이라는 이름으로 하라고 했었지. 아까 찍은 사진은 여권 사진으로 쓰겠지. 내가 구태여 말은 안 했지만 에이미는 우리가 조선에서 탈출하고자 한다는 것을 당연히 눈치 챘을 거야. 조선 외교관이 중국인으로 둔갑한 가짜 여권을 만들어달라고 했으니 말이야"

얼마간 침묵이 흘렀다. 철민이 차가운 강바람에 코트의 옷깃을 여밀 때 대사가 다시 입을 열었다. "내가 어떻게 그 많은 충성 자금을 마련했겠어. 여기서 일하는 젊은 아이들로부터 갹출한 돈과 식당 이익금은 코흘리개 돈에 불과할 뿐이지. 주 자금원은 아편을 파는 것이야. 량강도, 함경북도에 양귀비 밭이 많이 있잖아. 그 양귀비에서 추출한 아편을 평양에서 보내오면 내가 이곳에서 처리해 왔지. 때로는 아편 이외에 평양에서 보내 주는 백 달러짜리 수퍼 노트*를 삼합회**에 넘기고 그 판매 대금을 미국 달러, 때로는 인민폐 위안화로 받기도 했지. 베이징과 상하이에 주 거래선이 있어. 에이미가 말한 첸이라는 자는 상하이 삼합회의 두목이야. 에이미는 첸의 애첩이지. 하지만 첸과의 관계를 떠나 삼합회 내에서 나름 자기 세력을 구축해 놓은 것 같아. 에이미는 홍콩에서 영국인 아버지와

- ●   Super note. 북한에서 만든 초정밀 고액권 미국 달러 위조지폐
- ●● 삼합회는 원래 청나라 말기에 '반청 복명', 즉 만주족을 무너뜨리고 한족을 다시 일으키기 위하여 조직한 비밀 결사인데, 반세기 이전부터 중국에서 가장 큰 조직폭력 집단이 이 이름을 차용하여 쓰고 있다. 즉, 중국판 마피아 조직이라 할 수 있다.

중국인 어머니 사이에서 태어나 이십 대 후반에 상하이로 왔다고 해. 남편에게서 도망쳤다는 소문이 있지. 에이미는 지난 5년 동안 나와 삼합회 사이의 거래를 연결해 왔어. 그러다 보니 서로 간에 어느 정도 신뢰가 생긴 것 같아.”

차가운 강 바람이 다시 세차게 불었다. 코끝이 시리고 온몸이 얼어붙는 것 같았다. 리셉션에 참석하려던 정장 차림으로는 한겨울 강바람을 견디기 힘들었다. 철민의 가슴에도 서늘한 바람이 불었다. 철민이 대사에게 물었다.

“에이미나 삼합회가 우리의 소재를 중국 공안이나 보위부에 밀고하지 않을까요?”

“에이미한테 달렸지. 그런데 에이미가 그렇게 하지는 않을 거요. 밀고했을 때의 실익이 없잖아? 중국 공안에 대한 밀고는 우리와 삼합회의 아편 거래가 들통 날 우려 때문에 안할 것 같고, 보위부에 밀고하는 것은 더욱 실익이 없지. 평양에서는 나와 삼합회의 아편 거래를 몰랐어. 그런데 지금은 어느 정도 눈치 챈 것 같아. 아편 거래선을 비밀로 유지한 것이 김정은이 나를 교체할 수 없었던 이유 중의 하나였지. 에이미나 삼합회로서는 실익도 없는데 공연히 좋지 않은 일에 휘말릴 이유가 없지. 그렇지만 당연히 조심은 해야겠지. 그런데 문제가 생겼어. 사흘 전에 상하이로 배달되어야 할 아편이 아직 도착하지 않았다는 거야. 이번에는 판매 대금 중 상당액을 삼합회로부터 선금으로 받았거든. 그러니 차질없이 물건이 전달되어야 하는데…… 단순히 운반에 차질이 생긴 것인지, 평양에서 의도적으로 보내지 않은 것인지 모르겠어. 단순 운반 사고라면 오히려 다행인데……"

　호텔로 돌아오는 길에 둘은 은행에 들렀다. 대사가 미화와 위안화 상당액을 고액권으로 인출했다. 대사는 비상금으로 보관하라고 하면서 그중 미화 만 달러와 10만 위안을 철민에게 주었다.

　그날 아침 베이징 주재 조선대사관에 비상이 걸렸다. 전날 밤 대사 운전수로부터 대사와 철민이 갑자기 사라졌다는 보고를 받은 대사관 내 보위부 파견관들은 밤새 대사와 철민의 행방을 쫓았으나 아무런 단서를 찾을 수 없었다. 아침 10시경 공안으로부터 대사 차량이 대로에 장시간 불법 주차되어 있으며, 차량 인공기가 시트 위에 있다는 연락을 받았다. 보위부 파견관들은 이들의 행방불명은 사고에 의한 것이 아니라 도주라고 판단했다. 긴급 보고를 받은 평양은 전날 대사관으로 출장 온 세 명의 보위부 요원들과 협력하여 반드시 이들을 체포할 것이며, 만약 2–3일 동안 이들의 행방을 파악하지 못하면 중국 공안에 신고하여 협조를 구하라고 지시했다. 출장 나온 보위부 박영철 과장이 수색팀장을 맡으라는 지시도 있었다. 대사관 지하실 회의실은 상황실로 전환되었다.

　보위부 요원들은 장성택의 숙청이 대사가 도주한 직접적 원인이 되었을 것이라고 추정하면서, 그가 그동안 은닉해 왔을 것으로 의심되는 거액의 비자금을 가지고 탈주했을 것이라고 단정했다. 따라서 수사는 당 39호실에서 파견 나온 이광석 서기관을 추궁하는 것으로 시작되었다. 이 서기관은 자신의 임무는 대사 지시에 따라 충성 자금을 관리하고 평양에 송금하는 것뿐이라고 했다. 자금 조성은 대사가 단독으로 처리하기 때문에 돈이 누구에게서, 어떻게,

얼마나 들어오는지는 자신은 구체적으로 알지 못한다고 했다. 그러자 박 과장은 "이 동무, 아직 사안의 심각성을 인식하지 못하고 있소? 대사를 잡지 못하면 당신이나 당신 가족 모두 수용소 행이야. 내가 보고하기에 따라서는 당신은 이 세상을 하직할 수도 있단 말이야."라고 위협했다. 그제서야 이 서기관은 박 과장의 말이 단순한 위협이 아니라 충분히 사실일 수 있다는 생각이 들었다. '장성택도 순식간에 무자비하게 처형하는 놈들이 아닌가?' 적당한 수준으로 실토하는 것만이 살 길이라는 판단이 섰다. 다만 에이미에 대해서는 침묵하기로 마음먹었다. 대사와 에이미로부터 적지 않은 떡고물을 받아온 그로서는 에이미가 체포되어 거래 내역을 상세히 불어버리면 이제까지 자신이 힘들게 모아 온 돈이 날아가 버릴 수 있기 때문이었다.

이 서기관은 박 과장에게 대사가 아편의 대부분을 삼합회와 거래하여 왔다고 이실직고했다. 그러나 자신은 대사의 지시에 따라 심부름 정도만 하기 때문에 그 접촉선이나 거래 물량, 거래 가격은 상세히 알지 못한다고 진술했다. 삼합회 측도 자신과 접촉하는 인물을 수시로 바꾸기 때문에 그들에 관한 구체적인 정보가 없다고 했다. 이 서기관의 진술은 어느 정도 사실이었다. 대사로서는 자신이 살 길은 정보 독점이라고 확신했기 때문에 주요 정보는 평양은 물론이고 자신을 보좌하는 이 서기관과도 나누지 않았다. 하지만 대사는 이 서기관에게 가끔 적지 않은 돈을 주어 그로부터 충성을 유도하고, 입막음을 하는 것을 잊지 않았다. 보위부 요원들은 난감했다. 대사가 도주 방법으로 삼합회 조직을 이용했을 것이라는 의

심은 들었지만 정보를 얻기 위해 삼합회와 직접 접촉하는 것은 위험한 짓이기 때문이었다. 대사의 삼합회 접촉선을 알아내는 것도 만만치 않은 일이지만, 삼합회와 접촉하다가 중국 공안 당국에 마약 밀매 건이 들통난다면 양국관계에 큰 파장을 일으킬 것이 뻔하기 때문이었다. 중국이 어떤 나라인가? 아편 때문에 영국과 전쟁을 벌였고, 그 아편전쟁이 도화선이 되어 청나라가 망하지 않았던가?

철민은 깊은 잠에 빠져 들었다. 상수리 나무 숲을 가로지르는 오솔길이다. 진초록 나뭇잎 사이로 태양의 잔광이 비껴 나간다. 오솔길 모퉁이에 인기척이 있다. 미옥의 뒷모습이다. 색동 족두리를 머리에 쓰고 분홍 저고리와 옥색 치마를 입은 미옥이다. 혼례 날 입었던 복색이다. 미옥은 영석을 등에 업고 있다. 어머니가 영애의 손을 꼭 잡고 걷고 있다. 네 사람은 저무는 태양을 마주보며 산 정상을 향해 힘겹게 걸음을 옮긴다. '곧 해가 저무는데, 어두워지는데…… 산 속으로 들어가면 안돼. 위험해!' 철민은 목청껏 어머니와 미옥을 번갈아 부르려 하는데 목소리가 나오지 않는다. 아무도 뒤돌아보지 않는다. 철민은 그들을 향해 달려간다. 아무리 달려도 거리가 좁혀지지 않는다. 그때 갑자기 어머니가 고개를 돌리며 따라오지 말라고 훠이훠이 손을 젓는다.

잠에서 깼다. 중학교 때 돌아가신 어머니가 오랫만에 꿈에 나타나셨다. 온갖 불길한 생각이 머리를 스쳤다. '어머니는 나에게 무슨 말씀을 하시고 싶었던 것일까? 이곳 걱정은 말고 너 살 궁리만 하라는 말씀이신가? 그래, 미옥과 애들은 장인 어른이 잘 지켜주시겠지. 날아가는 새도 떨군다는 보위사령관 아닌가?' 철민은 스스로 위안하면서 자기 합리화를 해 보았다. 새벽이었다. 대사는 깊은 잠에 빠진 것 같았다.

두 사람은 외부 노출을 피하기 위해 이틀간 페어몬트 호텔 구내를 벗어나지 않았다. 상하이에서의 사흘째 저녁, 지루함을 견디지 못해 두 사람은 호텔 밖으로 나갔다. 석양을 뒤로 하고 와이탄에 밤이 찾아왔다. 도심의 휘황찬란한 불빛이 황포강에 반사되어 와이탄의 야경에 영롱함을 더 했다. 동방명주 마천루 탑의 레이저 불빛이 황포강의 잔 물결 위에 아른거렸다. 어스름이 두 사람의 얼굴을 가렸다. 관광객으로 가득 찬 선술집의 구석에 자리를 잡았다. 술 잔이 몇 순배 돌아가자 대사가 먼저 입을 열었다. "강 서기관, 상하이의 야경은 어때?" "베이징에 처음 왔을 때 밤 거리의 환한 불빛에 놀랬는데 상하이의 야경은 거기에 비할 바가 아니네요. 하지만 이 휘황찬란함이 역겹습니다. 자본주의의 오물처럼 느껴집니다. 중국은 이미 사회주의 국가가 아닙니다." 철민의 답변에 대사가 씁쓸한 표정을 지으며 말했다. "6년 전 대사로 부임했을 때 나도 그런 생각을 했었지. 중국의 자본주의화가 배신처럼 느껴졌어. 그런데 지금은 그런 생각이 많이 바뀌었어. 40년 전 유학 시절의 베이징은 문화혁명의 후유증으로 황량한 모습이었어. 인민들도 광기에서 벗어나지 못하여 서로가 서로를 음해하고 잡아먹지 못해 난리였지. 그런데 오늘날 중국의 모습은 어떠한가? 베이징에서도, 상하이에서도 거리에 사람들이 북적거리며 활기를 띠고 있잖아. 덩샤오핑이 이 나라를 이렇게 바꾸어 놓은 거야. 그는 고양이의 색깔이 무슨 의미가 있느냐? 고양이는 쥐만 잘 잡으면 된다는 흑묘백묘론을 내

세우면서 자본주의를 받아들였지. 우선 먹고 사는 문제가 해결되어야 나라가 강성해지고 인간이 인간다움을 얘기할 수 있다는 거야. 중국은 정치적으로는 공산당 일당 독재의 전체주의 국가이지만, 경제적으로는 자본주의를 그대로 답습하고 있어. 그러니, 경쟁에서 이기는 자가 살아남고 또 부자가 되는 자본주의의 병폐가 그대로 나타나고 있어. 아니 오히려 자본주의 국가보다 그 병폐가 더심해. 자본주의의 약점에 더하여 사회 곳곳에 부정부패가 만연하고 있으니 말이야. 그렇지만 인민들의 전체적인 삶은 눈에 띄게 좋아졌지 않아? 적어도 굶어 죽는 사람은 없잖아?"

숨을 고른 후 대사는 말을 이어갔다. "지금 조선의 모습은 어때? 수령님이 돌아가신 후 고난의 행군 때를 생각해 봐. 열명 중에 한 명이 굶고, 병들어 죽었잖아. 혁명의 수도 평양에서도 수천 명이 굶어 죽었고. 정은이가 들어와서 상황이 더 악화됐고. 중국 생활 6년이 나의 생각을 뿌리부터 흔들어 놓았어. 무엇 때문에 김정은에게 충성해야 하나? 인민의 삶은 더욱 고단해지고, 정신적으로도 더욱 황폐해졌지. 어제 오늘의 일이 아니지만 김정은의 공포 정치는 우리의 인간성을 아예 말살시키고 있잖아. 자신이 처벌받지 않겠다는, 살아 남겠다는 일념에 가까운 동무와 친척까지 밀고하여야 하는 조선의 현실이 이제는 역겨워. 사실 나는 이런 말을 할 자격이 없지. 평생 조선에서 제일 혜택을 받은 부류에서 살아왔으니까. 자네도 별반 다르지 않지. 우리 둘 다 김씨 일가가 주는 단물을 평생 빨아먹다가, 이제 정은이의 비수가 가슴을 찌르려 하니까 가족들의 안위는 뒷전에 둔 채 도망치는 거야. 나는 이 자괴감에서 벗어날 수 있을지 모르겠어." 철민은 생각했다. '이제까지 나도 자신의 안위와 출세만을 생각하고 앞으로 내달렸을 뿐, 주변 사람들의 고통에 눈 돌리고 귀 기울인 적이 없어.' 그때 대사의 휴대전화벨이 울렸다. 전화를 받는 대사의 표정이 심각해졌다. 에이미인 것 같았다.

대사의 행방에 대해 아무런 단서를 찾지 못한 베이징 주재 조선 대사관의 지하 회의실에는 적막이 감돌았다. 평양에서 출장 나온 보위부 요원들은 침묵에 빠져 있었다. 최 대사와 강 서기관의 인맥을 샅샅이 뒤졌는데도 그들의 소재에 관해 이렇다 할 실마리가 풀리지 않았기 때문이었다. 그때 전화벨이 요란스럽게 울렸다. 도청방지기를 부착한 평양의 직통전화였다. 보위부 박영철 과장이 긴장된 표정으로 전화를 받았다. 박 과장은 "예, 예, 알겠습니다."라는 소리를 연발하며 평양의 지시사항을 받아 적었다. 평양에서는 중국 공안의 협조 없이 최 대사를 체포하는 것이 불가능하다는 결론을 내렸다. 대사의 아편 판매 주 거래선이 삼합회라는 박 과장의 보고를 받은 평양은 마약 거래 건은 절대로 함구한 채 대사가 삼합회와 접촉했을 수도 있다는 수준으로 중국 공안에 귀띔하라고 박 과장에게 지시했다. 박 과장은 대사관 소속 보위부 파견관과 함께 중국 공안의 외사과장인 왕밍안 총경을 방문했다. 파견관은 중국어 통역 역할이었다. 그는 최 대사와 강 서기관의 실종이 도주일 것이라고 통보하면서 왕 총경에게 그들이 필시 삼합회의 도움을 받는 것으로 짐작된다고 했다. 왕 총경은 의심스러운 눈빛으로 박 과장을 쳐다보며 무슨 근거로 그런 추측을 하냐고 물었다. 박과장은 그런 첩보가 있다고 하며 얼버무렸다. 왕 총경은 더 이상 캐 묻지 않았다.

그는 곧 삼합회를 전담하는 부서에 최근 삼합회의 동향에 특이한 점이 없는지 면밀히 조사하라고 지시했다. 다음 날 삼합회 전담 부서에서 상하이 삼합회에서 제법 영향력이 큰 에이미 정이라는 인물이 최근 사라졌다는 사실을 왕 총경에게 보고했다. 에이미는 삼합회 상하이 총책인 첸의 애첩이라는 사실과 함께. 왕 총경은 에이미의 최근 동향, 특히 12월 13일 이후의 동향을 샅샅이 뒤지라고 지시했다.

중국 공안은 북조선 대사의 행방불명을 심각하게 받아들여, 즉각 당과 외교부에 보고하고 특별수사반을 편성하여 수사에 착수했다. 수사반장에는 왕밍안 총경이 지명되었다. 왕 총경은 십여 년 간 수사 부서에서 근무한 베테랑 수사관인데 최근 주재 외교관의 동향을 감시하고 그들의 위법행위를 적발하는 공안부 외사과장으로 부임했다. 수사는 세 가지 가능성을 염두에 두고 진행되었다. 첫째, 최현준 대사와 강철민 서기관이 스스로 중국으로부터의 탈주를 시도할 가능성. 이 경우 이들이 남조선이나 미국 또는 유럽국가로 망명을 시도할 가능성이 큰데 이들의 망명이 성사된다면 이는 중국의 공안에 구멍이 뚫린 것을 의미하므로 철저히 막아야 한다. 둘째, 불량배에 의한 납치 가능성. 이는 주재 외교관, 특히 대사에게 범법자의 위해가 가해진 것이므로 중국의 치안 불안이 부각되고 외교적으로 문제가 될 가능성이 크므로 신속하게 수습하여야 한다. 셋째, 남조선 또는 미국의 공작에 의해 그 국가로 망명할 가능성. 가능성은 낮지만, 만일 그러한 일이 벌어진다면 해당국이 중국 내에서 제3국 외교관에 대한 공작 활동을 벌인 것이므로 묵과할 수 없고, 관련국에 강경한 대응 조치를 취할 수밖에 없다. 이에 따라 중국 정부는 우선 공항과 항구의 출입국 검색과 검문을 강화하는 조치를 취하는 한편, 삼합회 등 규모가 큰 조직폭력단체의 최근 활동에 대한 정보 수집 및 수사를 강화했다.

대사와 철민은 페어몬트 호텔 지하 재즈 바에 들어섰다. 3인조 실내악단이 흑인영가를 연주했다. 어두운 조명 속에서 에이미가 구석 자리에 앉아 허공으로 담배연기를 내뿜고 있는 것이 보였다. 트럼펫이 '대니 보이'를 연주하기 시작할 때 에이미가 입을 열었다. "여권 만드는 것이 어려워졌어요. 위조 여권 만드는 자가 당분간 일을 맡을 수 없다고 하네요. 공안이 어제부터 검색을 강화했다는데 이번 것은 그 강도가 심하다고 하네요. 대사님과 철민 씨에 대한 수색이 본격화한 것 같아요. 또 다른 나쁜 소식이 있어요. 대사관 이광석 서기관과의 연락이 두절되었어요. 이틀째 전화를 안 받아요. 그러니 이번에 받기로 한 물건이 도착했는지 여부를 확인할 수가 없어요." 대사는 철민에게 평양에서 외교 행낭 또는 인편으로 아편을 전달하면, 이광석 서기관이 대사의 지시에 따라 아편을 삼합회에 넘기는 일을 전담했고, 아편 판매 대금은 대사가 직접 에이미로부터 받아왔다고 설명했다.

"이제 어찌 하시겠어요?" 에이미가 물었다. "이번 물건 대금 중 선금으로 받은 30만 위안을 내일 중으로 에이미 계좌로 보내 줄 테니 첸에게 돌려 주시오. 그래야 삼합회가 말썽을 피우지 않겠지. 나와 강 서기관의 출국 문제는 좀더 생각해 봅시다. 여권 없이 항공편으로 나갈 수는 없으니 밀항선을 타고 동남아로 가거나 육로로 국경을 뚫고 가는 수밖에 없지 않겠소." 대사가 답 했다. "저도 함께 가면 안될까요?" 에이미가 말했다. 청천벽력 같은 소리였다. 에이미가 말을 이었다. "첸에게 다른 애인이 생겼어요. 뭐 질투하는 것은 아니에요. 그런데 문제는 그 년이 생기고 난 후부터 첸이 나를 경계하는 거죠. 그 년이 첸을 부추긴 것도 있겠지만, 상하이 삼합회 내에서 나의 영향력이 커지는 것에 대한 첸의 견제 심리가 작용한 것 같아요." 에이미가 삼합회 내 젊은 행동 대원들에게 인기가 높다고 대사가 거들었다. "아니, 에이미는 비행기 타고 점잖게 출국하면 되지 않소?" "어제 집에 가 보니 여권이 없어졌어요. 최근 저도 불안한 마음이 들어 어제 은밀한 곳에 감춰 둔 귀중품과 여권을 확인해 보았는데, 귀중품은 그대로 있고 여권만 사라졌어요. 집안에 누군가 침입한 흔적도 없는데 여권만 사라진 것이죠. 누군가가 열쇠로 방문을 열었다고 볼 수밖에 없죠. 당연히 제 아파트 열쇠를 가지고 있는 첸의 짓이겠죠. 귀중품은 건드리지 않고 여권만 가져간 것을 보면 첸이 나에게 보낸 일종의 경고라는 생각이 들어요. 여권을 재발급 받기에는 시간이 없어요. 언제 첸이 나를 제거하겠다고 마음먹을지 몰라요. 그는 일단 결심하면 즉각 행동으로 옮기는 사람이죠." 대사가 놀라는 표정을 지으며 말했다. "그래도 밀항을 하든 육로로 가든 예상치 못한 위험이 도사리고 있을 텐데. 어쩌면 목숨을 걸어야 할 지도 모르는 길이요. 에이미가 삼합회 내부 사정을 너무 잘 알기 때문에 삼합회가 결사적으로 에이미 뒤를 쫓을 터이고, 우리는 중국 공안에 쫓기는 몸이니 우리가 동행하면 위험이 배가 될 텐데 괜찮겠소?" "제가 첸과 관계를 맺고, 또 삼합회에 가담한 이상 어차피 제 인생은 위험과 함께 하고 있어요. 별로 두려운 것이 없어요. 또 대사님과 철민 씨는 저의 탈주 과정에 도움이 될 거라는 생각이 드네요." 대사는 말없이 철민의 얼굴을 쳐다보았다. "에이미와 함께 하면 우리도 도움받을 수 있을 것 같네요." 철민이 답했다.

셋은 밀항선을 타고 해로로 탈주하는 방안과 육로로 국경을 통과하는 방안을 놓고 협의한 결과 육로를 택하기로 결정했다. 에이미가 공안이 대사와 철민에 대한 추적이 시작했을 것이므로 밀항선을 수배하기가 쉽지 않을 것 같다고 했기 때문이었다. 그러면 어느 나라 국경을 넘을 것인가? 인도 국경은 히말라야 산맥 동쪽 자락의 험준한 산악 지역을 통과하여야 하기 때문에 검토 대상에서 제외되었다. 결국 베트남, 라오스, 미얀마와의 국경 중 하나를 뚫어야 하는데 세 나라 모두 장단점이 있어 결정이 쉽지 않았다. 베트남은 교통편과 도로 사정은 제일 양호하지만 중국과 베트남이 서로를 경계하고 있기 때문에 두 나라 다 국경 통제가 심하여 밀입국하기에 어려움이 있을 것 같았다. 라오스와 미얀마는 국경까지의 교통편이 열악하고 국경이 밀림 지대여서 통과가 쉽지 않겠지만 경찰력이 취약하다는 장점이 있다. 셋은 일단 윈난 성 쿤밍 시까지 가서 거기에서 상황을 보아 가며 어느 나라 국경을 넘을 것인가를 결정하기로 했다. 쿤밍까지는 열차로 가기로 했다. 아무리 국내선이라해도 공항은 철도역 보다 검문이 심할 것 같기 때문이었다. 셋은 각자 여행 채비를 하여 다음 날 오후 두 시경 페어몬트 호텔에서 모이기로 하고 에이미가 호텔을 떠났다.

다음 날 아침 대사는 갈색 가죽 가방에서 소형 노트북 컴퓨터를 꺼내 인터넷 뱅킹으로 에이미에게 30만 위안을 송금했다. 호텔에서 룸 서비스로 브런치를 마친 후 둘은 인근 쇼핑 몰에서 간편 복장과 트레킹 신발, 등산용 대형 배낭을 샀다. 또한 호신용으로 쓸 일이 있을 수도 있다는 생각에 군용 단도를 각각 하나씩 샀다. 호텔로 돌아와 둘은 베이징에서부터 입고 온 정장 양복과 구두, 와이셔츠 등 탈출 험로에 부담이 될 수 있는 소지품을 모두 버렸고, 나머지 짐을 등산용 배낭에 넣었다. 철민은 대사가 노트북 컴퓨터를 호텔 욕실 수건에 둘둘 말아 배낭에 챙겨 넣는 것을 눈여겨 보았다.

노크 소리에 철민은 객실 문을 열었다. 에이미였다. 간편복 차림에 등산용 모자를 썼지만 균형 잡힌 탄탄한 몸매와 화장기 없는 우유 빛 피부는 30대 중반 여인의 농염함을 뿜어냈다. 에이미는 만면에 웃음을 띠며 "소풍 가는 기분이네요."라며 긴장된 분위기를 녹여 버렸다.

홍차오 역은 인파와 감색 제복의 공안들로 득실거렸다. 에이미가 고속철도는 상하이에서 충칭까지만 개통되어 쿤밍까지 직행하려면 일반 열차를 타는 수밖에 없다고 했다. 에이미는 열차 한 칸에 이층 침대가 두 개 있다는 설명과 함께 쿤밍 행 침대차 표 네 장을 샀다. 일행이 열차 한 칸을 빌린 셈이었다. 상하이에서 쿤밍까지는 삼십여 시간이 걸렸다. 열차는 수많은 산을 넘고 터널을 통과하면서 남서쪽으로 달렸다. 아열대성 너른 잎의 나무들이 철로 변에 줄지어 있었고, 먼 산의 겨울 풍경도 열차가 남행함에 따라 녹색으로 변해 갔다. 30여 시간을 열차 한 칸에 갇힌 여행이었지만 에이미의 발랄한 몸짓과 쾌활한 음성이 지루함을 달랬다.

에이미의 아버지는 영국 로이드 은행의 홍콩 지점장이었는데 에이미가 세 살이 되던 해에 런던으로 돌아갔다. 런던에는 본처와 성장한 아들과 딸이 있었다고 한다. 에이미 어머니는 지점장 비서였는데 홍콩에 독신으로 부임한 지점장의 유혹을 자연스럽게 받아들여 동거에 들어갔고, 그 사이에서 에이미를 낳았다. 에이미의 아버지는 런던으로 돌아간 이후에도 에이미의 양육비를 넉넉하게 보내왔고, 에이미 어머니도 오랫동안 금융기관에서 근무했기에 에이미는 경제적 어려움 없이 고등교육을 받을 수 있었다. 그녀는 카톨릭 재단에서 운영하는 성심여자고등학교에서 수학하고, 홍콩 최고 명문인 홍콩대학교 경영학부를 졸업했다. 대학 시절에는 〈대학신보〉라는 학교 신문의 편집장으로 있으면서 학교신문에 중국이 홍콩을 병합하면서 내세웠던 일국양제 체제가 시간이 흐름에 따라 변질되어 간다는 비판적 사설을 썼다가 몇 번 공안에 불려가 경고를 받은 적도 있었다. 또한 학교 수영반의 주축 멤버로 홍콩의 대학 간 수영대회에 홍콩대학교 대표선수로 출전하기도 했다. 자신의 지난 발자취를 얘기하는 도중 에이미는 한 마디로 자기는 문무를 겸비한 팔방미인으로 교내에서 "인기 짱"이었다고 밉지 않게, 오히려 귀엽게 자기 자랑을 했다. 그녀는 대학 졸업 후 홍콩의 대기업에 취직했고, 그곳에서 만난 직장 상사와 결혼했다. 신혼 생활은 평온히 지나갔으나, 남편은 에이미를 바라보는 뭇 남성의 시선에 불안해했고, 에이미의 활달하고 사교적인 성격은 그의 불안에 더욱 불을 붙였다. 남편의 불안은 급기야 의처증으로 발전했고, 그 의처증이

폭행으로 이어지면서 결혼 생활은 파탄에 이르렀다. 남편은 에이미의 이혼 요구에 분노하여 더욱 집요하고 가혹하게 에이미를 학대했다. 에이미는 남편을 피해 회사의 큰 거래선이 있는 상하이로 피신했는데, 그 거래선의 실질적 소유주는 삼합회였다. 삼합회의 상하이 우두머리인 첸은 에이미의 뒤를 쫓아온 남편을 불구로 만들어 홍콩으로 쫓아 보내면서 에이미를 차지했다. 첸이 에이미의 뛰어난 비즈니스 감각과 사교성에 감탄하면서 그녀에게 회사의 중책을 맡긴 결과, 에이미는 어쩔 수 없이 삼합회의 불법적인 일에도 손을 담그게 되었다. 그녀의 깔끔한 일 처리를 신뢰한 첸은 거금이 오가는 조선과의 아편과 수퍼 노트 거래를 그녀에게 맡겼다. 아무 잡음없이 말끔히 진행된 거래를 통해 최현준 대사와 그녀 간에는 인간적인 신뢰가 형성되었다. 그러나 삼합회 내에서 그녀의 영향력이 지나치게 커지는 것을 경계하던 첸은 새 애인의 부추김에도 영향을 받아 에이미를 제거하려 했고, 이를 눈치 챈 에이미는 최 대사와 철민과 동행하여 미국으로 탈출하기로 결심했다. 30여 시간 동안의 열차 여행으로 에이미의 일생이 한편의 드라마처럼 펼쳐졌다.

일행은 기차에서 하룻밤을 새우고 다음 날 늦은 밤에 쿤밍에 도착했다. 쿤밍역의 신청사는 현대식으로 깔끔하게 단장되어 있었다. 쿤밍역에서는 여객에 대한 신원 체크가 없어서 위조 공민증을 내보일 필요가 없었다. 그들은 인터컨티넨탈 호텔에 여장을 풀었다. 세 명 모두 거금을 현찰로 가지고 있어 신변 안전이 우선이었기 때문에 5성급 호텔을 찾은 것이다. 그들은 스위트 룸에 체크인 했다. 체크인 시 대사와 철민은 위조 공민증을 제시했는데 전혀 문제가 없었다. 스위트 룸은 메인 룸에 트윈 베드 두 개, 부속실에 싱글 베드 하나가 있어 에이미가 부속실을 사용하기로 했다.

일행은 동남아로의 탈출로를 정해야 했다. 대사가 입을 열었다. "이곳 쿤밍에는 탈북자들을 남조선으로 데려가는 단체나 브로커들이 제법 많다고 들었소. 브로커도 돈만 많이 주면 믿을 수 있는 자들이 꽤 있다고 하나, 그보다 종교단체 쪽이 안전할 것 같소. 교회 목사나 선교사들은 북조선 동포들을 구출하겠다는 인도적 신념을 갖고 행동하는 사람들이 많으니 그쪽을 뚫는 것이 보다 안전할 것 같소. 우선 그들의 안내로 동남아로 가서 그곳에서 미국대사관을 찾아 망명을 요청하는 것이오. 자, 이제 철민이와 에이미가 남조선 교회들을 접촉해 보는 것이 어떻겠소?" 에이미가 "역시 대사님이라 다르시군요. 아무래도 탈북자에 대한 정보를 많이 갖고 계시네요. 철민 씨 어때요? 저와 함께 움직여 보실래요?"라고 말했다. "좋습니다. 에이미와 함께라면 지옥이라도 좋아요." 철민이 계면쩍게 웃었다. 부지불식간에 농을 걸은 자신이 한심스럽게 느껴졌다. "저도 마찬가지예요." 에이미가 웃으며 화답했다. 대사는 기가 막히다는 표정으로 둘을 물끄러미 바라보았다.

그날은 마침 일요일이었다. 아침 식사 후 대사는 호텔 헬스장에서 운동을 하고 쉬겠다고 했고, 철민과 에이미는 호텔의 프론트 데스크에서 한국인 교회로 가고 싶은데 위치를 아는지 물었다. 매니저가 벨보이를 불러 뭐라 속삭이자 벨보이는 문제없다고 대꾸하고는 현관으로 나가 한 스무 살 정도로 보이는 청년을 데려왔다. 청년은 자기를 여행 가이드라고 소개하면서 한국인 관광객들을 가끔 안내하는 한국 교회에 데려다 주겠다고 했다. 헤헤거리며 갖은 아부를 떠는 그 청년에게 백 위안 자리 지폐를 건네 주자 그는 연신 고개를 조아리며 교회까지 직접 안내하겠다고 했다.

교회는 허름한 단층 목조 건물이었으나 자그마한 마당이 있어 제법 교회로서의 구색을 갖춘 것으로 느껴졌다. 마침 예배 중이었다. 교인들이 외치는 '할렐루야' 소리가 예배당 밖에까지 울려 퍼졌다. 둘은 문을 열고 뒷자리에 앉았다. 지각생을 나무라는 듯한 목사의 눈빛에 철민은 찔끔했다. 예배가 끝나고 교인들이 삼삼오오 모여 수다를 떨었다. 그때 목사가 다가왔다. "처음 오셨습니까?" "아, 예. 여행 중입니다. 혹시 목사님 시간이 있으신지요?" 철민이 조심스럽게 목사의 눈치를 살폈다. "그러시죠. 저기가 제 방입니다. 그 방에서 잠깐 기다리십시요. 교인들과 작별 인사를 나누고 바로 가겠습니다." 사십 대 초반으로 보이는 목사는 네모진 턱을 가진 의지가 굳은 사내로 보였고 고생한 흔적이 얼굴에 묻어 났다.

목사의 방은 단출했다. 벽면의 정 중앙에 십자가가 걸려있을 뿐 장식이 거의 없었다. 소파가 삐걱거렸다. 다른 가구도 손 때가 많이 묻어 있었다. 중고 가구를 들여 놓는 것으로 짐작되었다. 한 20분 정도 지나서 목사가 들어왔다. 목사는 수인사를 하고 직접 우롱차를 타서 대접하면서 "이곳 교인들은 대부분 한국에서 온 상사원과 자영업자들입니다. 간혹 주일이면 한국 관광객들이 교회를 찾곤 하죠. 저는 7년 전에 이곳에 와서 개척 교회를 세웠는데 처음에는 갖은 고생을 했지만 이제는 교회가 어느 정도 자리 잡아가고 있습니다." 라고 했다. "수년 동안 성도들이 모금하여 작년에 이 교회 건물을 구입했습니다. 우리 교인들의 간절한 기도에 하나님께서 응답해 주신 것이지요." 라고 말하는 그의 눈은 신념과 자신감에 차 있었다.

철민은 "저는 조선인을 부모로 둔 중국인입니다. 옌볜이 고향인데 돈을 벌려고 십여 년 전 상하이로 이주했습니다. 지금은 큰 식당을 몇 개 경영하고 있어 돈 걱정은 안하고 살죠. 이 사람은 제 처입니다. 작년에 결혼했죠. 둘 다 나이 들어 결혼한 만큼 서로 상대방의 소중함을 잘 알죠." 철민은 능청을 떨며 말을 이어 갔다. "돈을 버느라 신혼여행을 못 갔는데, 이번에 큰 맘 먹고 지각 신혼여행을 하는 중입니다. 이곳에서 2, 3일 관광한 후에 샹그릴라로 갈 예정입니다." 목사와 십여 분 동안 객담을 나누던 철민은 본론을 끄집어 냈다. "쿤밍에는 남조선으로 가기를 원하는 탈북자들을 돕는 종교인들이 있다는 얘기를 들었습니다. 저희 식당 종업원 중 탈북자가 있는데 애절하게 남조선으로 가고 싶어 해요. 그 아주머니는 2년 전에 남편과 두 딸과 함께 탈북했는데 탈북 직후 만주에서 남편과 헤어졌답니다. 지금은 예닐곱 살 정도의 두 딸과 살고 있는데, 애들이 얼마나 귀여운지…… 그 아주머니가 최근 남편이 남조선에 정착했다는 소식을 듣고는 오매불망 남조선으로 갈 방법을 찾고 있습니다. 목사님, 혹시 그 아주머니를 도울 수 있는 방법이 없겠습니까? 아이들에게 아비를 찾아 줄 방법이 없겠습니까? 제 처는 조선말을 모르니 편히 말씀하셔도 됩니다." 철민은 애절한 목소리로 목사에게 호소했다. 그러나 목사는 의심스러운 눈빛으로 철민을 관찰하면서, "저는 그런 일에 관여하지 않습니다."라고 단호하게 답했다. 그러나 철민은 목사의 눈빛이 흔들리는 것을 간파했다. 철민은 잘 알겠다고 하면서 "혹시 다른 목사님이나 신부님 또는 스님 중에 그런 일을 하시는 분이 있으면 알려 주십시오. 제 휴대전화 번호를 이 쪽지에 적어 놓았습니다."라며 목사에게 메모지를 건넸다. 철민은 자리에서 일어나며, 두툼한 누런 서류 봉투를 탁자에 놓았다. "달리 생각하지 마십시오. 목사님의 사목 일을 돕고 싶은 마음에서 준비한 겁니다." 일부러 봉하지 않은 봉투 틈으로 100 위안짜리 지폐 다발이 보였다. 작별 인사를 하면서 철민은 "솔직히 말씀 드리겠습니다. 사실 그 종업원은 저의 가까운 친척입니다. 그녀가 한국으로 가는데 필요한 모든 경비는 전적으로 제가 책임지겠습니다. 불쌍한 아이들이 애비를 만날 수 있도록 도와 달라고 예수님께 기도해 주십시오."라고 말했다. 목사는 봉투의 두께에 놀라며 멍하니 그들을 바라보았다. 철민은 목사와 작별 인사를 하고 문을 나서다가 국경을 넘을 안내인을 구해 주면 3만 위안을 더 헌금하겠다는 말을 덧붙였다.

교회를 나와 걸으며 철민은 목사와의 대화 내용을 에이미에게 설명했다. "철민 씨, 연기가 보통이 아니던데요. 배우를 해도 되겠어요. 그런데 목사에게 돈을 너무 많이 준 것 아녜요?" 에이미가 살짝 눈을 흘겼다. 철민은 "우리에게 돈은 있지만 시간이 없어요. 우리는 중국 공안과 조선 보위부 그리고 삼합회에 쫓기는 신세입니다. 이곳에서 너무 지체하면 꼬리가 밟힐 수 있어요. 잡히면 돈이 다 무슨 소용이 있어요? 두고 봐요. 연락이 올 테니까. 낡은 교회 건물을 보세요. 페인트가 다 벗겨졌는데 채색을 못하고 있잖아요. 목사 방에 있는 가구들도 삐걱거리잖아요. 그 목사는 지금 돈이 필요해요. 상식을 뛰어 넘는 행동이 때로는 목적 달성의 지름길입니다.” 라고 말했다. 에이미는 “와일드 베팅이군요. 철민 씨, 포커잘 하세요?”라고 하며 눈웃음을 쳤다. 철민은 씩 웃고 말았다. 그는푸세이도스의 고수였다. 푸세이도스는 훌라와 포커를 섞어서 만든북한과 중국에서 유행하는 일종의 도박 게임이다. 에이미가 말을이었다. “허긴, 중국에서 돈이면 안 되는 일이 없으니까……” 철민은 “조선에서도 마찬가지예요. 그곳은 돈이면 죄인이 영웅이 되는세상이지요.” 라고 덧붙였다.

쿤밍의 하늘은 사파이어의 푸른 빛을 띠었다. 쿤밍은 연중 20도안팎의 온화한 기후를 자랑하는 영원한 봄의 도시이다. 12월인데도 동 히말라야 산자락에서 서풍이 시원하게 불어왔다. 에이미가“그냥 호텔 방으로 돌아가기는 아까운 날씨네요. 쿤밍의 겨울은매화 축제로 유명하다고 해요. 호텔에서 관광 팜플렛을 보니 흑룡단 공원에서 매화 축제가 열리고 있대요. 그곳으로 가요.”라고 하며철민의 손을 이끌었다. 에이미가 철민에게 기대며 팔짱을 꼈다. 철민이 팔짱 낀 에이미의 오른손을 왼손으로 살며시 움켜 쥐었다. 공원은 휴일 가족 나들이를 나온 사람들로 붐볐다. 미풍에 실려온 은은한 매화 향기가 코끝을 간지럽혔다. 둘은 인파에서 벗어나 인적이 드문 곳으로 걸음을 옮겼다. 에이미가 목에 둘렀던 머플러를 매화나무 아래에 깔더니 살며시 웃으며 철민에게 오라고 손짓했다. 둘은 풀밭에 누웠다. 바다 빛 푸른 하늘에 뭉게구름이 갖가지 모양을 만들고 있었다. 에이미는 매화 향기에 취한 듯 눈을 감았다. 철민이 몸을 일으켜 에이미의 얼굴을 찬찬히 내려다보았다. 하얀 얼굴이 햇빛에 윤기를 머금고 발그레 빛났다. 긴 속눈썹이 파르르 떨렸다. 철민의 입술이 에이미의 진홍빛 얇은 입술로 다가 갔다. 그때 바람에 날려 온 매화 꽃잎이 에이미의 얼굴을 더듬었다. 에이미가 눈을 감은 채 움찔했다. 철민이 제풀에 깜짝 놀라며 다시 몸을 눕혔다.

　뭉게구름 아래로 철새 떼가 남쪽으로 날아가고 있었다. '저들에게는 국경이 없겠지.' 철민은 철새가 부러웠다. 뭉게구름이 미옥의 모습을 그렸다. '참 순박한 얼굴이다. 고생을 모르고 자랐기 때문이겠지.' 곧 영애와 영석의 까르르 하는 웃음 소리가 들리는 듯했다. 철민은 자신도 모르게 깊은 숨을 내쉬었다. 에이미가 눈을 감은 채 나지막이 속삭였다. "무슨 생각을 하세요. 꼭 넋이 빠진 사람 같네요." 철민이 "아니, 그냥 고향 생각이 나서⋯⋯" 하고 얼버무리는 순간, 몸을 일으킨 에이미가 그 진홍빛 입술로 철민의 입술을 덮었다. 마치 딴 생각하지 말고 자신에게 집중하라는 듯이. 에이미가 "아무 말 마세요."라고 하며, 철민을 더 세게 포옹하면서 애무했다. 둘의 숨결이 거칠어졌다. 그녀의 원숙한 몸놀림과 향기는 철민으로서는 생전 처음 맛보는 강렬한 자극이었다. 그것은 미옥의 풋풋하고 은은한 향기와 다른 농염함이 묻어나는 유혹이었다. 철민은 온몸이 공중에 둥둥 떠 다니는 것 같은 착각을 느꼈다. 그때 에이미가 차분히 입을 열었다. "부인을 많이 사랑하세요?" 그녀의 회색 빛 눈동자가 석양의 햇빛을 받아 연분홍으로 물들고 있었다.

　철민과 에이미가 교회를 방문한 다음 날 목사에게서 전화 연락이 왔다. 둘은 바로 교회를 찾았다. 목사가 만면에 웃음을 띠면서 그들을 맞았다. "좋은 소식이 있습니다. 어렵게 수소문한 끝에 탈북인을 돕는 사람을 찾아 냈습니다. 그 사람은 지난 2년 동안에 탈북인의 국경 통과를 열 번 가까이 도왔다 하더군요. 모두 성공했다고 해요. 그 사람도 탈북한 조선인이죠. 물론 종교인은 아닙니다." 철민은 "소위 탈북을 돕는 브로커라 할 수 있겠네요. 비용이 얼마나 든다고 합니까?"라고 단도직입적으로 물었다. 목사의 표정이 잠시 일그러졌다. 그러나 그는 곧바로 정색을 하며, "통상적으로는 일 인당 3만 위안이고, 교통비, 숙박비, 식비는 별도로 그쪽에서 책임져야 한다는 군요. 그런데 이번 경우는 아녀자와 어린 여자 아이가 두 명이니 자신이 전적으로 안전을 책임져야 하니까 조금 더 생각해 달라고 하더군요."라고 답했다. 철민은 "알겠습니다. 어떤 경로로 국경을 넘는답디까?"라고 물었다. 목사는 자세한 것은 직접 만나서 물어 보라고 했다. 그들은 다음 날 아침 10시에 교회에서 안내인을 만나는 것으로 약속을 잡았다. 교회를 나서며 에이미가 "목사에게 들어가는 돈까지 치면 제법 큰 돈이군요."라고 했다. 철민은 "에이미가 보태 줄 것 같은데요."라며 웃었다. 철민은 대사가 첸에게 돌려주라고 에이미에게 송금한 30만 위안이 고스란히 에이미의 수중에 있을 것이라고 생각했다. 대사가 에이미에게 송금한 다음 날 에이미가 첸의 손아귀에서 빠져나왔으니까.

쫓는 자와 쫓기는 자

　　중국 공안의 삼합회 전담부서에서 왕밍완 총경에게 에이미가 대포 폰 두 대를 구입했다는 정보를 입수했다고 보고했다. 왕 총경은 그 대포 폰이 최 대사와 강 서기관을 위한 것이라고 확신했다. '그렇다면 세 사람이 지금 동행하고 있다는 것인가?' 왕 총경은 그 대포 폰 두 대와 에이미의 휴대전화 번호로 그들의 위치를 추적하라고 지시했다. 그러나 이틀 동안 세 대의 휴대전화에서 수신, 발신 신호가 전혀 포착되지 않았다. 사흘째 되는 날 드디어 대포 폰 한 대에서 수신 신호가 포착되었다. 목사가 철민에게 건 전화였다. 왕 총경은 IT부서로부터 통화 시간이 짧아 위치 추적이 불가능했지만, 쿤밍 전화국의 서비스를 이용한 것이며 송화자의 번호를 알아냈다는 보고를 받았다. 왕 총경은 쿤밍 공안에 연락하여 송신자의 신병을 확보하라고 지시하고, 본인이 직접 내려갈 터이니 수사는 진행하지 말라고 당부했다. 왕 총경은 이번 사건이 본인의 출세를 위한 천재

일우의 기회라고 생각했다. 북조선 대사 탈주 사건을 본인이 직접 해결한다면 자신의 성가를 높일 수 있을 뿐 아니라, 운이 좋으면 이것이 승진의 기회가 될 수 있다고 판단했다. 왕 총경은 북조선 대사관에 전화하여 그들이 쿤밍에 있는 것 같다고 귀띔했다. 예상대로 박과장이 자신과 대사관 직원 한 명이 쿤밍까지 왕 총경과 동행하겠다고 했다. 왕 총경은 그 요청을 쾌히 받아들였다. 자신이 추적하는 사람들이 아직은 외교관 신분이기 때문에 말썽을 피하려면 대사관 직원을 동행하는 것이 나을 것이라는 판단이었다. 그날 저녁 왕 총경과 그의 부하 두 명, 박 과장과 대사관 보위부 파견관 한 명 등 다섯 명이 쿤밍 행 여객기에 몸을 실었다.

쿤밍 한국인 교회에 사복을 한 공안 두 명이 찾아왔다. 그들은 자신들을 수사과 형사라고 소개하면서 목사에게 몇 가지 간단한 질문이 있으니 시 공안처로 가자고 요구했다. 목사가 간단한 질문이라면 이곳에서도 할 수 있지 않냐고 대꾸하면서 영장도 없이 잡아가는 법이 어디 있냐 하면서 동행을 거부했다. 선임으로 보이는 형사가 입을 열었다. "잡아 가는 것이 아니오. 당신의 동의 하에 가는 거지. 소위 임의 동행이란 말이요. 오기 전에 이 교회에 대해 조사해봤소. 이 교회는 아직 정식 허가를 받지 않은 불법 집단이더군. 자, 갈 것인지 말 것인지 당신이 결정하시오." 목사는 '바로 이러한 짓거리가 공산당 국가 중국에서의 종교 탄압이로구나' 라는 생각이 들었다. 6년 전에 교회 설립 허가를 신청했으나 뚜렷한 이유 설명없이 허가를 내주지 않고 있는 것은 시 당국이건만, 허가 여부를 빌미로 삼다니……' 목사는 마당에 있는 벤치를 가리키며, "잠깐 앉아 계시오. 옷을 챙겨 입고 나오겠소."라고 대답하는 수밖에 없었다. 형사는 씨익 웃으며 담배를 꺼내 물었다.

방으로 들어온 목사는 교회 유선전화로 강 서기관에게 전화했다. "공안이 들이 닥쳤습니다. 무슨 일인지는 모르겠지만 시 공안처로 가자고 합니다. 내일 10시에 이곳에서 안내인과 만나는 것은 안 되겠습니다. 안내인 전화번호를 알려 드릴 터이니 직접 연락해서 만나보도록 하시죠. 그리고, 말하기 쑥스럽지만 그 추가 헌금 3만 위안은 이곳에서 교회 살림을 하는 박 할머니에게 전해 주시면 고맙겠습니다. 박 할머니에게도 그리 일러 두겠습니다."라고 말하며, 안내인의 전화번호를 알려 준 후 황급히 전화를 끊었다. 강 서기관은 긴장했다. '드디어 올 것이 왔구나. 어떻게 알았을까? 아, 목사가 나에게 전화한 것이 탈이었구나. 보안 유지를 위해 투숙 호텔을 안 알려주고 휴대전화 번호를 준 것인데 오히려 그것이 불찰이었구나. 귀신 같은 놈들. 대포 폰인데도 알아내다니.' 강 서기관은 대사와 에이미에게 상황을 설명했다. 에이미의 큰 눈이 더욱 커졌다. 대사는 오히려 침착해 보였다. 대사가 입을 열었다. "서둘러야겠군. 안내인에게 전화하여 지금 당장 출발하자고 하세요."

안내인은 전화벨 소리가 한 번 울리자 바로 전화를 받았다. 철민은 목사가 얘기한 일행이라고 자신을 소개하면서 목사가 방금 공안에 소환되었다고 알려주었다. 상황이 이러하니 지금 당장 출발하는 것이 좋겠는데 준비가 되겠냐고 물었다. 안내인은 아주머니와 여자 애들이 이미 쿤밍에 와 있냐고 물었다. 철민은 사실은 떠날 사람은 남자 둘, 여자 하나, 모두 성인이라고 했다. 안내인은 잠시 머뭇거리다가 "좋습니다. 준비를 서두르겠습니다. 저녁 다섯 시까지 숙소로 모시러 가겠습니다. 숙소가 어딘가요? 저는 베이지 색 점퍼를 입고 흰색 밴으로 가겠습니다."라고 즉각 대답했다.

철민 일행은 서둘러 여장을 꾸렸다. 대사는 안내원에게 줄 돈을 포함한 여행 경비라 하며 철민에게 20만 위안을 더 주었다. 에이미가 자기도 동참하겠다면서 철민에게 5만 위안을 건넸다. 세 사람 모두 칙칙한 색의 간편복 차림이었다. 모두들 등에 멘 대형 배낭 이외에는 짐이 없었다. 철민은 호텔 프론트 데스크에서 체크 아웃을 하면서 현관 유리문으로 밖을 살폈다. 둥펑 엠블렘이 붙어 있는 낡은 흰색 밴 옆에 베이지 색 점퍼 차림의 삼십 대 중반으로 보이는 사내가 서성거리고 있었다. '저 고물 밴으로 험한 산을 넘어야 한다니⋯⋯' 철민은 불안한 마음이 들었다. 일행이 사내에게 다가갔다. 사내는 대뜸 그들을 알아보며 머리를 조아렸다. "박광수라고 합니다. 그냥 박 씨라고 불러 주십시오." 박 씨는 일행의 배낭을 받아 밴 뒷좌석에 실으면서 에이미를 흘끔 쳐다보다가 이내 정색을 하며 운전 조수석으로 향했다. 운전수가 차에 시동을 걸자, 박 씨는 그를 가리키며 "이 친구 중국 사람인데 조선말을 잘합니다. 우리는 호형호제하는 사이라 저한테 조선말을 배웠죠. 물론 제가 형입니다만." 운전석에 앉아 있던 젊은 사내가 빙긋이 웃었다.

밴이 출발하자 박 씨는 도로 사정을 생각한다면 베트남 쪽으로 가야겠지만 중국, 베트남 양국의 국경 경비가 삼엄하여 라오스 쪽으로 갈 생각이라고 했다. 그는 이미 열 번 가까이 그 루트로 다녀봤으니 안심하라는 말을 덧붙였다. 그리고는 비용 내역에 대해 상세히 설명했다. 철민은 박 씨가 말한 비용 총액의 절반을 선금으로 주면서 일행이 안전하게 국경을 넘는다면 요구한 돈 이외에 보너스로 2만 위안을 더 주겠다고 말했다.

대장정의 시작이다. 라오스 국경으로 가려면 쿤밍 시에서 계속 남서쪽으로 나아가야 했다. 쿤밍 시내를 벗어나면서 하늘이 저녁 노을로 물들었다. 대사도 철민도 에이미도 말이 없었다. 불필요한 대화는 박 씨와 운전수에게 자신들의 정체를 노출시킬 수 있기 때문이기도 했지만, 그들은 쫓기는 자의 불안을 말없이 속으로 삭히고 있었다. 그러한 침묵이 어색했던지 박 씨가 주절거렸다. 그는 철민에게 "부인이신가요? 아주 미인이십니다. 조선 사람은 아닌 거 같은데 조선말은 하시나요?"라고 물으며 에이미의 신상을 넘겨 짚었다. 철민은 그가 에이미에게 관심을 보이는 것이 불쾌했지만, 그의 도움을 받아야 할 처지이니 쓸데없이 그를 자극할 필요는 없다는 생각에 "그렇소. 집사람이오. 조선말은 서툴지."라며 순순히 대답했다.

베이징에서 저녁 비행기를 탄 왕 총경 일행은 자정이 다 되어서야 쿤밍에 도착했다. 왕 총경은 영접 나온 쿤밍 공안처 간부로부터 목사의 신병을 확보해 두었다는 보고를 받고, 다음 날 이른 아침에 베이징 수사팀이 직접 신문하겠다고 일러두었다. 아침 여덟 시에 신문이 시작되었다. 왕 총경이 옆 방에서 한 쪽에서만 볼 수 있는 유리창 사이로 지켜보는 가운데 목사는 베이징에서 왕 총경을 수행하여 온 수사관과 마주 앉았다. 노련한 수사관은 "당신이 전화했던 사람은 중죄인이오. 어떤 이유로 그에게 전화했소? 솔직히 얘기하면 당신은 지금 당장 석방되지만 거짓말하는 경우에는 공범으로 간주하겠소." 라며 목사를 어르고 달랬다. 목사는 순순히 사실대로 진술했다. 그로서는 철민을 보호해야 할 하등의 이유가 없었기 때문이었다. 목사는 더 이상의 추궁을 받지 않고 풀려났다. 수사는 박 씨의 행적을 쫓는 것으로 시작되었다. 박 씨의 주변에 대한 탐문 수사를 진행했으나 별 진척이 없었다. 왕 총경의 눈에는 쿤밍 시 공안처 말단 수사관들이 수사에 열성을 보이지 않는 것으로 보였다. 중앙에서 온 공안 간부가 남의 지역에 와서 설쳐 대는 것이 아니꼽다는 표정들이 역력했다. 왕 총경은 하는 수 없이 자신을 수행한 두 명의 수사관을 직접 현장에 투입했다. 이들도 어려움을 겪기는 마찬가지였다. 박 씨의 주변 인물들이 이들의 수사에 비협조적이었기 때문이었다. 윈난 성은 26개 소수 민족이 살고 있는데 이들은 대부분 중앙에 반감을 가지고 있었다. 늦은 저녁 무렵 이들은 박 씨와 사이가 안 좋은 인물을 찾아 냈고, 그로부터 박 씨가 밀출국자를 돕는 전문 안내인이라는 사실을 확인했다. 또한 박 씨가 주로 라오스 국경 쪽을 탈출로로 이용한다는 사실도 알아냈다.

왕 총경은 지도를 펼쳤다. 쿤밍 시 교외를 벗어나면 라오스 국경까지는 간선도로가 하나뿐이었다. 국경에 도달하기까지 도시가 전무하고 국경에서 얼마 떨어지지 않은 곳에 사상반나라는 소도시가 있었다. 쿤밍 공안처 간부는 사상반나는 명칭만 시일 뿐 사실상 조그마한 마을에 불과하다고 했다. 그곳까지 가는 도로는 비포장이며 도로 양 옆은 임야이거나 산악 지역이라고 했다. 왕 총경은 간부에게 차량 편으로 사상반나까지 가는 데 소요되는 시간을 물었다. 도로 사정이 나빠 꼬박 하루가 걸릴 것이라는 대답이었다. 왕 총경은 베이징 수사팀이 직접 사상반나로 갈 터이니 헬리콥터를 준비해 달라고 요청했다. 간부는 난색을 표했다. 이미 해도 저물고 기상이 안 좋아 헬기를 띄우기 어렵다고 했다. 왕 총경은 그대로 물러 서지 않았다. 그는 이런 식으로 나온다면 수사에 협조하지 않았다고 당에 고발하겠다고 을러 댔다. 간부는 굳은 표정으로 잠시 말을 않다가 알아보고 오겠다며 방을 나갔다. 20여 분 후 돌아온 간부는 이미 퇴근한 헬기 조종사를 수소문했으나 행방이 묘연하다고 했다. 왕 총경은 끓어오르는 화를 참으면서 사정이 그렇다면 내일 아침 일찍 출발할 수 있도록 준비해 달라고 하면서 간부를 노려보았다.

철민 일행은 운전수와 박 씨를 달래가며 밤을 세워 차를 몰았다. 포장도로는 오래 전에 끊겼다. 헤드라이트 불빛에 흙먼지가 뽀얗게 피어올랐다. 일행은 눈을 감고 잠을 청했으나 패인 땅에 밴이 쉴 새 없이 덜컹거려 거의 비몽사몽으로 밤을 지새웠다. 동 틀 무렵 도로 주변에 인가가 몇 채 눈에 띄었다. 그 중 굴뚝에 연기가 나는 집을 골라 밴을 세웠다. 노부부가 아침 식사를 준비 중이었다. 일행은 노부부에게 충분한 돈을 주고 푸짐하게 음식을 대접받았다. 노부부는 자식들은 모두 돈 벌러 쿤밍 시에 나갔다 했다. 둘이 농사지으며 외롭게 사는데 이렇게 손님들이 찾아오니 자기네들도 반갑다고 했다. 순박한 시골 노인들이었다. 아침 식사를 하면서 철민은 박 씨가 가끔 에이미에게 눈길을 주는 것을 의식했다. 철민은 기분이 상했지만 내색을 하지는 않았다. 식사를 마치고 일행은 잠깐 동안 눈을 붙이고 서진을 계속했다. 늦은 밤에 사상반나에 도착했다. 일행은 제법 큰 여관에서 일박을 했다. 안전을 고려하여 에이미도 대사와 철민과 한 방을 썼다.

　이튿날 여관에서 아침식사를 하는 중에 갑자기 요란한 기계음이 들렸다. 밖을 내다보니 공안이라는 푸른색 마크가 번쩍이는 헬리콥터가 하강하는 것이 보였다. "이 촌 구석에 공안 헬기가 내리다니 필시 우리를 추적하는 것일게요." 대사가 출발을 서두르자고 했다. 밴이 출발하자 대사가 말했다. "목사를 통해 박 씨가 우리를 안내한다는 것이 들통난 것 같소. 그렇다면 공안이 이 밴의 차량번호까지 알고 있는 것으로 봐야겠지. 검문을 피해 가야 할 터인데……" 대사가 국경까지 거리는 얼마나 되냐고 박 씨에게 물었다. 박 씨는 족히 200km는 될 것인데 국경 직전 삼거리에 검문소가 있다고 했다. 대사가 그 검문소에서 국경까지의 거리를 물었다. 박 씨는 한 10km쯤 될 것이라고 답했다. 대사가 박 씨에게 "그렇다면 검문소 직전에 차를 세워 인근 산 속에 감춰 두고 걸어서 가자고 제안했다. 박 씨는 처음에는 난감한 표정을 짓다가 차량이 도난당할 가능성까지 염두에 두고 보상해 주신다면 그렇게 하겠다고 했다. 대사가 알겠다고 대답했다. 철민은 '도난당했을 경우 보험으로 처리하면 되지 않겠는가? 그것보다도 이 고물 차를 누가 훔쳐 가겠는가?' 라는 생각이 들었지만 아무 말도 하지 않았다. 일행은 일단 차를 타고 출발했다. 밴은 비포장 외길을 따라 덜컹거리며 오전 내내 달렸다. 정오 무렵에 박 씨가 3km 정도 더 가면 검문소라고 했다. 일행은 인근 산등성이 후미진 곳에 차를 세우고 차체를 낙엽으로 덮었다. 그리고 산길을 통해 검문소를 우회하기 시작했다. 박 씨가 나침반을 보며 길잡이를 했다. 12월인데도 조선의 초가을 날씨였다. 시원한 바람이 코끝에 스쳤다. 에이미의 얼굴이 홍조를 띠었다. 두어 시간이 지나자 대사가 연신 숨을 헐떡였다. 육십 대 후반의 노인에게는 쉽지 않은 강행군이었다. 해질 무렵 산 중턱에 올랐을 때 멀리 검문소가 보였다. 대사가 힘겨워하는 모습을 보고 철민이 쉬어 가자고 했다. 일행은 전날 아침 식사를 차려 준 할머니가 떠날 때 주었던 삶은 고구마와 감자로 허기를 달랬다. 대사는 당이 떨어졌다며 배낭에서 주사기를 꺼내 배에 찔렀다. 철민은 '참, 대사에게 당뇨병이 있지. 인슐린 주사인가 보다. 어떻게 이제까지 티를 안 내고 잘 버텼네.'라고 생각했다.

사상반나 공안파출소는 쿤밍 보안처의 지시를 받고 이른 아침부터 마을 입구에서 차량 검문을 시작했다. 철민 일행이 전날 밤 사상반나에 들어왔으니 그들이 한 발 늦은 것이었다. 왕 총경은 헬기에서 내리자마자 공안파출소에 수사본부를 설치했다. 그는 맨 먼저 파출소장에게 세 사람의 사진을 주며 사상반나 시내의 여관을 뒤지라고 명령했다. 정오 무렵 소장이 그들이 한 여관에서 자고 아침 일찍 흰색 밴을 타고 떠났다고 왕 총경에게 보고했다. '제대로 찾아왔군.' 왕 총경은 흥분했다. 그는 파출소장에게 전 공안 병력을 차출하겠다고 을러 댔다. 쿤밍 보안처의 때문은 공안 수사관들과는 달리 시골 파출소장과 공안들은 베이징 고위 간부의 등장에 긴장하면서 고분고분했다. 소장은 명령에 따르겠다면서 병력 현황을 보고했다. 그러나 마을의 공안원이 50여 명인데 동원 가능한 인원은 최대 삼십 명이라는 소장의 보고를 받고 왕 총경은 낙심했다. 도로 양 옆을 샅샅이 뒤지고자 했던 왕 총경의 계획이 어그러질 수밖에 없었기 때문이었다. 왕 총경은 하는 수 없이 도로 좌우의 산악 수색에 각 12명의 공안원을 투입하여 수색을 시작하도록 했다. 자신은 베이징 팀과 함께 여섯 명의 현지 공안원을 이끌고 국경 인근 검문소에서 직접 수색을 지휘하기로 했다. 그러나 수색 지역이 넓어 그날 저녁과 그 이튿날에도 그들의 도주에 관한 아무런 단서를 찾을 수 없었다.

어둠이 짙게 깔렸으나 철민 일행은 그대로 전진했다. 박 씨와 운전수가 정글 칼로 나무 가지를 쳐가며 길을 내었다. 깊은 밤, 깊은 산속이었지만 발각될 것을 염려하여 박 씨가 가지고 있는 플래시를 켤 수 없었다. 일행은 초승달 빛에 기대어 무거운 걸음을 옮겼다. 가쁜 숨을 몰아 쉬다 내리막을 만나면 반가운 것도 잠시, 또 오르막이 나타났다. 오르막, 내리막을 반복하다 보니 내리막을 만나는 것이 오히려 부담스러웠다. 곧 오르막이 시작될 것이기 때문이었다. 철민은 오르막이 있으면 반드시 내리막이 있고, 내리막이 있으면 또 오르막이 있다는 것이 우리의 인생과 같다는 생각이 들었다. 그들은 길도 없는 캄캄한 숲 속을 초승달 빛에 의지하여 걷다 보니 나무뿌리와 돌 뿌리에 걸려 넘어지기 일쑤였다. 한 시간에 500m를 전진하기도 힘들었다. 그 상태로 더 이상의 강행군은 무의미 했다. 커다란 고목의 아래에 제법 넓은 공터가 나타났다. 일행은 쉬어 가기로 했다. 일행은 낙엽을 긁어모아 바닥에 깔고 배낭을 베개 삼아 잠을 청했다. 에이미를 중앙에 두고 대사와 철민이 양 옆에 누웠다. 멀찌감치 떨어져 자리를 잡았던 박 씨와 운전수는 코를 골기 시작했다. 철민은 에이미의 발끝이 자기 발을 건드리는 것을 느끼면서도 밀려오는 피로감에 깊은 잠에 빠져 들었다.

　동이 트기 시작했다. 철민 일행은 호텔에서 챙겨온 비상식량과 음료수로 요기를 하고 다시 산 언덕을 오르락내리락 하며 국경 쪽으로 남행했다. 멀리 산 아래에 꼬불꼬불한 길이 보였다. 방향을 제대로 잡은 것 같았다. 박 씨가 길이 난 방향을 따라가다 보면 국경이라고 했다. 두어 시간 걷다 보니 산 아래 길에 꾸물꾸물 기어가는 차량 두 대가 보였다. 감색이었다. 박 씨가 마을도 논밭도 없는 산악 밀림 지대에 나타난 푸른 색 차량이라면 공안일 수밖에 없다고 했다. 그는 심각한 표정으로 길이 난 방향으로 평행하게 가다가는 수색조에게 발각될 수도 있으니 길에서 멀리 떨어져 가자고 했다. 일행은 도로와 반대 편인 서쪽으로 산을 하나 넘은 다음 다시 남행하기로 했다. 숲이 더욱 울창해졌다. 박 씨가 이 상태로 간다면 국경까지 꼬박 이틀은 걸릴 것이라고 했다. 또 다른 문제는 밀림 속이라 어디가 국경선인지 알 수 없다고 했다. 하루 종일 쉬며, 가며 걸으면서 산 하나를 넘었다. 박 씨가 "공안은 따돌린 것 같습니다. 이제는 남행입니다. 조금만 더 힘냅시다."라며 일행을 격려했다.

　또 다른 밤이 찾아왔다. 일행은 숲 속에서 비교적 넓은 공간을 찾아 전날과 마찬가지 위치로 잠자리를 준비했다. 박 씨와 운전수는 제법 먼 거리에 있는 나무 아래에서 자신들이 준비해 온 음식으로 요기를 하면서 두런거렸다. 대사는 피로한 기색이 역력했지만 눈빛은 형형했다. 대사가 철민과 에이미에게 가까이 오라고 손짓했다. 그가 입을 열었다. "당신들이 옆에 있어 다행이야. 적어도 이 순간에는 외롭지 않으니까. 고마워." 항상 대사의 진지한 모습만을 보아 왔던 철민은 대사가 자신의 속내를 드러내는 것이 어색하게 느껴졌다. 대사가 말을 이어 갔다. "베이징에서 탈출한 이후 많은 생각이 들었소. 생명의 위협을 느끼며 쫓기다 보니 내 생을 뒤돌아보는 계기가 되었다고나 할까. 남들 눈에는 내 인생이 성공작으로 보일 거야. 나도 그 사실을 부인할 수 없고 또 부인하고 싶지도 않아. 나는 아버지를 잘 만난 덕분에 금수저를 물고 태어났고, 사회적으로도 계속 승승장구했던 것은 사실이니까. 그런데 중국에 와서 그러한 믿음에 조금씩 회의가 들기 시작했어. 유학시절에 내가 보았던 중국은 문화혁명의 광기에서 벗어나려고 안간힘을 쓰던 혼돈의 시기였어. 경제적으로도 조선과 별반 다른 것이 없었지. 그런데 덩샤오핑이라는 작은 거인이 그 거대하지만 헐벗은 나라를 바꾸어 놓기 시작했지. 이제 중국에는 적어도 굶어 죽는 사람은 없잖아? 중국의 변화를 보면서 나의 조국 조선도 달라져야 한다는 생각이 들기 시작했어. 조국의 변화를 위해 내가 할 수 있는 일은 무엇인가로 고민할 무렵 김정일 위원장이 돌아가신 거야. 나는 때가 왔다고 생각했어. 우리 조선이라는 나라가 세계에서 뒷전으로 밀려나고 그 인민이 겪고 있는 불행은 김씨 일가의 스탈린 식 독재 체제 때문인데 그것을 깨부술 기회가 왔다가 생각한 거야. 바로 그때 장성택 동지가 나에게 손을 내밀었어. 그는 중국의 힘을 빌어 권력을 쥐고자 했고, 내가 중간에서 역할을 해주기를 기대했던 거지. 나는 중국 공산당 핵심 그룹과 그 일을 본격적으로 추진하기 시작했어. 그들도 김씨 왕조를 끝내고 조선이 자기네 식의 개혁, 개방을 통해 경제적으로 안정된 나라가 되기를 원했지. 미국과의 패권경쟁에서 국경을 접하고 있는 조선이 안정되는 것이 필요했던 거지. 적어도 조선이 남조선과의 경쟁에서 뒤쳐지면 안 되겠다고 생각한 거야. 어느 정도 경제적으로 힘이 있는 조선이 적어도 남조선은 막아 주어야 한다는 생각이었지. 물론 새로운 정권은 자기네 들에게 좀더 고분고분한 정권이 되어야 한다는 전제는 있기는 했었지. 사실 조선이 중국에게 그들이 원하는 만큼 고분고분했던 적은 없잖아? 그들에게도 김씨 왕조 체제는 껄끄러운 존재였으니까. 그때 정은이가 눈치 채고 장 동지를 제거해 버린 거야.”

대사가 철민에게 “철민이, 저 가방에서 주사기와 인슐린 약을 좀 꺼내 주게.”라고 부탁했다. 철민은 대사가 강 서기관이나 강 동무 같은 호칭을 쓰지 않고 ‘철민이’라고 부르는 것이 불쾌하지 않았다. 오히려 함께 생사의 고비를 넘기다 보니 대사와 인간적으로 가까워진 것 같다고 느꼈다. 대사가 인슐린을 배에 주사한 후 말을 이어 갔다. “다른 한편으로는 작년에 집사람이 세상을 떠난 이후 출세와 성공이 내 인생에 큰 의미를 주지는 못 한다는 생각이 들기 시작했어. 나는 집사람이나 아이들한테 좋은 남편, 좋은 아버지가 되지는 못했어. 나는 평생을 사회적인 출세를 위해 가족마저 뒷전으로 밀어 두었지. 그런데 집사람이 세상을 떠나고 나니 나의 사회적 신분이나 출세가 허망해지기 시작한 거야. 돈도 마찬가지야. 짐작하겠지만 나에게는 큰 돈이 있어. 내가 언제 죽을지 모르겠지만 지금부터 아무리 흥청망청 쓴다 해도 가진 돈에 별로 축이 나지 않을 거야. 요 며칠 동안 만약 내가 이곳에서 살아나갈 수 있다면 이 돈을 어떻게 쓸 것인가를 생각하고 있었어.” 대사가 잠시 말을 멈추고 하늘을 쳐다보았다. "철민이, 저 별들 좀 봐. 하늘에 이렇게 많은 별들이 있다는 것이 오늘에야 눈에 들어오는군. 물론 이곳에 공해가 전혀 없어서 그런 것이겠지만, 공해가 없기는 마찬가지인 조선에서는 저 별들이 내 눈에 들어온 적이 없었어." 대사가 철민의 눈을 바라보며 무엇인가를 말하려다가 멈추면서 "오늘은 여기까지만 하지." 하더니 잠을 청했다.

철민은 잠을 이루지 못했다. 은하수가 선명히 보일 정도로 맑은 밤하늘이었다. 대사의 독백은 결코 그만의 문제가 아니라는 생각이 들었다. 그와 비슷한 환경에서 자란 자신의 문제이기도 했다. 그는 대사의 말 하나 하나를 곱씹어 보다가 대사를 바라보았다. 이미 깊은 잠에 빠져든 대사의 초췌한 얼굴에서 아버지의 얼굴이 떠올랐다. 아버지의 마지막 처참한 모습이 상상되었다. 아무리 그 모습을 지우려 해도 지워지지 않았다. 가슴에서 뜨거운 불덩이가 솟아올랐다. '어머니가 돌아가신 후 외롭다는 내색도 않고 근 20년 동안 나를 위해 헌신하셨던 분이 아니었던가? 미옥과 아이들을 본 지도 2년이 넘었다. 내가 무사히 이곳을 벗어나더라도 영영 그들을 볼 수 없단 말인가?' 뜨거운 눈물이 양 볼에 흘러내렸다. 대사의 코골이 소리가 낮은 신음소리로 바뀌었다. 60대 후반의 나이에 지병이 있는 몸으로 군소리 없이 여기까지 따라온 것만으로도 대단한 의지력을 가진 사람이라는 생각이 들었다. '대사와 그리 애틋한 관계는 아니지만 그래도 이 사람 덕분에 여기까지 오지 않았나.' 힘이 부치더라도 그를 끝까지 보살피겠다고 철민은 마음먹었다. 밤이 깊어지자 히말라야 서풍이 차가워졌다. 에이미가 철민의 품 속을 찾

아 들었다. 철민은 에이미를 꼬옥 안았다. 에이미의 따스한 체온을
느끼면서 철민도 잠에 빠졌다.

두 발의 총성

　'얼마나 지났을까?' 철민은 인기척에 잠을 깨었다. 20여 m 떨어진 나무 아래서 잠을 자던 박 씨와 운전수가 두런거리는 소리가 났다. "계획대로 해야지."라는 박 씨의 낮은 목소리가 어렴풋이 들려왔다. 박 씨에게 대꾸하는 운전수의 목소리에는 망설임이 묻어났다. 철민은 머리털이 쭈뼛 서는 것을 느꼈다. 인민군대에서 체득한 육감이 발동했다. 철민은 에이미를 깨우며 왼 손으로 그녀의 입을 막으면서 오른손 검지 손가락을 자신의 입술에 일 자로 세웠다. "조용." 철민은 낮게 속삭였다. 부시시 잠을 깨던 에이미의 큰 눈망울이 더 커졌다. 에이미도 상황이 이상하다는 것을 느꼈는지 침착해졌다. 철민은 배낭에서 비상용으로 사 두었던 군용 대검을 꺼내 오른손에 쥐고 자는 채 했다. 가슴이 쿵쿵 뛰었다. 아니나다를까. 그들이 몸을 일으켰다. 정글 칼의 금속 날이 초승 달빛에 반사되었다. 그들이 살금살금 다가오고 있었다. 철민도 오른손에 대검을 움켜진 채 공격 태세를 갖추었다. 박 씨가 철민을 내려다보며 잠 들었는지를 확인했다. 박 씨가 정글 칼을 치켜 드는 순간 철민의 대검이 그의 아킬레스 건을 잘랐다. 그가 외마디 비명을 지르며 쓰러졌다. 순간 대사가 몸을 일으켰다. 운전수가 놀라 정글 칼로 대사를 후려쳤다. 대사가 쓰러졌다. 운전수가 다시 몸을 가다듬더니 정글 칼로 철민을 공격했다. 그러나 어느새 철민은 용수철처럼 튀어 나가면서 칼날을 피했다. 아킬레스 건이 잘린 박 씨가 몸을 뒹굴어 정글 칼로 철민을 공격했다. 두 자루의 정글 칼과 한 자루의 단검의 싸움이었다. 철민이 운전수의 공격을 피하다가 나무뿌리에 걸려 넘어졌다. 운전수가 철민을 향하여 내려치는 정글 칼이 다시 달빛에 번뜩였다. 그 순간 "탕"하는 총성이 났다. 그리고 또 한발의 총성이 어두운 밤하늘을 갈랐다. 박 씨와 운전수가 그 자리에 고꾸라졌다. 에이미였다. 철민은 에이미를 멍하니 쳐다보았다. "어쩔 수 없었잖아요." 에이미가 항변하는 눈빛으로 철민을 쳐다보았다. 철민은 아무 소리 없이 에이미를 안았다. 대사가 피를 흘리며 신음하고 있었다. 철민은 먼저 박 씨와 운전수의 상태를 살폈다. 운전수의 심장 부근에 선혈이 낭자 했다. '즉사했나 보다.' 박 씨는 배에 총을 맞고 단말마의 숨을 내몰아 쉬고 있었다.

대사는 어깨에 정글 칼을 맞았다. 그의 옆에는 렌즈에 금이 간 대사의 안경이 나뒹굴어져 있었다. 에이미는 배낭에서 꺼낸 자신의 내의로 대사의 어깨 상처를 막으며 지혈했다. 그러나 상처가 깊었던지 출혈이 계속되었다. 철민은 칼날이 동맥을 친 것이라고 생각했다. 에이미는 대사의 입술을 생수로 적시면서 안절부절못했다.

'얼마나 지났을까?' 대사가 가쁜 숨을 쉬며 철민을 바라보고 입을 열었다. "나는 이제 글렀소. 이만하면 잘 살았소. 둘이 무사히 탈출하는 모습을 하늘에서 지켜보겠소. 내가 무사히 빠져나가지는 못하겠지만 당신에게 약속한 돈을 주겠소. 취리히에 있는 크레디 쉬스(CREDIT SUISSE) 은행이요. 계좌번호는 나의 지갑 안에 있는 쪽지에 적어 놓았네. 382로 시작하는 열두 자리 숫자야. 비밀번호는 당신 생년월일 여덟 자리 숫자이고." 대사는 더 이상 말하기가 어려웠던지 다시 가쁜 숨을 몰아 쉬었다. 그러나 그는 힘겹게 말을 이어 갔다. 아주 천천히. "그리고 나의 돈도 찾아 주시오…… 나의 두 아들에게 조선에서 탈출하라고 일러 두었으니, 그들이 탈출에 성공했거든 그들에게 돈을 주시오. 다 줄 필요는 없소. 그들이 자본주의 사회에서 살아가기에 부족함이 없을 정도면 되오. 나머지 돈은 내가 이루지 못한 일에 써 주시오. 우리 조선 인민을 위해 써 달란 말이요. 조선 인민이 그 질곡에서 벗어 날 수 있는 방법을 생각해 보시오. 큰 애 이름은 최민식, 작은 애는 최영식이오…… 그 돈은 같은 은행에 예치되어 있고…… 계좌번호는 지갑 안 그 쪽지에 적혀 있소…… 비밀 번호는……" 대사는 말을 잇지 못하고 고개를 떨구었다. 그러나 그는 안간힘을 쓰면서 "수령님, 타이타닉"이라는 엉뚱한 두 마디 말을 남기고 마지막 숨을 거뒀다. 단말마의 숨을 헐떡이던 박 씨도 기색이 없었다. 세 명이 객지에서 하늘나라로 간 것이었다.

야간 당직을 서던 검문소 공안원은 야전 천막에서 잠을 자던 왕 총경을 깨웠다. 그는 방금 서남 쪽 국경 근처에서 두 발의 총성이 울렸다고 보고했다. 왕 총경은 인근에 군 부대가 있느냐고 물었다. 현지 공안원은 당연히 국경경비대가 있다고 답했다. 왕 총경은 총성이 권총 또는 소총 중 어느 쪽인지 물었다. 권총 소리인 것 같다는 대답이었다. 총성이 울린 지점까지의 거리가 어느 정도 될 것 같냐는 물음에 공안원은 산울림이 있어 짐작하기 어려우나 대략 10km 정도는 될 것 같다고 했다. 수색 여부를 놓고 왕 총경은 고민에 빠졌다. 왕 총경은 '대사 일행이 총을 휴대했을 가능성은 매우 희박하다. 군 부대에서 나온 총성일 가능성이 크다. 그렇다고 군 부대에 총 발사 여부를 문의하더라도 그쪽에서 확인해 줄 것 같지 않다.'고 생각했다. 그러나 곧이어 베이징에서 최남단 국경까지 출장 온 자가 총성이 있었다는 보고를 받고도 현장을 확인하지 않았다면 추후 질책을 받을 수도 있다는 생각이 들면서 수색조를 투입하기로 결심했다. 왕 총경은 현지 공안원 스무 명과 베이징에서부터 그를 수행해 온 수사관 두 명으로 수색조를 편성했다. 조선 보위부 박 과장이 자신과 대사관 직원은 반드시 동행하겠다고 우기는 바람에 그들도 수색조에 포함시켰다. 좋지 않은 일이 발생했을 때 책임의 일부를 그들에게 떠넘기기 위해서였다. 박 과장으로서는 평양 보고용으로 마지막까지 최선을 다 했다는 기록이 필요했다. 수색조에는 경찰견 두 마리가 포함되었다. 동이 트면서 수색조는 총성이 난 방향인 서남 쪽 밀림을 향해 출발했다.

그 시각 철민은 정글 칼로 자른 나무 잔가지와 낙엽을 세 구의 시신 위에 두텁게 덮었다. 여기저기 낭자한 핏자국에도 낙엽을 수북이 덮었다. 인간에 대한 예의이기도 하지만, 혹시 모를 수색조에게 흔적을 남기지 않기 위해서였다. 철민과 에이미는 종교를 믿지 않았지만 그들의 명복을 빌었다. 철민은 대사의 지갑에서 은행 계좌번호가 적힌 쪽지부터 챙겼다. 지갑 안에 있던 약간의 현찰과 대사의 신원이 드러날 만한 신분증도 모두 챙겼다. 그리고 대사의 배낭에서 노트북 컴퓨터를 꺼냈다. 그 안에 비자금의 모든 것이 들어 있을 것이라 생각했다. 배낭 깊숙이 달러와 위안화가 고액권으로만 가득했다. 철민은 노트북과 돈을 자신의 배낭으로 옮겼다. 박 씨의 가방에서 사흘 전에 선금으로 준 5만 위안을 회수하면서, 철민은 "우리가 그렇게 돈이 많아 보였어? 아니면 에이미가 탐이 났더냐? 욕심이 과했던 것이 당신 목숨을 앗아 갔구려."하고 중얼거렸다. 철민을 물끄러미 바라보는 에이미는 아직도 몸을 떨고 있었다. 그리고 철민은 박 씨와 운전수의 배낭에 들어있는 얼마 남지 않은 먹거리와 식수도 챙겨 자기 배낭에 넣었다.

동이 트면서 철민과 에이미는 박 씨가 남긴 나침반에 의지하여 남행을 시작했다. 노트북 컴퓨터와 거액의 현찰, 식량, 식수로 인해 철민의 배낭은 두 배로 무거워졌다. 반나절을 걷다 보니 높은 산이 우뚝 서서 위세를 부리며 둘을 가로막았다. 둘은 하는 수 없이 산등성이를 타고 또 서진하다가 다시 남행했다. 숲은 아열대 수목과 잡초로 빽빽이 들어차 있어 정글 칼로 나뭇가지를 쳐가며 전진했다. 태양이 높이 뜨면서 온몸이 땀으로 젖었다. 에이미도 지쳐 걸음이 늦어지고 있었다. 밀림 속에 국경 표시가 있을 리 없으니 이 상태로 얼마나 더 가야 할지를 가늠할 수도 없었다. 나뭇가지를 스치는 야생동물의 움직임 소리에 긴장하기도 했다. 짝을 찾는 산새들의 세레나데가 비장한 울음 소리로 들렸다. 가다 쉬다 하며 온종일 걷다 보니 석양이 찾아왔다. 마침 앞에 동굴이 나타났다. 둘은 이 무슨 행운인가라는 기분으로 동굴 안으로 들어 갔다. 퀴퀴한 냄새 때문에 동굴 깊이 들어가지 않고 입구에 자리를 잡았다. 둘은 마지막 남은 비상식량으로 허기를 채웠다. 그것으로 식량은 바닥이 났고, 플라스틱 생수 병에 담긴 식수도 바닥에서 찰랑거렸다. 그때 동굴 깊숙한 곳으로부터 검은 물체들이 날아왔다. 박쥐 떼였다. 어둠이 찾아오니 박쥐들이 활동을 시작하는 것이었다. 철민과 에이미는 급히 배낭을 챙겨 동굴 밖으로 뛰쳐나갔다. 또 하룻밤, 둘은 큰 나무 밑에 낙엽을 깔고 누웠다. 초승의 반달이 별빛과 어우러진 밤하늘. 철민은 고개를 돌려 피로에 지쳐 나뒹굴어져 있는 에이미를 바라보았다. 얼굴이 땀에 젖은 흔적으로 얼룩졌지만 하얀 피부는 여전히 별빛에 빛났다. 밤 공기가 차가워졌다. 둘은 꼭 껴안고 깊은 잠에 빠져들었다.

공안 수색조는 총성이 난 방향을 향해 이동하며 온종일 숲을 헤맸으나 이렇다 할 흔적을 찾지 못하고 그날 밤 야산에서 비박을 했다. 이튿날 새벽 수색을 재개하고 얼마되지 않아 수색견들이 요란하게 짖기 시작했다. 수색견을 따라가던 수색조는 낙엽과 나뭇가지에 덮인 세 구의 시체를 발견했다. 보위부 박 과장은 그 중 하나가 최 대사의 시신임을 확인했다. '대사가 죽었다.' 박 과장은 일단 안도했다. 최현준 대사의 죽음은 조.중 양국관계에 관한 일급 비밀, 김정은 위원장 동지의 비자금 관련 사항 등 중국이나 다른 적국에 알려지면 공화국과 위원장 동지에게 엄청난 타격을 줄 수 있는 비밀이 묻히게 됨을 의미하는 것이기 때문이었다. 그것은 또한 자신이 문책에서 벗어날 수 있는 길을 열어주는 행운이기도 하기 때문이었다. 베이징 수사관들은 현지 공안원들에게 국경까지의 거리를 물었다. 공안원들은 대략 3km 정도 더 가면 국경이라고 했다. 베이징 수사관들의 지휘로 현지 공안원들은 사건 현장 주위를 샅샅이 수색했으나 추격에 필요한 이렇다 할 단서를 발견하지는 못했다. 시신 주변 이외에는 핏자국도 없었다. 베이징 수사관들은 더 이상의 핏자국이 없으니 철민과 에이미는 부상을 당하지 않았을 것이라고 판단했다. 따라서 사건 발생 후 만 하루가 지났으므로 그들이 이미 국경을 넘었을 것이라고 추정했다. 그들은 무전으로 왕 총경에게 그러한 상황을 보고했다. 왕 총경도 대사의 죽음에 일단 안도했다. 자신으로서도 윗선에 최선을 다했다고 보고할 근거가 생겼다는 생각이 들었기 때문이었다. 철민과 에이미의 도주는 대사의 탈주와 비교하면 그리 큰 문제는 아니었다. 왕 총경은 일단 철민과 에이미를 추적하되 해질 무렵까지 그들을 발견하지 못하면 철수하라고 지시했다. 반나절이면 국경까지 도착할 수 있는 거리이기 때문에 일단 수색조가 국경까지 수색했다는 기록을 남기기 위해서였다.

에이미의 도주는 삼합회로서도 큰 충격이었다. 첸에게는 그녀가 삼합회 내부의 일을 속속들이 알고 있는 것이 큰 문제였다. 첸은 에이미의 도주가 개인적으로는 자신에 대한 배신 행위이지만, 그보다 그녀가 자의에 의해서든 강압에 의해서든 삼합회의 비밀과 약점을 노출할 경우 초래되는 조직의 위험이 더 걱정이었다. 첸은 삼합회 자체 조직은 물론이고 공안 내부에 있는 삼합회의 정보원들을 통해 에이미의 행적을 추적했다. 공안에 잠입해 있는 정보원의 마지막 보고는 최현준 대사는 죽었고, 에이미와 철민은 라오스 국경을 넘었을 것으로 추정된다는 것이었다. 첸은 전 세계 삼합회 조직에 에이미를 끝까지 추적하는 데 협조해 달라고 요청했다. 특히 홍콩 삼합회에는 그녀가 고향으로 되돌아 갈 가능성에 대비하여 그녀의 모친 주변을 상시 감시하라는 명령을 내렸다. 배신자는 끝까지 추적하여 제거한다는 것이 수십 년간 내려온 삼합회의 불문율이었다.

아침 햇살이 철민을 깨웠다. 아주 먼 곳에서 어렴풋이 개 짖는 소리가 들려왔다. 철민은 이 깊은 산속에서 개 짖는 소리가 났다면 경찰 수색견이 짖는 소리임에 틀림없다는 생각에 에이미를 깨웠다. 철민이 에이미에게 "저 소리 들려요?"라고 하며 소리가 나는 방향을 손가락으로 가리켰다. 전날 새벽 사건이 일어난 곳의 방향이었다. 그들은 시신들이 발견되었을 것이라고 쉽게 짐작할 수 있었다. 에이미도 곧 심각성을 깨달았다. 둘은 허겁지겁 짐을 챙겨 다시 남쪽으로 무거운 발걸음을 옮기기 시작했다. 나흘째 숲이 우거진 아열대림을 헤쳐 나가다 보니 둘은 완전히 녹초가 되었다. 온몸은 때국물에 젖었다. 에이미의 걸음이 늦어졌다. 얼마 가지 않아 에이미가 주저 앉으며 "더 이상 못 가겠어요."라고 했다. 철민도 마찬가지였다. 둘은 자리에 누웠다. 멀리서 개 짖는 소리가 들려오지만 한 번 드러누운 몸을 다시 일으킬 힘마저 없었다. 둘은 마지막 남은 식수를 한 모금씩 나눠 마셨다. 철민은 인민군대 시절 겪었던 탈수증을 떠올렸다. 일단 탈수 상태에 접어들면 온몸을 꼼짝할 수 없다는 것을 체험했던 기억이 되살아 났다. 에이미는 실신한 사람처럼 거의 의식을 잃고 깊은 잠에 빠져 들었다. 활엽수의 너른 나뭇잎이 햇볕을 막아주었다. '여기에서 이대로 무너지는가?' 탈수증의 무서움을 체험했던 철민은 의식을 놓치지 않으려고 안간힘을 썼지만 그도 어쩔 수 없이 무의식 속으로 빠져 들었다.

　얼마나 지났을까? 철민은 얼굴을 때리는 차가운 감촉에 눈을 떴다. 에이미도 눈을 떴다. '비다.' 맑은 하늘에서 내려 뿜는 열대성 스콜의 굵은 빗방울이 온몸을 휘갈겼다. 둘은 몸을 일으켜 활엽수 나뭇잎에 빗물을 받아 마시고, 또 마셨다. 그리고 가지고 있는 모든 플라스틱 생수 병에 빗물을 채웠다. '하늘의 축복이란 바로 이런 행운을 말하는 것인가?' 둘은 웃으며 빗물에 얼굴을 씻었다. 에이미가 티 셔츠와 바지를 벗고 빗물에 몸을 씻는다. 곧이어 그녀는 몸에 걸쳤던 마지막 옷가지를 허공에 던져 버리며, 하늘을 향해 두 팔을 벌린다. 굵은 빗방울이 에이미의 나신을 때린다. 그녀의 발끝이 땅으로 스며들어 뿌리를 내린다. 손 끝에서 녹색 잎이 돋는다. 한 그루의 상수리 나무다. 탄탄한 몸매에 우유 빛 피부가 석양의 잔광에 눈이 부시다. 눈부신 나신이다. 보티첼리의 '비너스 탄생'이다. 철민도 옷을 벗는다. 탄탄한 나체다. 고대 그리스 조각 '원반 던지는 사람' 청동상이다. 굵은 빗방울이 두 사람의 온몸을 때린다. 간지럽다. 마주 서서 서로를 바라보던 그들은 상대의 눈동자에 비친 자기 모습을 발견한다. '내가 너이고, 네가 나로구나.' 둘은 몸을 눕힌다. 그리고 서로가 서로를 탐닉한다. 둘은 몸을 섞는다. 둘이 한 몸이 된다. 한 몸이 된 그들은 서로의 눈동자를 바라본다. 둘의 눈에 들어온 빗방울이 눈물에 섞여 상대의 얼굴이 뿌옇게 흐려졌다. '그래, 우리에게 내일은 없어. 이대로 그냥 하늘 나라로 올라가도 상관없어!' 멀리서 들려오던 개 짖는 소리가 잦아 들기 시작했다. 그리고, 그들은 죽음과도 같은 깊은 잠에 빠져들었다.

2장

———

미국

가난한 마을

소나기를 흠뻑 맞고 생기를 되찾은 철민과 에이미는 밀림을 헤치며 걷고, 또 걸었다. 식량이 떨어져 이틀째 아무 것도 먹지 못했다. 그나마 플라스틱 병에 받아 놓은 빗물로 목을 축일 수 있었던 것이 다행이었다. 철민은 탈진하여 몸을 제대로 가누지 못하는 에이미를 부축하며 온종일 무거운 발걸음을 옮겼다. 그때 멀리 산 아래 희미하게 집 몇 채가 보였다. 집 앞에는 제법 너른 논이 펼쳐져 있었다. '국경을 넘은 것인가?' 둘은 희망에 벅차, 그러나 조심스럽게 산을 내려왔다. 한 시간쯤 지나니 가옥의 윤곽이 보이기 시작했다. 나무로 뼈대를 엮고 판자로 이은 집들은 분명 중국 농촌의 전통 가옥들과는 거리가 멀었다. '아! 라오스로구나.'

둘은 촌락에서 가장 외곽에 있는 집의 앞마당에서 의식을 잃고 쓰러졌다. 철민이 눈을 떴다. 방 천장이 눈에 들어왔다. 검은 눈망울을 가진 앳된 소녀가 누워 있는 철민과 에이미를 물끄러미 쳐다보다가 마당을 향하여 큰 소리로 누군가를 불렀다. 곧이어 소녀의 어머니로 보이는 여인이 나타났다. 그 여인이 걱정스러운 표정으로 철민에게 말을 건넸다. 전혀 알아들을 수 없었다. 철민은 안도했다. '아! 라오스인 것이 확실하구나.' 그때 옆에 누워있던 에이미가 눈을 떴다. 철민이 속삭였다. "이제 우리 살았어." 에이미의 눈에 고이는 눈물이 영롱한 별빛으로 보였다. 얼마 후 아낙이 백발에 흰 턱수염이 한 자는 되어 보이는 노인을 데려왔다. 그는 그윽한 눈빛으로 철민과 에이미를 관찰하다가 서툰 푸통화로 중국에서 왔냐고 물었다. 철민이 그렇다고 했다. 그는 더 이상 질문을 하지 않으면서 몸이 안 좋은 것 같으니 기력을 회복할 때까지 그 집에 머무르라 하고는 자리를 비켜 주었다. 철민은 방안을 둘러보았다. 방 이 구석 저 구석에 낡은 가재도구가 채워져 있고, 벽에 못을 박은 옷걸이에 낡은 옷들이 걸려 있는 모습이 북조선 시골집을 연상케 했다. 다만 북조선의 모든 가정에서는 안방 벽 정중앙에 김일성과 김정일의 천연색 초상화를 모시고 있지만, 이 집에서는 오래된 흑백 사진과 천연색 사진이 어우러진 가족 사진이 벽면을 가득 채우고 있었다.

얼마 후 음식을 만드는 냄새가 방안으로 스며들었다. 곧 방문이 열리면서 아낙이 철민에게 나오라고 손짓을 했다. 방을 나서는 철민과 에이미는 서산에 걸린 태양에 눈이 부셨다. 마당 가운데 자리 잡은 식탁에는 신선한 야채가 수북이 쌓여 있었고, 마당 한 구석 모닥불 위에 걸쳐 놓은 화로에서 민물고기가 야자유에 튀겨지고 있었다. 곧 흰 쌀밥과 국이 식탁 위에 오르면서 제법 그럴듯한 저녁상이 차려졌다. 아낙이 무어라 큰 소리로 외치자 뒷마당에서 집안 식구들이 우르르 몰려왔다. 노인과 검은 눈망울의 소녀 옆에 소녀의 아비로 보이는 사내가 어린 아이를 안고, 그 뒤로 소녀의 동생들로 보이는 남자아이 둘이 달려 왔다. 노인이 그들은 자기 아들과 손주들이라고 소개했다. 젊은 사내는 외지에서 온 방문객에게 푸통화로 떠듬거리며 말을 걸었다. 호기심에 찬 눈빛으로 철민과 에이미에게 환영한다고 인사하는 그의 표정에는 순박함이 묻어 나왔다. 아이들의 까르르 웃음소리로 저녁식사가 시작되었다. 초승의 반달이 중천에 떠 있고 하늘에서는 별이 쏟아져 내렸다. 아열대 지방이지만 한겨울의 북서풍은 제법 쌀쌀했다. 그러나 철민의 가슴에는 훈훈함이 스며들었다. 그날 저녁은 철민에게 오랫동안 기억되는 의미 있는 시간이었다. 이틀을 굶었던 철민과 에이미에게 아낙이 정성스럽게 차려준 음식은 천상의 요리였지만, 그보다 가난 속에서도 웃음꽃이 피어나던 한 가정의 화목하고 평화로운 모습이 감시와 고발로 얼룩져 있는 조선 인민의 일상 생활과 겹쳐지면서 철민의 마음을 아프게 했다.

철민과 에이미는 그 집에서 이틀을 쉬며 원기를 회복했다. 사흘째 되는 날 아침 철민은 노인에게 수도 비엔티엔으로 가는 교통편을 물어 보았다. 노인은 버스로 루앙프라방을 거쳐 비엔티엔으로 가야 하는데, 루앙프라방으로 가는 버스를 타려면 그 지역에서 제일 큰 마을인 퐁살리까지 하루 종일 걸어가야 한다고 했다. 아직 몸이 완전히 회복되지 않은 에이미가 난감한 표정을 짓자, 노인은 망설이다가 좀 기다려 보라고 했다. 얼마 후 노인은 잔잔한 미소를 지으며 이웃에서 농사용 우차를 빌리기로 했다는 소식을 전했다. 점심 무렵 철민과 에이미는 그 집 젊은 사내가 모는 우차에 몸을 실었다. 집안에서 아이들이 뛰어나와 뭐라고 인사를 했다. 아이들의 말을 알아들을 수는 없었지만 철민은 그 말 속에서 사흘 동안 나누었던 정을 나누는 아이들의 천진한 영혼을 느꼈다. 눈망울이 큰 소녀는 집의 문설주에 기대어 수줍은 미소로 작별을 고했다. 우차가 길을 떠날 때 이웃 사람들도 밖으로 나와 손을 흔들며 철민과 에이미를 전송했다. 철민과 에이미도 그들에게 손을 흔들며 고마움을 전했다. 시야에서 점점 멀어져 가는 마을을 바라보며 철민은 이곳 주민들도 조선이나 중국처럼 공산주의 체제 아래에서 살고 있지만 조선과는 달리 이웃을 고발하지 않아도 살아갈 수 있는 세상에 사는 사람처럼 보여 그들이 부러웠다. 소의 목에 걸린 딸랑이의 단조로운 리듬에 졸음이 찾아왔다. 에이미도 졸고 있었다. 오솔길 따라 불어오는 시원한 바람을 맞으며 철민은 오랜만에 평온한 마음으로 졸음에 몸을 맡겼다. 저녁 무렵 퐁살리에 도착했다. 철민은 신세진 집의 주인 사내와 작별인사를 나누며 그의 손에 가족의 환대에 대한 보답을 슬며시 쥐여주었다.

퐁살리에서 시외버스로 밤새 덜컹거리는 비포장 길을 달려 새벽에 루앙프라방에 도착했다. 철민과 에이미는 여권을 요구하지 않는 허름한 여관을 찾아 여장을 풀었다. 둘은 온종일 잠에 취해 여관방에서 뒹굴었다. 루앙프라방의 밤은 외국 관광객들로 흥청거렸다. 에이미가 기왕 여기까지 왔으니 하루쯤은 저들처럼 관광객이 되어 보면 어떠냐고 했다. 철민도 좋다고 했다. 야시장은 불야성이었다. 여기저기 외국어가 넘실댔다. 라오스가 공산 정권이어서 그런지 중국어, 러시아어가 가장 많이 들려왔다. 상인들은 여느 관광지와 달리 추근대며 호객행위를 하지는 않았다. 그들은 땅바닥에 주저 앉아 느긋하게 손님을 기다렸다. 순박한 모습들이었다. 간혹 남조선 사람들이 물건값을 흥정하는 모습이 보였다. '남조선이 잘 사는지는 알았지만 저 많은 남조선 사람들이 여기까지 관광을 왔다니……' 철민은 놀라움을 금하지 못했다.

루앙프라방의 아침은 주황색 승복을 입은 스님들의 탁발 행렬로 잠에서 깨어난다. 동이 트자 마자 스님들이 공양 바구니를 들고 걸으면, 길가에서 스님들의 공양 행렬을 기다리던 사람들이 그 안에 공양 음식을 넣는다. 일찍 잠에서 깨어난 에이미와 철민도 전날 밤 준비한 떡과 과일을 공양 바구니에 넣었다. 에이미가 두 손을 모아 합장을 했다. 철민이 무엇을 기원했냐고 물었다. 에이미가 짧게 대답했다. "우리들의 영원한 사랑을."

점심식사 후 그들은 택시로 한 시간 거리인 쾅시 폭포로 향했다. 폭포는 계단식으로 형성되었는데 석회암을 머금은 폭포수는 옅은 오팔 색을 띠고 있었다. 오솔길을 따라가다 보니 큰 연못이 나타났다. 물 속에서 공놀이를 하는 관광객들이 눈에 띄었다. 연못가 한 구석에 족히 수백 년은 되어 보이는 거대한 고목이 그 나이에도 풍성한 초록색 잎새를 온몸에 휘감고 있었다. 고목의 몸통에 사다리가 설치되어 있었는데, 나무 위에는 엉성하게 만든 다이빙 대가 있었다. 한 금발 여인이 사다리를 타고 나무에 올라 다이빙하며 연못으로 뛰어 들었다. 철민이 에이미에게 "연못이 보기보다 깊은가 보네." 했다. 에이미는 "내가 대학교 때 수영 선수였다는 말을 했던가요?" 하더니, 그 금발 여인에게 지지 않겠다는 듯이 갑자기 신발을 벗고 사다리를 타고 나무 위에 올랐다. 티셔츠와 반바지 차림의 늘씬한 몸매가 작렬하는 태양 아래에서 눈이 부셨다. 그녀는 두 팔을 벌리더니 "프리덤!"이라고 외친 후 양 손을 모으고 물 차는 제비처럼 연못으로 뛰어들었다. 물방울이 튀기며 잠깐 무지개를 이루었다. 주변의 관광객들이 "우! 우!"하며 격려의 소리를 지르며 박수갈채를 보냈다. 철민은 그러한 에이미가 자랑스러웠다.

신문(訊問)

다음날 아침 철민과 에이미는 몸과 마음을 추슬렀다. 철민은 여관 인근의 전자상에서 소형 USB 메모리를 샀다. 대사의 노트북 컴퓨터에는 10여 종의 파일이 있었고, 파일의 대부분에는 암호가 걸려 있었다. 철민은 파일 전체를 USB 메모리로 옮겨 놓았다. 그 중 크레디 쉬스라는 제목의 파일은 USB 메모리에 복사한 후 노트북에서 삭제했다. 곧이어 그들은 여관 인근의 5성급 호텔로 갔다. 호텔 정문에는 관광객을 기다리는 택시가 긴 줄을 이루고 있었다. 철민은 그 중 영어가 조금이라도 통하는 운전수를 찾았다. 그리고 그 택시를 대절하여 비엔티안으로 가자고 했다. 운전수가 족히 다섯 시간은 걸릴 것이라고 했다. 비엔티엔 시내에 들어서자 철민은 운전수에게 미국 대사관으로 가자고 했다. 운전수가 현지 택시 운전수에게 물어 미국 대사관의 위치를 확인했다. 대로에 접어 들자 멀리 성조기가 펄럭였다. 둘은 대사관 정문에서 100m 정도 떨어진 카페 앞에서 택시를 세웠다. 차를 마시며 긴장된 마음을 풀면서 대사관에 들어가 자신들을 신문할 미국 외교관들에게 할 말에 대해 다시 한번 입을 맞췄다. 자리에서 일어서며 에이미가 "우리가 예상하지 못했던 질문이 나올 때는 솔직히 말하세요. 그래야 두 사람의 대답이 어긋나지 않을 테니까요. 정직이 최상의 방책이에요. 벤자민 프랭클린의 말입니다."라고 하며 윙크했다.

　대사관 정문으로 향하자 검은 제복에 빨간 명찰의 미 해병대원들이 경계 서고 있는 모습이 보였다. 그들은 대사관 정문 입구에서 부동 자세로 정면을 응시하고 있었다. 철민이 철들기 시작하면서 머리에 주입된 원수의 나라 미 제국주의자의 군대였다. 민원실로 통하는 입구에는 미국 입국 비자를 받기 위해 줄을 선 라오스 사람들이 장사진을 이루었다. 철민과 에이미도 보안 검색대 앞의 긴 줄에 합류했다. 자기 순서가 되자 철민은 보안 요원에게 "노스 코리아 외교관입니다. 망명을 요청합니다."라고 말했다. 보안요원이 흠칫 놀라면서 날카로운 눈매로 철민과 에이미를 머리에서 발끝까지 훑어보았다. 그는 그들을 영사과 대기실로 데려가더니 기다리라고 했다. 잠시 후 정장 차림의 흑인 사내가 나타났다. 그가 보안요원에게 두 사람의 짐과 몸을 수색하라는 듯한 눈짓을 했다. 보안요원이 짐을 풀라고 지시하자 철민은 먼저 그에게 권총을 넘겨주었다. 에이미가 삼합회에 합류한 후 호신용으로 간직하고 있던, 박 씨와 운전수를 사살했던 바로 그 권총이었다. 흑인 사내는 짐짓 놀라는 표정을 지었으나 아무런 말을 하지 않았다. 몸 수색이 끝나자 그는 철민과 에이미를 대사관 본관 건물로 데리고 갔다. 그들은 지하실 좁은 방으로 안내되었다. 철민은 조선민주주의인민공화국 외교관 여권과 각종 신분증을, 에이미는 여권은 없지만 다른 증명서를 제출하면서 그들의 신원을 밝혔다. 신문관은 먼저 철민과 에이미의 얼굴 사진을 찍고 지문을 채취한 후 그들의 탈출 동기와 탈출 과정을 집중적으로 질문했다. 그들은 대사관 구내에 있는 간이 숙소에서 하룻밤을 지냈고, 신문은 다음날에도 계속되었다. 늦은 오후에 중년의 신사가 방으로 들어왔다. 그는 자신을 대사관 공사라고 소개하면서, 베이징 주재 미국대사관에 알아본 결과 철민의 진술이 사실임을 확인했다고 했다. 그는 철민과 에이미는 다음날 오후 방콕으로 가서, 태국 주재 미국 대사관에서 보다 심도 있는 조사를 받은 후 미국 입국 여부가 결정될 것이라고 알려줬다.

다음날 미 대사관은 철민과 에이미에게 여행증명서를 발급했고, 대사관 직원 한 명이 타이 항공편으로 그들을 방콕으로 이송했다. 주 태국 미국대사관에서의 신문은 비엔티엔에서의 신문과는 차원이 달랐다. 그들은 철민과 에이미를 다른 방에 분리시켜 놓고 개별적으로 신문했다. 중앙정보국(CIA) 요원으로 짐작되는 신문관들은 프로였다. 그들은 우선 소지품 검사를 했다. 철민은 소형 USB 메모리를 신체 깊숙한 곳에 감춰 두었고 그들은 거기까지 뒤지지는 않았다. 철민은 대사의 노트북 컴퓨터를 그들에게 넘겨주었다. 철민은 '그곳에 당신들이 원하는 정보가 많이 들어있을 것이오. 당신들이라면 파일에 걸려 있는 암호를 푸는 것은 식은 죽 먹기겠지.'라는 생각이 들었다.

신문관들은 먼저 대사가 망명을 결심하게 된 동기와 그의 죽음에 대해 심도 있게 질문했다. 그들은 대사의 죽음을 못내 아쉬워하는 것으로 보였다. 대사는 철민과는 비교가 되지 않는 엄청난 정보 가치가 있는 인물이었기 때문일 것이다. 철민은 대사가 장성택의 측근이어서 장성택의 처형소식에 신변의 위협을 느껴 탈출을 결심하게 되었으며, 자신의 부친인 강상욱 노동당 행정부 부부장이 처형당했다는 소식을 듣고 철민에게 동반 탈출을 권유했다고 진술했다. 다만, 대사의 삼합회와의 아편 거래에 대해서는 침묵했다. 아편 거래 사실이 밝혀지면, 에이미의 신분에 좋지 않은 영향을 주게 될 뿐만 아니라, 비자금 문제가 불러질 수도 있기 때문이었다. 대사가 죽음에 이르는 과정은 각기 별도로 신문했던 철민과 에이미의 상황 묘사가 너무도 일치하여 신문관들은 그들의 진술을 사실로 믿는 것으로 보였다. 에이미가 박 씨와 운전수를 총으로 쏜 행위는 당연히 정당방위로 간주되었다.

다음으로 그들은 철민의 귀순 동기에 초점을 맞췄다. 귀순 동기가 정치적 박해와 위협을 피하고자 하는 도피라면 '정치적 망명'이 인정되는 것이다. 장성택과 철민의 부친 강상욱 부부장의 처형사실을 알고 있는 그들은 별 유보없이 철민의 정치적 망명을 인정하는 것으로 보였다.

그러나 에이미가 대사와 철민과 함께 탈출을 시도한 이유에 대한 두 사람의 설명이 납득하기 어려웠던지 신문관은 상하이에서의 에이미의 행적을 다양한 방법으로 캐어 물었다. 에이미는 자신이 골동품과 고서화를 취급하는 갤러리를 운영하고 있다고 진술했다. 실제로 그녀는 상하이 삼합회가 실질적 소유주인 갤러리의 대표로 되어 있으니 사실 확인에 문제가 없었다. 에이미는 철민에게 그 갤러리는 실제로는 삼합회의 돈 세탁 장소라고 토로한 적이 있었다. 철민과 에이미의 관계에 대한 질문에 대해서는 사전에 입을 맞춘 대로 두 사람이 오래 전부터 연인 관계라고 주장했다. 당시 그들은 실제로 연인이라 할 수 있었으니, 신문관들은 쉽게 그들의 주장을 인정하는 것으로 보였다. 또한 철민이 2년 동안 가족과 떨어져 살았다는 사실은 그들의 주장에 신빙성을 더했다. 베이징에 근무했던 철민과 상하이에 살고 있는 에이미가 어떻게 연인 관계가 될 수 있었냐는 질문에 대해서는 철민은 자신이 대사관에서 상하이 지역을 관장하고 있어서 상하이 출장 중 우연한 기회에 그녀를 만났고, 그 이후 관계를 지속했다고 진술했다. 그들은 자신들이 만나서 가까워진 과정에 대해서도 사전에 입을 맞춰 두었다.

신문관들은 뛰어난 미모와 지성을 갖추고 경제적으로도 윤택해 보이는 에이미가 왜 하필이면 북조선 외교관을 애인으로 받아들였는지 이해할 수 없다는 내색을 했다. 그들의 이러한 편견이 얄미웠던지 에이미는 "제 눈에는 철민 씨가 이 방의 어느 누구보다도 잘 생겼고 남자답게 보이는데요!"라고 하며 그들을 노려보았다.

닷새가 지났다. 그동안 철민과 에이미는 대사관 역내에서 숙식을 했다. 대사관에서는 그들의 연인관계를 인정하고 그들에게 한 방을 제공했다. 엿새째 되던 날 그들은 대사관 본관으로 안내되었다. 그들을 인솔하던 직원이 곧 대사를 만나게 될 것이라고 했다. 2층 중앙에 위치한 대사실 문이 열리자 초로의 금발 여인이 환한 웃음으로 그들을 맞이했다. 그녀는 "그동안 고생이 많으셨습니다.

특히 그 험난한 국경을 뚫고 귀순한 용기에 경의를 표합니다. 최현준 대사의 죽음에 대해서는 미국 정부를 대신하여 심심한 조의를 표합니다."라고 의례적이지만, 진심 어린 말투로 그들을 환영했다. 곧이어 그녀는 "방금 국무부로부터 연락을 받았습니다. 미국 정부는 강철민 씨의 정치적 망명을 허가했습니다. 에이미 정 씨도 동반자 자격으로 망명이 허가되었습니다. 당신들은 내일 아침 델타 항공편으로 워싱턴 디씨로 가게 될 겁니다. 축하합니다."라고 말했다.

숙소로 돌아온 그들은 아무 말 없이 오랜 시간 포옹했다. 둘은 입술을 합친다. 입안의 타액이 흐르던 눈물과 범벅이 되어 찝찔한 맛으로 전해온다. 긴장과 불안의 연속이었던 지난 보름 동안의 시간이 연인의 포근한 품 속에서 먼 과거의 기억처럼 사라져 간다. 얼마나 오랫동안 갈구하던 평안인가? 이제 새로운 삶이 펼쳐지는구나! 천장 모서리에 조그마한 구멍이 보인다. 감시 카메라인 것이 틀림없다. 그러나 둘은 아랑곳하지 않고 침대에 몸을 눕힌다. 서로의 몸 구석구석을 탐닉한다. 숨소리가 가빠진다. 온몸이 뜨거워진다. 곧이어 그들은 나비처럼 훨훨 날아오른다. 두 마리의 흰 나비는 창문을 통해 푸른 하늘로 날아오르며 자유를 향하여 힘차게 날갯짓을 했다.

델타 항공기는 워싱턴 디씨 근교에 위치한 덜레스 국제공항에 착륙했다. 공항 주변 벌판은 온통 흰 눈에 덮여 있었다. 검은 정장을 한 사내와 간편복 차림의 여인이 그들을 맞았다. 둘 다 눈매가 날카로웠다. 그들을 태운 검은색 밴은 66번 프리웨이를 달렸다. 앞이 훤하게 뚫린 편도 4차선 도로였다. 밴은 반 시간 정도 달려 도로 표지판의 화살표가 '랭글리'를 가리키는 길로 들어섰다. CIA 본부가 있는 타운이다. CIA는 그들에게 랭글리 본부 내에 있는 안가를 임시 거처로 제공했다. 에이미는 숙소에 비치되어 있는 여러가지 편의 시설을 어떻게 사용하는지를 몰라 당황하는 철민에게 너그러운 미소를 보이며 차근차근히 사용법을 지도했다. 다음날부터 신문이 지루하게 이어졌다. 북조선의 내부 사정에 대한 사소한 질문도 있었지만, 북조선과 중국과의 관계, 북조선 정권의 권력구조, 민중봉기 가능성, 북조선의 인권 상황 등 정치적 문제에 초점을 맞춰 신문이 진행되었다. 신문에는 영어가 서툰 철민을 위해 한국어-영어 통역관이 배석했다.

대사관 정치담당 일등 서기관이었던 철민은 다른 북조선 외교관들보다 중국과 북조선의 양국관계에 대해 깊고, 많은 정보를 가지고 있었다. 그는 자신이 아는 정보를 진솔하게 진술했다. 자신의 정보 가치를 높이기 위해서였다. 신문관은 김정은 집권 이후의 중국과 북조선의 관계 변화에 대해 큰 관심을 보였다. 철민은 양국은 기본적으로 "애증의 관계"라고 표현했다. 조선인의 중국과 중국인에 대한 감정은 외부에서 보는 것과는 달리 한마디로 뿌리가 깊은 "불신"이라고 했다. 특히 1992년 중국이 남조선과 수교한 것은 북조선 사람들에게 엄청난 충격이었는데, 그들은 그것을 동맹국에 대한 배신행위로 생각한다고 했다. 근년 중국의 북조선에 대한 경제지원에 대해서도 그것은 중국이 조선을 필요로 하기 때문에 울며 겨자 먹기로 어쩔 수 없이 하는 지원이라고 생각한다고 했다. 그래서 조선 인민은 중국이 원조를 제공해도 별로 고마운 감정을 느끼지 않는다고 했다. 그러한 현실적 이유도 있겠지만 2천 년 동안 중국에 시달려 온 조선 민족에게는 감정의 밑바닥에 중국에 대한 반감과 경계심이 도사리고 있다고 말했다. 중국인의 경우는 북조선을 "이 세상 어느 가정에나 한 명쯤은 있는 집안의 골칫덩어리" 정도로 생각한다고 했다. 영어로 "블랙 쉽(black sheep)"이라고 표현했다. 죽일 수도 없고, 살리자고 하니 골치 아픈 '검은 양'이라는 뜻이었다.

신문관은 김정은이 집권한 후 2년 동안 북한 사회의 변화와 그가 북조선 체제를 개혁과 개방으로 전환시켜 나갈 가능성에 대해 큰 관심을 보였다. 철민은 장성택 처형에서 나타났듯이 그는 구 체제를 유지하기 위해 공포정치를 더욱 강화하고 있으며 개혁과 개방은 일인 독재체제를 무너뜨리게 되므로 그렇게 할 가능성은 전무하다고 했다. 또한 신문관은 중국 정부와 장성택의 관계에 대해 깊이 파고 들었으나, 일등 서기관이었던 철민으로서는 정보에 한계가 있을 수밖에 없었다. 그들은 다시 한번 대사의 죽음을 아쉬워했다.

철민은 탈출 직전 북조선이 중국에 식량 원조를 요청한 사실과 그에 대한 중국측의 냉랭한 반응에 대해서도 부연하여 설명했다. 그는 북조선 당국이 가뭄과 홍수 때문에 흉작이 발생했다고 하면서 가끔 중국과 국제사회에 인도적 식량지원을 요청하고 있으나, 흉작은 자연재해 때문이 아니고 인재(人災)에 의한 것이라고 했다. 김일성 주석 말기와 김정일 정권 초기에 식량 증산을 목적으로 산림을 개간하여 계단식 농지를 조성한 결과 산림이 황폐화되었다고 했다. 또한 근년의 자연재해는 에너지 부족이 그 근본원인이라고 설명했다. 대부분의 가정이 난방용 연료는 말할 것도 없고 취사용

연료마저 부족하여 땔감으로 산림의 나무를 도벌을 할 뿐만 아니라 낙엽까지 채취하여 인가 근처의 모든 산은 민둥산이 되어 버렸다고 했다. 그러니 매년 홍수와 가뭄이 일어나는 것이 당연하다고 설명했다. 또한 연료 부족으로 인해 협동농장(집단농장)에서 농업용 동력기를 작동하지 못하는 것도 흉작의 주요 원인 중의 하나라고 지적했다.

북한 정권에 대한 주민의 민중 봉기나 군대의 쿠데타 가능성에 대한 질문에 대해 철민은 한 마디로 그러한 가능성은 "제로"라고 대답했다. 북조선 정권의 정교한 감시망과 무자비한 처벌 시스템으로 인해 주민과 군부가 체제에 저항하고자 하는 의도를 갖고 있다 하더라도 그것은 마음 속의 생각에 그칠 뿐 결코 그 저항을 조직화하여 행동으로 옮길 수 없기 때문이라 했다. 그는 정권의 통제는 감시와 처벌뿐만 아니라 배급제를 통한 의식주에 대한 공급 제한, 교육과 직업 선택에서의 규제 등 다양한 방법으로 이루어지고 있다고 설명했다. 그 중 가장 비인간적이고 치명적인 것은 정치적 카스트 제도라 할 수 있는 성분제*라고 했다. 김씨 정권에 대한 충성도에 따라 결정되는 성분제는 자신뿐 아니라 가족과 자손까지 처벌

● 김일성이 1972년 법제화한 이 제도는 전 주민을 핵심계급(25%), 동요계급(55%), 적대계급(20%)이라는 3개 계층으로 분류하고, 이 세 계급은 다시 51개 하위그룹으로 세분되어 있다. 전 주민은 각 성분에 따라 의식주 배급에서부터 직업 배정, 사회적 이동, 법 집행에 이르기까지 사회생활의 모든 영역에서 차별받는다. 이들의 신분은 개인의 업적과는 무관하게 그 조상이 김씨 일가에 얼마나 충성했는가 하는 정치적 신뢰도에 따라 결정된다.

과 불이익을 받는 제도이니 어떤 부모가 자식과 손주들의 희생을 감수하고 저항할 수 있겠냐고 반문했다. 또한 북한의 엘리트 층, 구체적으로 말하면 노동당의 부부장급 이상의 간부 중 일부는 남조선이 주도하는 통일이 되면 자신들은 남조선에 의해 모두 처형된다고 생각하기 때문에 죽으나 사나 김정은에 충성할 수밖에 없다고 생각한다고 덧붙였다. 신문관은 김정은과 운명을 함께 할 각오가 되어 있는 골수 김정은 추종자가 몇 명이나 될 것 같냐고 물었다. 철민은 그것은 누구도 대답할 수 없는 질문이지만, 자신의 개인적 판단으로는 그들은 모두 김정은의 권력이 무너진다면 자신들과 가족의 삶은 나락으로 떨어질 수밖에 없다고 굳게 믿는 사람들인데, 500명 이내일 것으로 추정한다고 답했다. 신문관은 "온리 파이브 헌드레즈?" 하며 그 숫자가 적은데 대해 놀라는 표정을 지었다.

철민은 북조선의 모든 권력은 최고지도자에게 집중되어 있기 때문 권력 시스템이란 것이 큰 의미가 없다고 했다. 힘 있는 자리에 있는 사람들도 김일성 수령이나 김정일 위원장, 최근에는 김정은의 변덕에 따라 언제라도 철직**되었거나 숙청되었으니 북조선에서는 권력의 2인자라는 것이 사실상 의미가 없다고 했다. 즉 북조선은 수령의, 수령을 위한, 수령에 의한 집단이라고 했다. 북한의 권력을 신체에 비유한다면 수령은 모든 지령을 내리는 뇌수이고, 인민은 그 지시에 따라 움직이는 팔과 다리일 뿐이니 인권이란 개념조차 존재하지 않는다고 했다.

•• "해임"의 북한 용어

마지막으로 신문관은 철민과 에이미가 소지한 막대한 현금의 출처에 대해 관심을 보였다. 철민은 그 현금은 대사가 죽기 전에 자신에게 넘겨준 것이라고 했다. 그는 대사가 김정은의 비자금을 조성, 관리했던 것으로 추측하지만 자신은 그 과정에 대해 아는 바가 전혀 없다고 잘라 말했다. 신문관은 더 이상 캐묻지 않고, 그 돈이 철민과 에이미의 소유라는 것을 인정해 주었다. 다만 그는 미국 정부는 통상 정치적 망명자에게 정착금을 지급하고 있으나, 철민과 에이미는 충분한 정착금이 있기 때문에 정착금이 지급되지 않을 것이라고 했다. 철민은 괜찮다고 했다.

　　그들에 대한 신문은 지루하게 지속되었다. 철민과 에이미는 불안감을 느끼기 시작했지만 그들의 처분을 기다릴 수밖에 없었다. 마침내 CIA 안가에서 거처한 지 한 달 만에 철민과 에이미는 완전한 자유를 얻었다. 그들이 떠나는 날, CIA는 어려운 탈출 과정을 겪으면서도 대사의 노트북을 온전하게 가져와 넘겨준 점에 대해 사의를 표했다. 그리고 선물이라는 양 그들의 손에 사회보장카드(Social Security Number Card)＊와 미국 여권을 건네주었다. 철민의 요청으로 그의 신분증과 여권의 성명란에는 제임스 리라고 쓰여 있었다. 철민은 리의 영문 철자를 거의 모든 한국사람들이 쓰는 Lee 대신에 중국인들이 흔히 쓰는 Li로 사용했다. 에이미는 엄마 생각을 하면

●　미국의 사회보장 번호는 출생 등으로 미국 국적을 취득하는 순간에 부여되는 개인 번호로서 이 카드는 미국 국적자임을 확인할 수 있는 증명서이다. 우리나라의 주민등록증에 해당한다.

서 자신의 본명을 그대로 썼다. 철민은 그들이 대사의 노트북 컴퓨터에 있는 자료의 암호를 풀고 귀중한 정보를 얻었을 것이라고 짐작하면서 미국 시민권은 그 대가라고 생각했다.

천사의 도시

붉은 해가 바다 아래로 고개를 숙였다. 이글거리는 태양이 태평양을 오렌지 빛으로 물들였다. 태양의 잔광에 파도가 금빛으로 출렁거렸다. 철민과 에이미는 새로운 삶에 대한 꿈에 부풀었다. 그들은 로스앤젤레스 교외 산타모니카 해변의 작은 단독 가옥에 거처를 마련했다. 탈출 시 최 대사가 가지고 나온 거금과 대사가 철민에게 알려준 스위스 비밀계좌에서 인출한 300만 달러, 또한 에이미가 상하이 은행의 자신의 계좌에서 옮겨 놓은 돈이 그들의 정착자금으로 쓰인 것은 물론이다. 최 대사의 비자금은 수수께끼 같은 비밀번호를 풀지 못해 스위스 은행에서 그대로 잠자고 있었다. 그들은 새로운 삶의 터전으로 로스앤젤레스를 선택했다. 천사의 도시는 인종의 용광로이다. 그 곳은 타인의 이목을 끌지 않고 사람들 틈에서 묻혀서 살 수 있는 곳이기에 과거로부터 도피하고 싶은 사람들에게는 더 없는 안식처일 것이다. 철민과 에이미는 새로운 생활을 꿈

꾸며 새로운 생활을 시작했다. 버뮤다 그래스 잔디가 자그마한 정원을 녹색으로 물들였다. 푸른 하늘에서 유유히 날개 짓는 갈매기를 보며 철민은 자유라는 단어의 의미를 되새겼다. 그러나 철민은 북조선에 남겨 놓고 온 미옥과 영석, 영애의 얼굴이 희미해지는 것을 느끼면서 자신이 부끄러웠다.

주말의 산타모니카 해변은 반나체의 휴양객들로 붐볐다. 태평양의 푸른 파도에 몸을 맡기는 서핑 족도 눈에 띄었다. 철민과 에이미는 성당 미사에 참석하기 위해 외출 준비를 서둘렀다. 둘은 캐딜락 무개차에 몸을 싣고, 해변을 따라 구불거리는 1번 국도를 달렸다. 태평양에서 습한 바람이 불어오더니 곧 소나기가 쏟아졌다. 에이미가 무개차의 지붕 뚜껑을 닫지 말라고 했다. 직선으로 뻗은 길이 나오자 에이미가 핸들을 놓은 채 양 손을 하늘로 뻗으며 천진한 표정을 지으면서 말했다. "비 오는 날은 나의 축제일이야." 빗방울이 두 사람의 얼굴을 간지럽혔다. 에이미는 다시 왼손으로 핸들을 잡고 오른손으로 철민의 왼손을 꼭 잡고는 그의 얼굴을 바라보았다. 철민도 에이미의 얼굴을 마주보며 희미한 기억 속의 시 한 구절을 되뇌었다. "사랑하면 알게 되고, 알게 되면 보이나니, 그때 보이는 것은 전과 같지 않구나."

한인 성당으로 가는 도로의 양 옆에 쭉쭉 하늘로 솟은 미국 삼나무 세코이아가 그들을 반겼다. 멀리 붉은 벽돌 건물의 첨탑 위에 십자가가 선명히 보였다. 그들은 성당 안으로 들어서며 낯익은 얼굴들에게 가벼운 눈인사를 했다. 신부의 강론이 시작되었다. "예수님은 백 퍼센트 인간이며, 백 퍼센트 하느님이십니다. 예수님은 인간이기에 시련과 고통을 겪으셨고, 그 고통을 통해 우리 인간을 구원하셨습니다. 시련과 고통은 우리를 강하게 단련해 줍니다. 도자기는 불의 시련이 강할수록 더욱 광채가 납니다. 쇠도 마찬가지입니다. 불로 달구어진 쇠를 망치로 때리고 또 때리면 나쁜 찌꺼기가 밖으로 나가 좀더 순수해집니다. 또 그 안에 있는 쇠의 성분이 가까이 붙어 더욱 강해집니다. 쇠를 가까이 붙게 만드는 데 망치질이 필요하듯이, 하느님과 일치하는 데에는 고통이라는 시련이 꼭 필요합니다. 상처받은 조개가 진주를 품듯이, 시련과 고통이 하느님 안에서 새로운 의미를 들어 낼 때 우리는 영적인 삶을 살게 됩니다.”
철민에게 ‘하느님과의 일치’라든가 ‘영적인 삶’과 같은 말은 생소하게 들렸지만, ‘시련과 고통’이라는 말은 자신의 앞날을 예고하는 것처럼 가슴에 와 닿았다.

미사 후 성당 마당에서 자선 바자회가 열렸다. 에이미가 맡은 판매대는 세계 각국의 민속 공예품들이 형형 각색으로 진열되어 있었다. 에이미는 한복을 입은 소녀의 헝겊 인형을, 철민은 자신이 직접 깎아 만든 천하대장군과 지하여장군 목각 인형을 성당에 기증했었다. 에이미의 테이블은 사람들로 붐볐다. 전 세계에서 온 진기한 공예품들뿐만 아니라 에이미의 화사한 표정과 발랄한 몸짓이 형제, 자매들의 눈길을 끌었기 때문이었다. 그때 헬렌 킴이 활짝 웃으며 다가와 에이미와 가볍게 포옹했다. 헬렌은 에이미가 미국에 와서 처음으로 사귄 친구였다.

에이미는 산타모니카에 정착한 다음 달 로스앤젤레스 타임즈 기자로 미국 사회에 첫발을 내디디었다. 홍콩대학교 교내 신문인 대학신보의 편집장 경력도 신문사 취업에 도움을 주었다. 영어 뿐 아니라 푸퉁화와 광둥어를 모국어로 구사하는 덕분에 에이미는 타임즈의 중국 데스크에 배치되었다. 그때 한국 데스크 기자로 있던 헬렌 킴을 만났다. 헬렌의 아버지는 한국 대기업의 로스앤젤레스 지사장이었었는데 헬렌이 초등학교 3학년 때 미국으로 귀화한 미국 시민권자다. 헬렌은 에이미를 한인 성당으로 인도했다. 헬렌의 부모님이 독실한 신자여서 헬렌도 거의 모태신앙으로 카톨릭을 믿었다고 했다. 홍콩에서 카톨릭 계 고등학교에 다녔던 에이미로서는 거부감 없이 성당에 나가게 되었다. 아니, 성당은 외로운 타지 생활에서 에이미가 바라던 기댈 언덕이었을 것이다. 또한, 한인성당은 에이미가 한국말을 배울 수 있는 최적의 학교였다. 에이미는 철민과 함께하려면 한국말에 보다 익숙해져야 한다고 생각하면서 적극적으로 성당의 교우들과 어울렸다. 성당에 나가고 얼마 되지 않아 에이미는 철민에게 성당에 함께 다니자고 했다. 철민은 자신이 하느님을 찾게 된다는 사실이 어색했지만 에이미가 원하는 일이라면 못할 게 무엇이 있겠냐는 심정으로 성당에 따라 나서게 되었다. 철민도 성당 일로 헬렌과 가끔 어울렸고, 헬렌이 두어 번 산타모니카 집에 놀러 온 적도 있었다.

미국 생활에 적응해 가면서 철민과 에이미는 여느 사람들처럼 소소한 일상에서 기쁨과 즐거움을 맛보게 되었다. 특히, 에이미는 여자로서의 행복을 처음으로 느꼈다. 세 살 무렵 아버지를 런던으로 떠나보내고, 의처증이 있는 남편을 만나 상처를 입었고, 조직폭력단 두목의 정부로 살아왔던 에이미에게 철민은 첫 남자와 다름 없었다. 에이미는 철민이 뭇 남자들과는 달리 자신의 과거에 집착하지 않았고, 무엇인가를 요구하지도 않았으며, 자신을 있는 그대로 받아들여 주는 것이 좋았다. 상처를 입고 날개만 퍼덕이던 작은 새 에이미에게 철민은 새로운 둥지였다. 철민은 사회생활에서 보여주는 에이미의 외향성과 쾌활함은 내면의 상처를 감추기 위한 공허한 몸짓인지도 모른다는 생각이 들어 더욱 에이미가 안쓰러웠다. 철민에 대한 사랑이 깊어질수록 에이미는 여느 여자들처럼 철민을 독점하고 싶었다. 그러나 그녀는 간혹 허공을 멍하니 응시하고 상념에 빠져드는 철민을 볼 때마다 마음이 허전해지는 것을 부인할 수 없었다.

그러나 홍콩에서 성장한 에이미와 달리 철민은 미국 사회에 적응하는 것이 쉽지 않았다. 그는 자본주의 사회의 물질만능주의가 마뜩잖았고 때로는 역겹기까지 했다. 지시와 복종에 길들여져 있는 그는 모든 일을 스스로 판단하고, 결정하고 또 책임져야 하는 자기결정권이 부담스럽기까지 했다. 이런 철민에게 에이미는 스승이며 외부로 통하는 유일한 창이었다. 초여름의 어느 날 철민은 출근하는 에이미를 배웅하고, 베이지 색 포드 토러스로 조심스럽게 집을 나섰다. 운전면허를 취득한 지 일주일도 안 되었으니 차를 모는 것이 조심스러울 수밖에 없었다. 로스앤젤레스 시내로 향하는 해안도로를 탔다. 차창을 열었다. 태평양에서 불어오는 해풍이 머리칼을 갈랐다. 집에 갇혀 있다가 나오니, 그것도 에이미 없이 혼자서 차를 몰고 태평양 바람을 받으니, 가슴이 뻥 뚫리는 것 같았다. 시내에 접어 들었다. 그는 메이시스 백화점에 주차하고 목적지도 없이 마냥 걸었다. 마주치는 행인들은 무엇인가에 쫓기는 듯이 바빠 걸음을 옮겼다. 간혹 대형 쇼핑 카트에 온 살림을 실은 홈리스들이 길모퉁이에서 봄볕을 쬐며 졸고 있었다. 네거리에 섰다. 점멸하는 신호등이 몇 번 바뀌었지만 철민은 그 자리에 그대로 멈춰 서 있었다. 철민은 그 자리에 그대로 서서 길을 건너는 인파를, 때로는 먼 허공을, 바라보았다. '나, 이제 어디로 가서, 무엇을 할 것인가? 이 나라, 이 거리에서 나는 누구인가? 나는 무엇인가?' 지난 수개월 동안 수십 번도 더 스스로에게 던졌던 질문이 다시 머리에서 맴돌았다. 여느 때와 마찬가지로 대답은 간단했다. '너는 그곳에서는 장미옥의 남편, 영애와 영석의 아버지, 남들이 부러워하는 외교관이었지만, 이곳에서는 단지 노바디(nobody)일 뿐이다.' 철민은 관계에서 단절되어 외톨이로 산다는 것이 얼마나 무섭고 허망한 것인지를 절감하며 다시 한번 몸서리 쳤다. 갈 곳이 없는 그는 메이시스 백화점 방향으로 걸음을 되돌렸다. 한 무리의 에이미 또래 금발 여인들이 깔깔대며 지나갔다. 갑자기 에이미의 얼굴이 떠올랐다. 로스앤젤레스 타임즈 정치부 기자라는 자부심으로 에이미는 전보다 더욱 활기차고 자신감 넘치는 모습이었다. 그녀에 비해 자신은 더욱 초라한 모습이 되어가는 것 같았다. 그는 에이미가 자신에게서 점점 멀어져 가고 있는 것이 아닌가 하는 생각이 들었다. 백화점에 들어섰다. 진열대 마다 평양에서는 상상도 할 수 없었던 물건들이 산더미처럼 쌓여 있었다. 가슴 불룩한 무표정한 마네킹들이 손짓하며 그를 유혹했다. 그의 지갑에는 거의 무제한으로 쓸 수 있는 플라스틱 카드가 몇 장 들어 있었지만 그는 그러한 여유가 자신에게는 별

반 의미가 없는 것처럼 느껴졌다. 그는 자기가 무엇이 필요한지조차 몰랐다. 아니, 필요한 것이 없는 것 같았다. 모든 것은 에이미를 통하여 나오니까……

철민은 주차장으로 가던 발길을 돌려 다시 시내로 향했다. 목적지를 정하지 않고 무작정 걸었건만 발걸음은 회색의 육중한 건물, 로스앤젤레스 타임즈 사옥의 정문 앞에서 멈췄다. 건물에서 사람들이 우르르 몰려나왔다. '어느새 점심시간이 되었구나……'라고 생각하던 철민은 먼 발치에서 붉은 장미 문양의 머플러를 목에 두른 에이미의 모습을 발견했다. 반가운 마음에 에이미 쪽으로 걸음을 재촉하던 순간, 철민은 움찔했다. 에이미가 함께 걸어 나오던 금발의 키 큰 남자에게 밝은 표정으로 말을 붙이는 것이 보였다. 철민의 가슴에 서늘한 바람이 불었다. 초여름의 따사한 햇살을 받으며 그들은 총총 걸음을 옮겼다. 철민은 마음을 가다듬고 그들의 뒤를 밟았다. 그들은 곧 인근 이탈리안 레스토랑으로 들어갔다. 구석에 자리잡은 그들이 유리 창문을 통해 보였다. 재잘거리며 밝게 웃는 그들의 모습을 바라보던 철민은 '그래, 에이미가 살아가야 할 세상은 바로 저런 것이어야 해.' 철민은 고개를 숙이고 주차장 방향으로 걸음을 옮겼다.

그후로도 철민은 에이미가 출근한 후에 간혹 혼자 시내를 배회했다. 햇볕이 유난히 따갑던 어느 날, 그는 오후 내내 하릴없이 시내를 거닐다가 저녁 무렵 코리아 타운에서 제법 큰 한식당을 찾았다. 식당 중앙 홀 벽에 설치된 대형 텔레비전에서 그 전날의 KBS 9시뉴스가 방영되고 있었다. 느긋한 마음으로 소주를 곁들여 불고기 정식에 수저를 옮기는 순간 뉴스의 화면이 바뀌었다. 베이징의 풍경이었다. 곧이어 방영되는 장면에 철민은 섬찟했다. 초라한 행색의 조선인 젊은 남녀와 아이들 10여 명이 피신처를 구하려고 외국공관의 담장을 필사적으로 넘는 장면이었다. 중국 공안이 그들 탈북자들이 담장을 넘지 못하도록 끌어내리는 장면! 공안은 그들을 경찰봉으로 사정없이 내리쳤다. 열 두어 살 정도로 되어 보이는 여자아이가 담장에서 떨어져 머리에 피를 흘리고 있었다. 서너 가족으로 보이는 그들은 끝내 대사관 담장을 넘지 못하고 공안들에게 끌려 갔다. 곧이어 화면이 바뀌었다. 중국 공안이 탈북자들을 잡아 무자비하게 북송 하는 장면, 탈북 여성들이 인신매매 집단에게 짐승처럼 팔려가 학대받는 장면. 철민은 부끄러웠다. 모두 자신이 아는 일들이었다. 그런데 어찌 자신은 이제까지 방관만 하여 왔던가? 아니 저들의 고통을 외면하고 이제까지 저들을 고통에 몰아넣은 자들이 주는 단물을 빨아먹으며 호의호식해 온 자신이 부끄러웠다.

흑룡산 기슭에 자리 잡은 보위사령관 공관에도 여름이 찾아왔다. 말이 관저지 붉은 벽돌과 시멘트 블록으로 지은 건물들로 공관은 군 병영을 연상케 했다. 밤 사이에 들어온 두툼한 정보 보고서를 읽던 장수일 사령관이 집무실 유리창을 통해 잠시 마당으로 눈을 돌렸다. 미옥이 영애와 영석을 데리고 군 승용차로 외출하는 모습이 눈에 들어왔다. 당과 군의 고위 간부를 위한 전용 상점은 일요일 아침에도 문을 여니 장보러 가는 것이라 짐작했다. 그때 부관 백낙준 소좌가 노크와 함께 집무실에 들어왔다. 그는 약간 들뜬 표정이었다. "무슨 일인가?" "방금 들어온 진달래의 보고입니다. 진달래는 장수일이 김정은 위원장 집무실에 심어 놓은 보위사령부 요원의 암호명이었다. "어제 저녁 위원장 동지께서 아주머니 건을 승인하셨답니다." 순간적으로 장 사령관의 얼굴에 안도하는 표정이 나타났으나 그는 이내 정색을 하며, "다른 말씀은 없으셨다든가?"라고 물었다. 백 소좌는 슬며시 웃으며 "할 수 없지. 장 사령관의 잘못은 아니니까⋯⋯라고 하셨답니다." 라고 말했다. 장미옥과 강철민의 이혼을 김정은 위원장이 직접 승인했다는 것이었다. "그래? 알았어. 나가 봐." 백 소좌는 사령관 집무실을 나서면서 '5년 동안이나 자기의 손발 노릇을 했으면 적어도 나에게는 간혹 속내를 내보여도 될 터인데⋯⋯'라는 생각을 하면서 약간은 섭섭한 마음이 들었다.

장수일은 "이혼 건을 마무리 지었으니 이제 재혼 자리를 알아보아야 하지 않겠나?"라고 혼자 웅얼거렸다. 그는 미옥의 새로운 짝으로 내심 백 소좌를 생각하고 있었다. 그는 백 소좌의 성분이 핵심 계급에서도 상위 그룹에 속해 있고, 김일성정치대학을 나왔으니 정치군관으로 출세할 가능성이 크다고 생각했다. 또한 백 소좌는 미옥과 동갑인데 군 요직에서 바삐 지내느라 아직 결혼을 안한 총각이라는 점도 맘에 들었다. 미옥과 손주들이 관저로 들어온 지난 반년 여 동안 미옥을 쭉 지켜 보아 왔던 백 소좌가 미옥을 괜찮게 생각하는 것 같으며 영애와 영석도 귀여워하는 것 같다는 생각도 들었다. 장수일은 평소 모든 사안을 조심스럽게 평가하는 자신이 백 소좌 건은 자기에게 유리한 방향으로만 생각하는 것이 스스로 계면쩍었다. 그는 '문제는 미옥이다. 철민과 이혼하지 않겠다고 버티던 미옥을 거의 윽박질러 이혼 신청서에 서명을 하게 했지만, 남편이 버젓이 살아 있는데 미옥이 새 남자를 받아들일 것 같지는 않다는 생각이 들었다. 미옥이 그렇게 생각하는 것은 어릴 때부터 '여자는 절개'라고 가르쳐 온 자기 책임도 있다는 생각이 들었다.

2014년 9월 29일, 로스앤젤레스 타임즈의 편집장이 에이미를 불렀다. 그는 에이미에게 "자네도 알다시피 지금 홍콩에서 벌어지고 있는 민주화 시위는 그 규모와 강도 면에서 볼 때 종전의 유사한 시위와는 확연히 차이가 나네. 이번 사태가 어떻게 번질 지 전 세계의 이목이 집중되고 있는데, 우리 홍콩 특파원 한 명만으로는 이번 사태를 제대로 취재할 수 없다는 것이 편집진의 판단이야. 자네가 홍콩으로 가 주어야겠네." 에이미의 가슴이 뛰었다. 어머니가 있는 곳으로 가라는 것이었다. 에이미는 7년 동안 어머니를 뵙지 못했다. 그녀는 삼합회가 자신을 끝까지 추적하리라는 것을 잘 알고 있었다. 에이미는 그들이 자기 어머니가 계신 홍콩에서 그물을 치고 끈기 있게 자기를 기다리고 있을 것이라고 생각했다. 미국에 온 후 그들의 추적을 우려하여 에이미는 어머니의 안부를 전화로만 몇 번 확인했을 뿐이었다. 그 전화도 혹시 모를 도청을 피하기 위해 공중전화를 사용했었다. 편집장의 제안에 갑자기 어머니에 대한 그리움이 북받쳐 감정이 소용돌이쳤다. '관계없어. 꼭 어머니를 만나야 해.' 라는 생각이 들자 신변의 위험이라는 합리적 생각은 별 의미가 없었다. 또한 대학생 시절 중국 정부가 내세웠던 일국양제 체제의 허구성을 비판하던 글을 학교 신문에 썼던 기억이 떠 오르면서 기자로서의 직업 의식도 발동했다. 그는 편집장에게 "예, 가겠습니다."라고 짧게 답했다. 철민의 만류도 이미 봇물처럼 터진 어머니에 대한 그녀의 그리움을 막을 수는 없었다.

다음날 에이미는 홍콩 행 아메리칸 에어라인에 몸을 실었다. 기내에서 그녀는 갖가지 상념에 사로 잡혔다. '어렴풋한 기억의 아버지 얼굴. 살아 계실까? 이제 원망해서 뭐 하겠어? 그동안 무심했던 나의 잘못도 있지. 이번 일만 끝나면 런던에 한번 가야지.' '철 모르고 뛰놀던 초등학교 시절의 단발머리의 예쁜 아이.' '꿈에 부풀었던 사춘기 소녀.' '무엇인가를 이루겠다고 악을 쓰며 열심히 살았던 대학 시절.' '그 모든 시간들 속에서 나 하나만 바라보며 젊음과 세월을 보내 버린 어머니, 어머니!' 뜨거운 눈물이 양 볼을 적셨다. '그래, 이번에 내 생의 흔적들을 한번 더듬어 보자.'

공항에는 로스앤젤레스 타임즈 현지 특파원 다니엘이 마중 나왔다. 그는 차안에서부터 열을 올리며 시위 현황을 브리핑했다. "1997년 홍콩이 중국에 이양될 때 덩샤오핑은 최소한 50년간 홍콩에 중국식 사회주의를 강요하지 않고 일국양제를 유지하기로 약속했는데, 베이징 정부가 홍콩 행정장관의 직선제를 거부함으로써 홍콩 시민들의 불복종운동이 전개되고 있다. 처음에는 대학생과 지식인 중심으로 시위가 시작되었지만, 경찰의 진압이 강경해지자 일반인들과 고등학생까지 시위에 가담하여 사태가 걷잡을 수 없이 확대되고 있다. 경찰이 쏘는 최루탄을 시민들이 우산으로 막아내면서 언론은 이번 사태를 '우산 혁명'이라고 이름 지었다. 햇볕이 강하게 내려 쬔다 해도, 소나기 빗발이 후려친다 해도 우산을 들어 막겠다는 뜻이다." 에이미는 시위의 배경을 설명하며 열변을 토하는 다니엘에게 "저 홍콩 사람이었어요."라고 웃으며 말했다. 다니엘이 멋 적은 표정을 지었다. 에이미는 계면쩍어 하는 다니엘의 체면을 살려주려는 듯이 그에게 밝은 미소를 날리며 "저도 내일부터 시위 현장을 취재하겠으니 다니엘이 많이 도와주세요."라고 말했다.

홍콩의 금융 중심가 센트럴에는 최루탄 가스가 자욱했다. 에이미는 검은 마스크를 쓰고 시위 현장을 누볐다. 시위대는 바리케이드를 사이에 두고 경찰과 대치하고 있었다. 그때 조슈아 웡이 단상에 올라 갔다. 그는 오른손으로 어퍼컷 모션을 취하며 외쳤다. "홍콩 시민은 지난 수십 년 동안 홍콩에서 일어나는 모든 일을 스스로 결정하여 왔습니다. 홍콩이 중국에 이양될 때 덩샤오핑도 홍콩인의 정치적 자기 결정권을 인정했습니다. 그러나 베이징 정권은 이러한 약속을 손바닥 뒤집듯 저버리고 있습니다. 홍콩의 지도자는 베이징이 아닌, 우리 홍콩 시민 스스로 뽑아야 합니다. 우리가 여기서 무너지면 베이징은 우리에게 또 다른 족쇄를 채우려 할 것입니다. 홍콩이 공격당하는 것은 당신이 공격받는 것입니다. 당신 가족이 공격받는 것입니다. 여기에서 하나를 잃으면 앞으로 모든 것을 잃게 됩니다. 우리는 자유를 지키기 위해 싸워야 합니다. 우리 모두 궐기합시다. 자유를 위해! 자유!"

시민들이 환호했다. 그들은 일어섰다. 시위대가 경찰이 설치한 경계 바리케이드를 치웠다. 그들은 "홍콩에 자유를!"이라는 구호를 외치며 앞으로 전진했다. 경찰이 최루탄을 발사했다. 물 대포를 쏘아댔다. 시위대가 일제히 우산을 펴 들었다. '빨간 우산, 검정 우산, 찢어진 우산.' 바로 그때 에이미 바로 옆에서 "홍콩은 우리의 것! 홍콩에 자유를!"이라고 외쳐 대던 여인이 쓰러졌다. 최루탄을 직격으로 맞은 것이었다. 최루탄은 불발이 되어 가스는 나오지 않았으나 그녀의 얼굴은 선혈로 낭자했다. 방독면을 쓰고 곤봉을 손에 든 경찰들이 전투에 임하는 로마군단처럼 일사불란하게 시위대 앞으로 전진해 오고 있었다. 에이미는 그녀를 부축하면서 좁다란 골목길로 도망쳤다. 소나기가 내렸다. 피에 얼룩진 여인의 흰색 블라우스에 검은 반점이 송송 보였다. '최루탄 가스가 빗물에 녹아 그 독성이 면 블라우스를 태워버린 것인가 보다.' 에이미는 도로변의 작은 병원으로 그녀를 데리고 들어갔다. 백발의 노 의사는 심각한 표정을 지으며 그녀를 수술실로 데리고 들어갔다. 에이미는 대기실에서 기다렸다. 벽면에는 노 의사의 케임브리지 의대 졸업장과 홍콩 의사 면허증을 넣은 액자가 게시되어 있었다. 그 옆에 짙은 눈썹의 달마대사의 초상이 보였다. 달마대사는 눈을 부릅뜨고 에이미를 노려보았다. 마치 '너 여기 왜 왔어?'라고 꾸짖는 것 같았다. 한 시간 정도 지나 의사가 나왔다. "이마가 찢어져 여섯 바늘 꿰맸습니다. 두개골 뼈가 상하지 않은 것은 다행입니다만 아무래도 상흔이 남을 것 같습니다." 에이미는 '여자 얼굴에 상처라니……' 그래도 그만하기 다행이라는 생각이 들었다. 에이미는 회복실로 들어가 그녀를 만났다. 광둥어로 에이미에게 수차례 고맙다는 인사를 하던 그녀가 갑자기 "에이미 아니니?"하고 물었다. 에이미는 깜짝 놀라 그녀의 얼굴을 찬찬히 뜯어보았다. 이마는 붕대로 감고 있었으나, 눈매와 입술 모양을 보니 고등학교 시절 단짝 친구 메이린이었다.

시위는 한달간 수그러들지 않고 계속되었다. 혁명의 상징이자 스타로 급부상한 학생운동가 조슈아 웡이 이끄는 '학민사조'는 이 기회에 홍콩에 민주주의를 창달하고, 사상과 언론의 자유를 되찾자고 시민을 선동했다. 톈안먼(天安門) 유혈사태로 사반세기 동안 국제사회의 비난에 시달려 온 중국 정부는 섣부른 강경책이 사태를 더욱 악화시킬 가능성이 있다고 판단하여 적절한 선에서 시위가 확대되는 것을 막으며 시간을 벌고 있었다. 그러던 중 조슈아 웡이 체포되고 시위는 소강 상태에 접어들었다.

에이미는 메이린의 집을 찾았다. 대여섯 살 정도로 보이는 사내 아이와 두어 살 어려 보이는 여자 아이가 뛰어 놀고 있었다. 아이들의 천진한 모습에 부러움을 느끼던 감정을 접으면서, 에이미는 매일 밤마다 머리 속을 맴돌던 생각을 실행에 옮기기로 했다. 에이미는 메이린에게 자기 어머니를 메이린 집에 초대해 줄 수 없겠냐고 물었다. 메이린이 의아한 표정을 지었다. 에이미는 자신이 쓴 기사 때문에 자기는 홍콩 경찰에 쫓기고 있어서 섣불리 어머니 집에 갈 수 없다고 둘러 댔다. 메이린이 홍콩 경찰을 비난하면서 에이미의 어머니를 기쁜 마음으로 초대하겠다고 했다.

그날 저녁 메이린이 어머니를 모셔왔다. 두 사람은 부둥켜안고 울고 또 울었다. 메이린은 애들 아빠와 저녁 먹기로 했다고 하면서 아이들을 데리고 나갔다. 에이미는 어머니와 오붓한 시간을 가질 수 있도록 자리를 비켜준 메이린의 세심한 배려가 고마웠다. 어머니는 7년 전의 모습이 아니었다. 백발에, 얼굴에는 잔주름이 가득했다. 에이미는 이미 60대 중반에 접어든 세월은 어쩔 수 없나 보다고 생각하며, 자신의 불효에 마음이 아팠다. 두 사람은 한 줌의 시간 속에서 지난 7년의 세월을 풀어 냈다.

망설임 끝에 에이미는 철 들고 처음으로 아버지에 대해 물었다. 어머니는 에이미의 눈을 찬찬히 들여 보다가 "그래, 이젠 너도 아버지에 대해 알아야 할만한 나이가 되었구나."하면서 창 밖을 내다 보았다. 어머니 눈에는 이슬이 맺혔다. '아, 그 긴 세월 동안 안으로, 안으로만 삭혀 오던 회한이 눈물로 번지는구나.' 에이미는 어머니의 아픔이 자신의 가슴으로 전해오는 것을 느꼈다.

"네 아버지의 이름은 윈스턴 헤이즈. 살아 계시면 올해 여든 다섯이시다. 작년에 요양원으로 들어가며 나에게 편지를 썼던 것이 마지막 연락이었어. 그리고 소식이 끊겼다. 그는 참 점잖은 신사였어. 주위 사람을 배려하는 선한 마음을 가졌지. 너도 짐작하겠지만 네 외가는 비참한 집안이었다. 네 외할머니는 내가 걸음마 할 무렵 돌아가셨다고 해. 그래서 나는 어머니에 대한 기억이 전혀 없어. 집안이 가난했지만 그보다 문제는 아버지는 술에 찌들어 사셨고, 네 외삼촌들은 집안 안팎에서 싸움질이나 하고 다녔지. 그러한 분위기 속에서 자란 나로서는 점잖고 부드러운 신사였던 네 아버지에게 온 정신이 팔렸지. 출근하는 것이 기쁨이었어. 아수라장 같은 집을 벗어나 나를 배려해 주는 사람을 만난다는 기대 때문이었지. 네 아버지가 런던에 처와 자식들이 있다는 것을 알면서도 나는 어쩔 수 없이 네 아버지의 품에 안겼어. 네가 태어난 날 네 아버지의 표정이 아직도 눈에 선해. 그 사람 성격대로 잔잔한 미소를 지으며 너를 꼭 안아 주었지. 나는 갓 태어난 너를 안으면서 내 자신이 새로 태어났다고 생각했어. 너는 나의 생명이었어. 아버지도 너를 끔찍이 사랑했었지. 그러다가 이별의 시간이 왔어. 나는 네 아버지를 떠내 보내면서도 원망의 마음은 없었어. 네 아버지와 함께 했던 5년은 내 인생에서 처음으로 기쁨과 사랑의 의미를 알게 되었던 시간이었으니까. 너의 크고 맑은 눈은 네 아버지 눈을 그대로 빼어 닮았어. 나는 윈스턴이 그리울 때면 너의 그 회색 눈동자를 보며 그 사람과의 기억을 되살리곤 했지. 그리고 네 아버지는 네가 성인이 될 때까지 한 해도 거르지 않고 네 양육비랑 학비를 보내왔지. 아직 살아 계시면 좋으련만……" 어머니는 한숨을 쉬다가 말을 이었다. "혹시 네 아버지를 만나거든 전해줘. 미안해하실 것 없다고. 당신은 내 인생의 전부였다고. 당신이 있었으므로 해서 내 생명보다 더 소중한 딸 에이미를 가질 수 있었다고."

　에이미는 어머니의 안전이 걱정되었다. 삼합회가 어머니의 주변에 그물을 쳐 놓고 자기가 나타나기를 기다릴 것이라는 생각이 들었다. 삼합회는 자기 뒤를 쫓는 일을 결코 포기하지 않을 것이라는 것을 잘 알고 있기 때문이었다. 자신이 위험에 처하게 되면 어머니도 그 위험에 휘말려들 수 있다는 생각이 들었다. 그렇다고 어머니에게 자신과 삼합회와의 관계를 솔직히 얘기할 수는 없었다. "어머니의 자랑, 에이미" 하나만을 믿고 살아온 어머니에게 실망과 상처를 줄 수는 없기 때문이었다. 에이미는 오랫동안 마음 속에 간직했던 생각을 끄집어 냈다. 그녀는 어머니에게 미국에 오셔서 함께 살자고 했다. 놀라는 표정을 짓는 어머니의 눈에 영롱한 별빛이 보였다. 그것은 기다림 끝에 찾아온 기쁨과 희망의 눈물이었다. 둘은 이번 사태가 끝나고 에이미가 미국으로 귀국할 때 함께 떠나기로 했다. 어머니는 그 계획에 맞춰 준비하겠다고 했다. 밤이 깊어질 무렵 메이린이 남편과 아이들과 함께 귀가했다. 단란한 가족으로 보였다. 헤어질 무렵 어머니가 자기는 언제쯤 손주를 보게 되느냐고 물었다. 그 말을 듣자 에이미는 지난 몇 달 동안 생리가 없었다는 사실이 떠올랐다. 갑자기 세상이 바뀌는 것 같았다.

철민은 주일 미사에 참석하기 위해 성당을 찾았다. 에이미를 따라 성당에 나간 지 근 일년이 되다 보니 일요일이면 습관처럼 성당으로 향하는 자기 모습에 스스로 놀랐다. 미사 중 윤기 나는 검은 머리에 흰 미사보를 덮어쓰고 기도하는 헬렌 킴의 뒷모습이 보였다. 미사가 끝나고 철민은 성당 마당 성모상 앞에서 신자들과 얘기꽃을 피우고 있던 헬렌과 눈이 마주쳤다. "철민 씨, 오랜만입니다. 그렇지 않아도 에이미도 없는데 잘 계시나 궁금 했었는데요." 헬렌이 먼저 인사를 건넸다. "예, 잘 있습니다. 며칠이나 됐다고요. 하지만 혼자 있다 보니 뭔가 할 일이 있어야겠다는 생각이 드네요." "미국에 오신지 벌써 일년 가까이 되셨죠? 그동안 뭐하고 지내셨어요? 지난 번 댁에서 뵐 때 무엇인가에 열중하고 계신 것처럼 보이던데요." "아, 그날은 글을 쓰고 있었어요." "무슨 글이요?" 헬렌이 호기심에 찬 표정으로 물었다. "몇 달 전부터 미주 한국 신문에 가끔 글을 써 왔어요." "그럼 칼럼니스트시네요." "부끄럽습니다. 나중에 말씀드릴게요." 철민은 말을 아꼈다. 얼마 전 KBS뉴스에서 중국 공안이 탈북자들을 잡아 무자비하게 북송 하는 장면과 탈북 여성들이 인신매매 집단에게 짐승처럼 팔려가 학대받는 장면을 본 후, 철민은 탈북민들을 위해 자기가 하여야 할 일이 무엇일 것인가를 고민했다. 그는 자신이 할 수 있는 일은 북조선 정권의 인민에 대한 인권유린 상황을 세계에 알리는 것이라는 결론에 도달했다. 그리고 그는 북조선의 실태와 그 정권의 만행을 까발리는 글을 미주 조선일보에 가명으로 투고했는데, 신문사에서 독자들의 반응이 좋다고 하면서 계속 북한 관련 글을 써달라고 요청했다. 그후 지금까지 그는 조선일보 미주판에 부정기적으로 기고하여 왔다. 신분을 감추기 위해 "서희"라는 필명을 사용했고, 신문사에서도 철민의 신원을 모른 채 서로 우편으로만 연락했다. 헬렌과의 우연찮은 만남에 철민은 들뜬 기분이었다. 외롭던 철민은 헬렌에게 저녁 식사를 청하고 싶었으나 끝내 그 말을 입 밖으로 뱉지 못했다. 집으로 돌아오는 길에 철민은 함께 밥이나 먹자는 말도 못했던 쑥맥 같은 자신을 자책했다.

근 한달 후 철민은 성당에서 또 헬렌을 만났다. 철민은 지난 번 자신의 과오를 만회하려는 듯이 이번에는 먼저 헬렌에게 다가갔다. 둘은 성당 앞 카페에 자리를 잡았다. "에이미로부터 소식이 없나요? 요즈음은 전화도 뜸해서 걱정이 되네요. 텔레비전에서 험악한 홍콩 시위 장면을 볼 때마다 걱정스러운 마음으로 화면 속에서 에이미를 찾곤 했죠." 철민이 근심스러운 표정을 지으며 헬렌에게 물었다. 헬렌은 "홍콩에서 에이미의 활약이 대단해요. 시위 현장에서 에이미가 찍은 사진과 취재 기사가 어제 타임즈의 1면 톱으로 났어요. 기사 보셨어요?" 철민은 어제 기사 읽는 것을 놓쳤다고 하면서 취재기자의 이름이 실렸냐고 물었다. 헬렌은 "그럼요. 이번 홍콩 취재로 에이미는 타임즈에서 베테랑 기자의 반열에 오르게 될 것 같아요."라고 흥분하며 말했다. 철민은 '아뿔싸, 로스앤젤레스에 있는 삼합회 패거리들이 기사에서 에이미의 이름을 발견했다면 상하이의 첸에게 보고했을 것 아닌가?' 라는 생각이 들었다. 철민은 헬렌에게 "앞으로라도 기사에 취재기자 에이미의 이름을 싣지 않을 수 없을까요?"라고 물었다. 헬렌은 의아한 표정을 지으며, 취재기자에게 책임감을 심어주고 기사의 신뢰성을 높이기 위해 기사 실명제를 채택하고 있는 것이 미국 언론의 관행이라고 했다.

집으로 돌아오는 차 안에서 철민은 시민권을 받을 때 에이미에게 개명하라고 강하게 권하지 않은 것을 후회했다. 그날 밤 철민은 에이미에게 전화했다. 에이미의 목소리가 들떠 있었다. 에이미는 감격에 겨운 목소리로 어머니와의 해후를 전했다. 철민도 진심으로 기뻤다. 에이미가 갑자기 말을 멈추었다. 잠시 침묵이 흘렀다. 철민이 입을 열려고 하는 순간 에이미가 "쉿"하며 철민의 말을 끊었다. "잠깐, 긴히 할 말이 있어요." 에이미가 다시 한번 뜸을 들이다가 말했다. "이번에 돌아가면 우리 정식으로 결혼해요. 결혼식도 올리고요." 철민은 당황했다. 미국에 온 후 에이미가 결혼 얘기를 딱 한 번 꺼냈었는데 철민은 가타부타 대답을 하지 않고 얼버무린 적이 있었다. 평양에 두고 온 미옥과 아이들이 마음에 걸렸기 때문이었다. 에이미는 그러한 철민의 마음을 읽은 듯이 더 이상 결혼 얘기를 꺼내지 않았다. 그런데 그런 중대한 일을 전화로, 그것도 타국에서 국제전화로 갑자기 꺼낸다는 것이 의아했다. 자존심이 센 에이미 답지 않았다. 철민은 집에 돌아오면 차분하게 얘기하자고 했다. 에이미도 알았다고 했다. 곧이어 철민은 기사에 취재기자 이름이 실명으로 실리는 위험성에 대해 얘기했다. 에이미는 사실 자기도 그것이 께름칙했지만 어쩔 수 없었다고 하면서, 시위도 조금 잠잠해졌으니 빠른 시일 내에 귀국하겠다고 했다. 철민은 안도했다. 잠시 뜸을 들이다가 에이미가 말했다. 이번에 귀국할 때 어머니를 모시고 함께 가겠다고 했다. 철민은 미국에서의 외로운 생활에 에이미의 어머니와 함께 살게 되는 것은 잘 된 일이라고 했다. 또한 철민은 자신은 어렸을 적에 어머니를 여의였기에 에이미 어머니를 자신의 어머니처럼 모시겠다고 덧붙였다. 에이미가 밝은 목소리로 몇 번이고 고맙다고 했다.

상하이 삼합회도 홍콩 사태를 민감하게 주시하고 있었다. 홍콩은 그들의 비즈니스에 매우 큰 이해관계가 있는 지역이기 때문이었다. 첸은 삼합회 로스앤젤레스 조직으로부터 에이미가 로스앤젤레스 타임즈 기자가 되었으며 현재 홍콩에 장기 출장 중이라는 연락을 받았다. 첸은 홍콩 조직에 에이미의 소재를 파악하고 미행을 붙이라고 지시했다. 그리고 그는 심복 두 명을 에이미 처리조로 홍콩에 파견했다. 첸은 처리조에게 홍콩 전체가 혼란에 빠져 있으니 평소보다 일 처리가 쉬울 것이라고 덧붙였다.

시위 현장인 몽콕 지역에는 수만 명의 시위 군중과 수천 명의 경찰이 바리케이드를 사이에 두고 대치하고 있었다. 시위대의 한 청년과 인터뷰를 하던 중, 에이미는 길 건너편에서 연좌하고 있는 군중 속에서 누군가가 자신을 감시하고 있다는 느낌을 받았다. 그녀는 상대방이 눈치채지 못하도록 그쪽으로 곁눈질했다. 상하이에서 자주 보았던 첸의 심복 린과 또 한 명의 사내가 자기 쪽을 주시하고 있는 것이 보였다. '아, 우려하던 일이 왔구나. 내가 이곳에 너무 오래 있었어.' 에이미는 잽싸게 군중 속으로 파고 들며 몸을 숨겼다. 에이미를 놓쳐 당황하는 그들의 모습이 보였다. 에이미는 택시를 타고 호텔로 향했다. 로스앤젤레스 시간으로 깊은 밤이었지만 어쩔 수 없다는 생각에 그녀는 편집장에게 전화하여 건강상의 이유를 들면서 급거 귀국하겠다는 의사를 전했다. 편집장도 한 달 이상의 장기 출장에 미안했던지 시위도 어느 정도 잦아 들었으니, 그곳은 특파원 다니엘에게 맡기고 귀국해도 좋다고 허락했다. 호텔로 돌아와 짐을 꾸리면서 에이미는 어머니에게 전화를 걸었다. 에이미는 본사에서 긴급한 일이 생겨 즉시 귀국해야 한다고 둘러 대면서 내일 출국해야 할 것이라고 했다. 어머니는 자기 걱정은 접어 두고 빨리 귀국하라고 했다. 어머니에게 다시 모시러 오겠다는 말을 전하는 에이미의 목소리가 떨렸다. 두 볼에 뜨거운 눈물이 흘러내렸다.

로스앤젤레스로 향하는 기내에서 에이미는 기사를 썼다. 기사의 말미에 에이미는 홍콩 사태에 대한 자신의 평가를 추가했다.

"이번 홍콩 시위는 조만간 수습될 것으로 보인다. 홍콩 시민들이 진정한 민주화를 쟁취하지 못한다 하더라도 이를 실패로 규정할 수는 없다. 홍콩 시민들은 이번의 궐기를 통해 스스로의 단결력을 보여 주었다. 또한 이번 시위는 중국 공산당이 홍콩 합병 시 약속한 일국양제가 지켜지지 않고 있다는 것을 전세계에 폭로함으로써 중국이 홍콩 문제에 대한 그들의 정책을 재검토하게 만드는 계기를 제공했다. 톈안먼 사태 이후 줄곧 국제사회로부터 곤혹을 치러 온 중국 정부는 앞으로 홍콩 문제를 다룸에 있어 보다 조심스러운 자세를 취하게 될 것이다. 따라서 이번 홍콩 민주화 운동은 절반의 성공을 거둔 것으로 평가된다."

에이미는 이 글이 자신의 마지막 기사가 될 것이라고 예감했다. '가장 중요한 것은 가족이다. 뱃속의 아기를 위해서는 다른 모든 것을 희생해도 좋다. 철민과 나는 로스앤젤레스를 떠날 것이다. 넓은 미국 땅에 우리 가족 하나 발붙일 곳이 없을까?'

철민이 공항에 마중 나왔다. 긴 포옹 끝에 둘은 차에 올랐다. 에이미는 철민의 따스한 가슴에 안기면서 홍콩에서 첸의 부하에게 쫓기던 불안감을 떨쳐 버릴 수 있었다. 에이미는 첸이 자기가 로스앤젤레스 타임즈 기자임을 알게 된 이상 로스앤젤레스는 더 이상 그들의 보금자리는 될 수 없을 것 같다고 했다. 둘은 빠른 시일 내에 다른 도시로 이사하기로 했다. 철민은 시민권을 받을 때 에이미가 개명하지 않은 것이 실수라고 하면서 이름을 바꾸라고 했다. 에이미가 좋다고 했다. 에이미는 새 이름을 에이프릴 헤이즈로 하겠다고 했다. 어머니의 아버지에 대한 사랑의 흔적을 자신도 새기고 싶었기에 아버지의 성을 그대로 따르고자 했다. 다음 날 오전 에이미는 편집장을 만나 마지막으로 쓴 기사를 전달하면서 건강상의 이유를 들어 사직서를 제출했다. 그리고 오후에 그들은 법원에 들러 에이미의 개명 신청서를 제출했다.

그날 저녁 에이미는 자신의 임신 사실을 철민에게 알리며, 아이를 위해서라도 결혼을 서두르겠다고 했다. 철민이 두말없이 좋다고 하자, 에이미는 그의 흔쾌한 반응에 기쁨을 감추지 않고 그를 꼭 안아 주었다. 철민은 에이미가 전화로 결혼 얘기를 꺼냈을 때 에이미의 임신을 짐작했었다. 지난 일년 동안 딱 한번 결혼 얘기를 꺼냈던 자존심이 센 에이미가 국제전화로 그 얘기를 꺼냈을 때, 철민은 에이미의 신상에 변화가 있는 것으로 짐작했다. 가장 그럴듯한 추론은 에이미의 임신이었다. 철민은 사랑하는 에이미와의 사이에 자식을 갖는다는 것이 기뻤다. 그리고 아이에게 사회적으로 당당한 신분을 주는 것은 부모로서의 도리라고 생각하고 결혼을 결심했다. 착한 미옥도 자신의 결정을 이해해 주리라는 기대와 함께.

태양이 수평선 아래로 고개를 숙일 무렵 헬렌에게서 전화가 왔다. 그녀는 에이미가 사직했다는 소문을 방금 들었다고 하면서 웬일이냐고 물었다. 에이미는 건강상의 이유라고 얼버무렸다. 헬렌은 궁금함을 참지 못하겠다는 듯 바로 에이미에게 집으로 가겠다고 했다. 셋은 거실 내 창가에서 저녁식사를 했다. 식사가 끝나자 헬렌이 말보로에 불을 붙이며 에이미에게 한 개피를 내밀며 권했다. 에이미가 사양하며 맑은 공기를 마시고 싶다고 하며 유리문을 열었다. 헬렌이 담배를 끊었냐고 물었다. 에이미가 미소 지으며 끊은 지 일주일이 되었다고 했다. 헬렌이 "너, 혹시?" 하며 에이미를 쳐다보았다. 에이미가 "맞아. 나 아기 가졌어." "와우!" 하며 축하하는 헬렌의 눈가에 부러움이 스쳐 갔다. 헬렌은 서른 두 살의 나이에 아직

미혼이었다. 셋은 산타모니카 백사장을 걸었다. 태평양에서 늦가을의 서늘한 바람이 불어왔다. 에이미가 철민을 쳐다보며 "아무래도 헬렌에게는 말을 해야 할 것 같아."라고 했다. 철민이 고개를 끄덕였다. 그날 밤 에이미는 헬렌에게 지나온 세월을 실타래처럼 풀어 냈다. 헬렌은 에이미의 고백을 때로는 놀라움으로, 때로는 눈물로 경청했다. 헬렌이 말했다. "당신들은 나의 친구야. 내가 친구들을 위해 도울 일이 있으면 거리낌 없이 말해. 나는 언제나 너희들 곁에 있을게. 또 너희들을 위해 매일 기도할게" 에이미는 고맙다고 했다. 철민은 에이미와 자기는 다른 도시로 이주할 생각이라고 했다. 헬렌은 처음에는 이사를 만류하다가 결국 이해한다고 했다. 그녀는 그들과의 이별을 아쉬워하면서도 "멀리 떠나더라도 친구는 변하지 않아. 내가 언제나 너희들 곁에 있다는 사실을 잊지마."라하며 우정을 다짐했다.

홍콩에서 에이미를 놓치고 상하이로 돌아온 첸의 심복 린은 첸에게 심한 꾸중을 들었다. "믿고 맡겼더니 일을 어떻게 그 따위로 처리한 거야. 내일 당장 로스앤젤레스로 가서 깔끔히 마무리 지어. 이번에는 혼자 가. 필요한 것이 있으면 현지 우리 사람들에게 협조를 받도록 하고. 만약 이번에도 실수하면 각오해. 너, 내 성질 알지. 나는 두 번 실수는 절대로 용납치 않는다는 것을." 첸의 근엄한 말투에 린은 긴장했다. 그는 현지 삼합회 패거리들이 과연 협조를 잘해 줄까 하는 의구심이 들었다. 삼합회는 각 지역 마다 이해 관계가 다르고 활동도 독립적으로 하고 있기 때문이었다.

에이미는 철민에게 로스앤젤레스에 있는 것이 이제는 불안하다고 하면서 개명 허가를 받을 때까지 여행을 가자고 했다. 철민은 좋은 생각이라고 하며 이주할 지역을 찾아보자고 했다. 에이미는 그 전에 함께 갈 곳이 있다고 했다. 철민과 에이미는 런던 히드로 공항에 내려 옥스퍼드 행 버스를 타고 북쪽으로 달렸다. 헬렌의 어머니가 아버지 윈스턴 헤이즈가 입원해 있는 앤드류 요양원의 주소를 주었었다. 12월인데도 비가 내렸다. 부슬비는 목초지 위의 잔설을 녹이고 있었다. 버스에서 내린 그들은 택시로 요양원에 도착했다. 요양원의 너른 정원 길을 걸으며 에이미는 희미한 기억 속에 남아 있는 아버지의 모습을 그려 보았다. 은빛 머리칼의 키 큰 신사가 조용히 웃는 모습만 떠오를 뿐 얼굴의 윤곽이 희미했다. 요양원의 돌봄이 아주머니가 아버지의 방으로 인도하면서 "회색 눈이 아버지 눈동자를 꼭 빼어 닮았네요."라고 말을 걸었다. 그녀는 아버지가 상대방의 말은 잘 알아듣는데 표현은 어눌하다고 했다. 문 앞에서 에이미는 설레는 가슴을 달래면서 심호흡을 했다.

문이 열리자 은빛 머리카락을 단정히 빗은 노인이 문 쪽을 쳐다보았다. 얼굴의 깊게 패인 주름이 그의 지난 세월을 말해 주고 있었다. 에이미는 "제 이름은 에이프릴 헤이즈입니다. 어렸을 때는 에이미라고 불렸죠." 라고 또박또박 말을 했다. 아버지의 회색 눈동자가 빛을 발했다. '그래 바로 저 눈빛이었어. 내가 말을 배우기 시작할 무렵 동물원에서 코끼리 우리에 손짓을 하며 엘레펀트, 엘레펀트를 연발할 때 놀란 눈으로 나를 쳐다보던 바로 그 눈빛이야.' 에이미는 아버지의 눈을 찬찬히 보며 말을 이었다. "어머니가 전해 달라는 말이 있어서 왔어요. 어머니는 당신이 미안해하실 것 없대요. 당신은 그녀의 인생의 전부였대요. 당신이 있었으므로 해서 자신의 생명보다 더 소중한 딸 에이미를 가질 수 있었다고 전해 달라 하셨어요." 윈스턴의 눈에 눈물이 고였다. 윈스톤은 말없이 에이미에게 천천히 손을 내밀었다. 에이미는 그의 야윈 손을 꼭 잡았다. "그리웠어요. 보고 싶었어요. 저도 아버지를 원망하지 않아요. 이 맑은 눈빛을 가진 분의 딸인 것이 너무 자랑스러워요." 에이미는 아버지의 손을 양손으로 감싸며 살며시 힘을 주었다. 야위고 차디찬 그의 손에 자신 몸과 마음의 온기를 전하려는 듯이. 그리고 에이미는 철민을 돌아보며 그를 아버지에게 소개했다. "이 사람이 제 남편이예요. 우리는 곧 아기를 갖게 돼요. 아기가 사내 아이라면 이름을 윈스턴이라고 지을게요." 에이미는 고개를 숙여 아버지에게 인사했다. 윈스턴의 회색 눈동자가 눈물 속에 아롱졌다. 에이미는 뒤돌아서서 방문을 나섰다. 아버지의 눈물을 차마 볼 수 없었기 때문이었다. '이것이 마지막 만남인 줄 저도 알아요. 부디 평안하게 지내시다 하늘 나라에서 만나요.' 어느새 부슬비가 그치고 저녁 하늘에 별이 뜨고 있었다. 희미하게 펼쳐진 은하수가 에이미에게는 마치 천국으로 이어지는 다리처럼 보였다.

철민과 에이미는 사흘간의 뉴올리언스 투어를 마치며 호텔 지하의 재즈 바에 자리 잡았다. 희미한 붉은 등 아래에 담배 연기가 자욱했다. 검은 얼굴의 트럼펫 연주자가 혼신의 힘을 다하여 루이 암스트롱의 "왓 어 원더풀 월드(What a wonderful world!)"를 불어 재꼈다. 초미니 스커트의 금발 웨이트리스가 주문을 받으러 왔다. 철민은 뉴올리언스의 마지막 밤을 그냥 보낼 수는 없지 않겠느냐며 레드 와인 한 병을 주문하자, 에이미가 눈을 흘겼다. 철민이 '아차' 하는 표정을 지으며 생맥주와 탄산수로 주문을 바꿨다. 곧이어 둘은 "우리의 새로운 생명, 우리 아기를 위해 건배"하면서 생맥주와 탄산수 잔을 맞부딪쳤다. 그리고 둘은 이곳에서 살자고 의기 투합했다. 그들은 사흘 전에 이곳에 와서 도시 전체를 둘러보았다. 철민은 탁 트인 미시시피 강 하구가 마음에 든다고 했다. 강물은 황토 빛을 띠었지만 강인지 바다인지 구별이 안 갈 정도로 탁 트인 강 하구가 너무 좋다고 했다. 강 위로 떠가는 화물선의 고동 소리가 답답한 가슴을 뻥 뚫어 놓았다고 했다. 에이미는 프렌치 쿼터가 좋다고 했다. 유럽풍의 골목길 안에는 현대식 건물이 전혀 없고, 자동차도 없었다. 건물은 대부분 테라스가 있는 이층집이었다. 집집마다 테라스에는 각양각색의 꽃들이 넝쿨에, 화분에 피어 있었다. 길은 영화 '아마데우스'에서 본 듯한 사각형으로 다듬은 화광암 포장 바닥이었다. 2월이면 이곳에서 '마르디 그라' 축제가 열린다고 한다. 에이미는 피에로 옷을 입고 가장행렬에 참가하여 신나게 춤을 추고 싶다고 했다. 그들은 다시 밀려오는 새로운 희망에 가슴이 벅찼다. 사실 그들이 뉴올리언스로 이주하기로 한 가장 큰 이유는 삼합회의 추적을 따돌릴 수 있으리라는 점이었다. 인구 40만 명도 안되는 중소 도시에 동양인도 별로 없고 비즈니스가 그리 활발한 편은 아니니 삼합회가 이곳까지 진출할 까닭이 없을 것이라는 생각에서였다.

로스앤젤레스로 돌아온 지 며칠 후 헬렌이 에이미의 산타모니카 집 문을 두드렸다. 손에 든 일곱 송이 물망초에서 은은한 향기가 전해왔다. 헬렌은 에이미가 없는 신문사 편집실이 삭막하기만 하여 그리운 친구를 찾아왔다고 했다. 크리스마스 이브였다. 철민은 프라이 팬에 올리브유를 듬뿍 넣고 팬을 달궜다. 새우, 브로콜리, 마늘, 방울 토마토를 넣고 감바스를 만들었다. 알리오 올리오 스파게티도 준비했다. 그리고 헬렌이 가져온 성탄 축하 케이크에 촛불을 붙였다. 조촐하지만 새로운 생명의 탄생을 미리 축하하는 성탄절 파티는 그들이 부르는 캐롤과 함께 무르익어 갔다. 에이미가 빤히 알면서 헬렌에게 크리스마스 파티를 함께 할 보이 프렌드도 없냐고 짓궂게 물었다. 헬렌이 눈을 흘기며 "철민 씨 같은 사람이 있어야지."라고 농을 쳤다. 셋은 함께 웃었다. 그들은 성탄 자정 미사에 참례하기 위하여 캐딜락 무개차에 몸을 실었다. 구불구불한 해변 1번 국도를 달리는 것은 언제나 상쾌했다. 태평양에서 불어오는 서늘한 바람에 헬렌의 길고 윤기 흐르는 검은 머리가 휘날렸다. 성당 문에 들어서자 크리스마스 캐롤이 울려 퍼졌다. 성가대의 청아한 목소리가 마치 신자들의 입당을 환영하는 천상의 목소리인 것 같았다.

미사 도중 에이미는 자신에게 새로운 생명을 주신 하느님께 감사를 드리며 기도했다. '하느님 아버지, 이 아이에게 지혜와 선함과 용기를 주소서. 무엇보다도 이 아이는 제가 겪은 굴곡 많은 인생을

- Mardi Gras는 '뚱뚱한 화요일'이라는 의미의 프랑스어다. 카톨릭에서는 부활 전 40일간을 사순절이라고 하며 금욕기간으로 정하고 있다. 이 사순절에 들어 가기 전날, 즉 '재의 수요일'의 전날 화요일이 '마르디 그라'다. '마르디 그라'는 먹고, 마시고, 춤추는 뉴올리언스의 최대 축제다.

겪지 않게 하소서. 이 아이를 평안과 행복이 가득 찬 나라로 인도하여 주옵소서. 이 아이에게 온전한 평화를 주소서. 예수 그리스도의 이름으로 비나이다.' 철민은 흰 미사보를 둘러쓰고 간절히 기구하는 에이미를 바라보며 그 기도가 새로 태어날 아이를 위한 것이라 생각했다. 그도 무릎을 꿇고 에이미와 자신의 사랑의 결실인 태어날 아이를 위해 기도했다. 그때 철민의 뇌리에 미옥과 영애, 영석의 얼굴이 떠올랐다. 그들은 철민에게 밝은 웃음을 보내고 있었다. 철민은 눈을 감고 그들을 위해서도 기도했다. 그의 두 뺨에 눈물이 흘러내렸다. 그리움과 회한의 눈물이었다. 파이프 오르간의 반주로 시작된 예수의 탄생을 경축하는 성가대의 목소리가 성당 안에 울려 퍼졌다. 인류를 구원하기 위해 강림하신 예수 탄생의 의미를 풀어나가는 신부의 강론을 마지막으로 미사가 끝났다.

꽃잎, 떨어지다

셋은 다시 산타모니카 집으로 되돌아 가고 있었다. 집에 다다를 무렵 철민은 뒤따라오는 오렌지 빛 헤드라이트가 성가셨다. 그 불빛은 성당 부근의 세코이아 숲 길에서부터 시작되었다는 생각이 들었다. 그는 누군가가 따라오고 있다고 직감했다. 그는 속도를 높였다. 뒤따라오던 검정색 차도 더욱 빨리 따라왔다. 오른편은 산에 막혀 있고 왼편은 해변으로 떨어지는 낭떠러지였다. 두 차의 간격이 좁혀졌다. 철민은 액셀러레이터를 끝까지 밟았다. 뒤따라오던 차도 더욱 속력을 올렸다. 철민의 캐딜락은 급커브를 돌면서 앞에서 마주 오던 스포츠 카를 피하려다가 오른쪽 산비탈을 치고 말았다. 차가 튕겨 나갔다. 그때 뒤 쫓아오던 검정색 차가 캐딜락의 옆구리를 박았다. 두 차는 도로 위에서 한 바퀴 구르다가 왼쪽 해안 낭떠러지로 떨어졌다.

철민이 눈을 떴다. 병원이었다. 왼쪽 다리와 왼팔에 깁스 흰 붕대가 감겨 있었다. 옆 침대에 헬렌이 누워 있었다. 그녀는 잠들어 있는 것 같았다. 그녀의 머리와 오른팔이 붕대로 감싸져 있었다. 에이미가 보이지 않았다. 벨을 눌러 간호사를 호출했다. 간호사가 왔다. 에이미가 어디 있냐고 물었다. 그녀는 잠시 머뭇거리다가 "운명하셨습니다."라고 했다. 철민은 허공을 응시했다. 하얀 천장에 에이미가 밝게 웃는 모습이 떠오른다. '에이미가 떠났다. 아직 꽃망울도 피워보지 못한 아기와 함께.'

일주일 후 성당에서 에이미 추모 미사가 열렸다. 철민과 헬렌은 병원으로부터 외출 허가를 받아 붕대를 감은 채 미사에 참례했다. 합창단의 라틴어 그레고리오 성가가 들려왔다. 무슨 뜻인지는 모르지만 철민은 온몸에 전율을 느꼈다. 그리고 눈을 감았다. 강물이 흐른다. 에이미가 큰 나뭇잎에 몸을 싣고 떠내려간다. 붉은 장미 꽃잎이 에이미의 온몸을 감싸고 있다. 그녀가 철민에게 함께 가자고 손짓한다. 철민은 강가에 서서 미동도 하지 않고 흘러가는 에이미를 바라본다. 마치 강가에 뿌리 박고 그 강물을 빨아들이는 나무와 같이. 강물은 흐르고, 에이미의 모습은 점점 작아진다. 거센 물살이 에이미를 덮친다. 빨간 장미 꽃잎이 강물 위에 흩어진다. 장미 꽃잎을 벗어버리고 나신이 된 에이미는 금빛 출렁이는 수평선 아래로 그 알몸을 감춘다. 강물 위에 흩어졌던 화사한 장미 꽃잎은 그레고리오 성가의 장엄한 선율을 타고 하늘로 오른다. 그리고 적막이 흐른다. '아 이제 내가 에이미를 위해 해 줄 수 있는 것이 아무 것도 없단 말인가? 내가 목숨을 바친다 해도 에이미는 되돌아오지 않을

것이다.'

그때 미옥과 영애, 영석이 크고 너른 수련 잎 위에 몸을 싣고 떠내려 온다. 그들을 태운 너른 수련 잎이 갑자기 멈춘다. 강물은 흘러가는데 그들은 그냥 그곳에 머물러 있다. 흘러간 강물과 새로운 강물 모두 그곳에 존재하는 같은 강물이기 때문에 그들은 움직이지 않는가 보다. 강물에는 시간이 없나 보다. 강물에는 과거가 없고, 현재도 없다. 또 내일도 지금 그 모습으로 흐를 것이다. 철민의 두 볼에 하염없이 눈물이 흐른다. 파이프 오르간에서 흘러나오는 장엄한 선율에 철민이 깨어났다.

사흘 후 철민과 헬렌은 퇴원했다. 집에 경찰서로부터 소환장이 와 있었다. 헬렌에게도 왔다고 했다. 둘은 함께 경찰서에 출두했다. 담당 형사가 그들에게 교통 사고의 개요를 병원에서 들었지만, 사건을 종결하기 위해 소환장을 보냈다고 했다. 사람이 죽은 사고이므로 보다 상세한 보고서 작성이 필요하다고 했다. 철민은 뒤쫓아 오던 자도 죽었음을 알게 되었다. 철민과 헬렌이 사고 당시 상황을 자세히 설명했다. 담당 형사는 사고 현장 조사 결과와 진술 내용이 일치한다면서 사건을 종결하겠다고 했다. 마지막 질문이라 하면서 형사는 뒤쫓아온 자가 누구인지 짐작이 가냐고 물었다. 철민은 전혀 짐작이 가지 않는다고 답하면서 오히려 자기가 그 자가 어떤 사람인지 알고 싶다고 했다. 형사는 위안 린이라는 이름의 중국 남자라고 했다. 그는 상하이 주재 미국 총영사관에서 관광 비자를 받고 입국해 렌터카를 빌려 운전했다고 했다.

다음 날 철민은 법원으로부터 에이미의 개명을 허가한다는 통지서를 받았다. 세상을 떠난 에이미는 "에이프릴 헤이즈"가 되었다. 마치 하늘나라에서 헤이즈 부녀가 서로를 쉽게 알아보게 하려는 듯이.

에이미를 잃은 철민은 비탄에 잠겨 고슴도치와 같은 은둔생활을 하게 되었다. 아니, 철민을 외부 세계로 안내했던 에이미의 부재는 철민이 사회로 통하는 통로를 차단해 버린 것이었다. 어느 날 자기 집 욕조에서 따뜻한 물에 몸을 담그고 있던 철민은 혼자서 웅얼거리고 있는 자신을 발견하고 깜짝 놀랐다. 누구와도 대화가 없는 생활을 하다 보니 마치 말을 잊어버릴까 봐 혼자서 중얼거리는 것이 아닐까 하는 생각마저 들었다. 그는 마음을 다 잡았다. '에이미가 떠났다. 나는 이제 외톨이여서는 안된다. 과거의, 오늘의, 내일의 사람들이 나를 기다린다. 그래 가자. 나의 과거로 가자. 가서, 나의 내일을 만들자.' 철민이 에이미의 죽음을 떨치고 일어나야 한다고 다짐했지만, 이방인으로서 살아 가는 미국이라는 나라에서 스스로 세상으로 나가는 길을 찾는 방법이 막막하기만 했다. 그러던 중 미주 조선일보에서 수잔 키드먼이라는 미국 여성이 철민을 만나고 싶어 한다고 알려 왔다. 그녀는 조선일보 미주판에 실린 서희의 글을 읽고 필자를 만나고 싶어 했다고 했다. 키드먼 여사는 북한 인권운동을 하면서 북한주민에 대한 인도적 구호 활동을 하는 비정부간기구(NGO)인 '드림NK'을 설립하고 운영하는 국제적으로 영향력 있는 인권운동가라고 했다. 철민은 망설임 없이 그녀를 만나겠다고 했다.

'드림NK'의 로스앤젤레스 사무실은 웨스트 올림픽 대로 변 낡은 목조건물의 2층에 있었다. 철민이 걸음을 옮길 때 마다 계단에서 삐걱거리는 소리가 났다. 키드먼 여사는 만면에 웃음을 띠며 철민을 환영했다. 철민은 그녀의 윤기 흐르는 웨이브 진 은빛 머리카락이 나이에 잘 어울린다고 생각했다. 그녀는 세 편의 서희의 글을 읽고 필자를 꼭 만나보겠다고 마음먹었다고 했다. 한글은 읽을 수 있지만 한국어가 서툴러서 자원봉사자가 영어로 번역한 글을 읽었다고 했다. 철민은 자신이 탈북자임을 밝혔다. 키드먼 여사는 서희의 글들은 북한에서 생활하지 않았다면 도저히 쓸 수 없는 글이었기에 탈북인임을 이미 짐작했다고 했다. 키드먼 여사는 자신이 왜 북한 주민의 인권과 북한 사회의 민주화를 위해 투쟁하고 있는가를 조용히 얘기하기 시작했다.

　　"저는 선교사인 아버지를 따라 초등학교 시절 한국에서 살았습니다. 당시 한국은 6·25 전쟁의 후유증으로 가난과 질병이 만연해 있었죠. 중학교 때 미국으로 돌아온 이후 저는 목사가 되신 아버지의 영향을 받아서 이 세상에 하나님의 나라가 임하는 데에 한 톨의 밀알이 되고, 한 줌의 소금이 되어 살기로 마음먹었습니다. 그러다가 90년대 중반 북한에서 대기근이 발생하자 북한 주민을 돕는 일이 하나님의 뜻이라고 생각하고 그 일에 투신했습니다. 96년 대기근이 절정에 달했을 때 저는 중국으로 갔죠. 그때 만주에서 굶주림과 질병에서 탈출하여 목숨을 걸고 국경을 넘어온 탈북자들을 처음 만났습니다. 그들을 기다리고 있는 것은 그들이 북한에서 겪은 굶주림과 질병에 더하여 중국인들의 착취와 학대였습니다. 그런 상황 아래에서 탈북 어린이들이, 즉 당시 꽃제비라고 불리웠던 어린 것들이 생존을 위해 무슨 짓이든지 거리낌 없이 저지르는 모습은 저에게 충격이었습니다. 인간이 공포와 죽음 앞에서는 무슨 일이라도 할 수 있다는 사실이 경악스러웠고 무서웠습니다. 그러나 그들에게 선악을 논하는 것은 사치라는 생각이 들었습니다. 그 어린 꽃제비들의 불법적이며 비도덕적인 행위는 생존을 위한 어쩔 수 없는 몸부림이었으니까요. 제가 해야 하는 일은 그들의 생존 여건을 개선시키는 일이라고 생각하고 저는 그들을 돕는 일에 몰두 했었죠. 그러나 곧 회의감이 들기 시작했습니다. 저의 노력은 '밑 빠진 독에 물 붓기'였습니다. 저는 방황 끝에 모든 악의 근원인 북한 정권을 개조 시키는 것이 근본적인 해결방안이라는 결론에 도달했죠. 제가 정치인이나 권력자는 될 수 없으니까 북한 주민을 구하기 위해서는 북한정권의 인권 유린 상황을 세계에 널리 알려, 국제 사회가 북한 정권의 변화를 유도하게 하는데 밀알이 되어야 한다고 생각했습니다. 그것이 하나님이 저에게 주신 소명이라고 생각했습니다. 북한정권은 인민들의 가난을 독재의 도구로 활용하고 있습니다. 독재는 가난과 무지의 바탕 위에서만 유지될 수 있습니다. 북한의 최고 권력자는 그 가난을 직계 하수인들에게도 적용하고 있습니다. 최고 권력자의 하수인들은 그들이 누리고 있는 작은 혜택과 특권에 안도하며 그것을 유지하기 위해서 안간힘을 쓰고 있습니다."

철민은 그녀의 마지막 말이 자신의 심장에 꽂히는 비수와 같다고 느꼈다. 철민은 키드먼 여사에게 "제가 할 일이 무엇입니까?"라고 물었다. 키드먼 여사는 진지한 표정으로 "우리의 동지가 되어 주십시오. 많은 탈북민들이 북한 동포에게 자유를 찾아 주자는 일에 동참하고 있습니다. 어떤 탈북인들은 북한 정권의 노골적인 위협을 받는 이들도 있습니다. 그러나 그들은 굴하지 않고 있습니다. 그들은 이미 목숨을 바칠 각오를 하고 이 활동에 뛰어 들었습니다."라고 말했다. 철민은 얼마간 생각할 여유를 달라고 하고 그녀와 작별했다.

철민은 헬렌을 저녁 식사에 초대했다. 둘은 시내 '우래옥'에서 만났다. 오랜만에 맛보는 불고기와 평양식 냉면이 나왔다. 헬렌은 교통사고의 후유증으로부터 회복하기 위해 신문사에 3개월간의 휴직계를 냈다고 했다. 그러니 철민 씨와 만날 시간은 얼마든지 있으니 부담을 갖지 말고 자기에게 연락하라고 했다. 식사가 끝날 무렵 철민은 키드먼 여사와 만났던 일을 얘기하면서, 그녀가 '드림 NK' 사업에 참여해 달라고 했다고 말했다. 헬렌은 위험을 감수할 각오가 되어 있냐고 물었다. 철민은 에이미도 세상을 떠난 마당에 자신이 할 일이 무엇인가를 오랫동안 깊이 생각해 보았다고 했다. 숙고 끝에 키드먼 여사의 제안을 받아들이기 전에 먼저 할 일이 있다는 결론에 도달했다고 했다. 그 일은 북한 민주화 운동에 참여하는 일보다 훨씬 위험한 일이라고 했다. 철민은 "며칠 전 텔레비전에서 북한 최고인민회의 개막식 장면을 보았는데, 나의 장인인 장수일 보위사령관이 아직 건재하더군요. 그것은 아직 나의 처와 자식들이 무사하다는 의미지요. 나는 북한으로 갈 것입니다. 가서 처와 아이들을 데리고 나올 것입니다. 물론 그들은 장인 덕분에 잘 살고 있겠지요. 그러나 영애와 영석을 또 다른 나로 만들 수는 없다는 생각이 들었습니다. 미국에서 살다 보니 북한 사회의 문제점을 확연히 깨닫게 되었습니다. 저는 북조선에서 살 때 자유가 무엇인지, 창의가 무엇인지, 자기 결정권이란 것이 무엇인지라는 생각을 해 본 적이 없어요. 위에서 시키는 대로 하기만 하면 안전 했으니까요. 이제서야 북한 사회는 인민들이 헐벗고 있다는 사실보다 더 큰 문제가 있음을 알게 되었습니다. 그것은 김씨 일가가 인민의 정신 세계를 망가뜨려 놓은 것입니다. 북한 사회는 만인이 만인을 감시하고, 감시당하는 사회입니다. 그 사회를 움직이는 원동력은 공포입니다. 인민의 말과 행동의 밑바탕에는 처벌받지 않겠다는 처절한 생존 본능이 깔려 있습니다. 그러한 환경 속에서 진실이란 참으로 사치스러운 지적 유희에 불과한 것이며, 약속을 어긴다는 것이 결코 부끄러운 일이 아닙니다. 북한은 생존을 위해서는 거짓말이 얼마든지 정당화되고 합리화될 수 있는 사회입니다. 돌이켜 보니 가장 가슴 아픈 것은 굶주림과 노역에 지친 인민의 피폐한 외모가 아니라 살아남겠다는 일념으로 거짓과 배신을 다반사로 행하면서도 죄책감을 느끼지 못하는 그들의 정신 세계입니다. 영애와 영석을 그런 괴물 사회에 방치해 둘 수는 없습니다. 그리고 제 처 미옥이도 너무나 보고 싶고요."

헬렌은 숨이 탁 막혔다. 스스로 사지로 들어가겠다는 말이었다. "부인을 사랑하세요? 부인은 어떤 여자예요?" 헬렌은 북한으로 잠입하겠다는 철민의 안위를 걱정하기 보다는 자신의 첫 질문이 철민의 부인에 대한 것이었다는 사실을 깨닫고 내심 창피했으나 내

색하지는 않았다. 철민은 "제 처는 순박한 사람입니다. 곱게 자라
그런지 세상 물정을 모릅니다. 결혼 초기에는 그런 것이 답답했는
데 이제는 어찌 보면 어리석음이라고 할 수 있는 그러한 순진함이
오히려 사랑스러워요."라고 쑥스러운 표정을 지으며 말했다. 헬렌
은 "북한에 어떻게 들어가며, 가족들을 데리고 어떻게 탈출하겠다
는 구체적 계획이 있나요? 그리고 미옥 씨가 가지 않겠다고 하면 어
찌 하시겠어요?" 헬렌이 근심스러운 표정을 지으며 물었다. 철민은
"지금 머리 속에서 여러가지 생각들이 맴돕니다."라고 했다. 헬렌은
잠시 무엇인가를 골똘히 생각하다가 마침내 입을 열었다. "그렇다
면 먼저 키드먼 여사의 운동에 참여하세요. 키드먼 여사 주변에는
현재의 북한 상황과 북한을 탈출하는 방법을 아는 사람들이 꽤 많
을 것 같네요."라고 조언했다.

철민은 입북 준비에 착수했다. 일년 여 전에 태국으로부터 미국
에 들어오고, 영국을 여행한 흔적을 지우기 위해 여권을 새로 발급
받았다. 북한에 들어가서는 중국계 미국인으로 행세할 계획이었
다. 그는 얼굴을 성형했다. 수술 후 일주일 만에 붕대를 풀어 보니
골격은 그대로이고 눈과 코의 모습이 조금 달라졌다. 어렸을 적 할
아버지에게서 배운 공자의 "효경"에 나오는 한 구절이 떠 올랐다.
'신체발부는 수지부모니 불감훼상이 효지시야라.'' 돌아가신 부모
님께 죄송스러운 생각이 들었다.

- 身體髮膚 受之父母 不敢毁傷 孝之始也. 몸과 머리털, 피부는 부모에게서 물
  려 받은 것이니 이를 감히 상하지 않게 하는 것이 효도의 시작이라는 뜻이다.

한달 후 철민은 헬렌의 조언대로 키드먼 여사를 만나 그녀의 활동에 동참하겠다는 의사를 전했다. 그녀는 깜짝 놀라면서 "오랜만에 만나니 더욱 미남이 되셨네요. 좋은 일이 있으신가 봐요. 얼굴 표정이 훨씬 부드러워진 것 같아요."라고 했다. 철민은 '이 정도면 수술이 성공한 것인가?'라고 자문해 보았다. 키드먼 여사는 철민이 '드림NK'의 일원이 되겠다고 결심한데 대해 사의를 표한 후, "제가 서희 씨에게 기대하고 있는 것은 북한 정권의 인민에 대한 인권 유린 실상을 국제 사회에 알리는데 도움을 달라는 것입니다. 서희 씨는 글재주가 있으니 그 글 솜씨로 전세계 사람들에게 북한 정권의 만행에 경종을 울려 주세요. 당신이 쓴 글을 읽으면서 저는 당신이 일년 여 전에 탈북한 베이징 주재 북조선 대사관 강철민 일등 서기관이 아닌가 하고 추측했습니다. 글에 외교관들이 사용하는 어휘가 많더군요. 저의 추측이 맞는지를 확인해 주실 필요는 없습니다. 저와 '드림NK'에서는 당신을 계속 서희 씨로 부를 것입니다." 철민은 자신의 탈북이 언론에 알려지지 않았는데 키드먼 여사가 자신의 신원을 알고 있다니 그녀의 정보력이 상당하다는 생각이 들었다. 그러나 그는 그녀의 추측이 맞는지 여부를 확인해 주지는 않았다. 철민은 "예, '드림NK'의 회원이 되어 여사님의 요청대로 활동할 것입니다. 다만, 당분간 제가 외부에 노출되는 것은 피하고 싶습니다. 뒤에서 수고하는 사람으로 남고 싶습니다." 라고 응답했다. 키드먼 여사는 좋다고 하며, 현재 로스앤젤레스 '드림NK'에서 활발하게 활동하는 사람들이 예닐곱 명 정도가 된다고 했다. 그 중 두 명은 탈북인이라고 하면서, 곧 그들을 만날 기회가 있을 것이라는 말을 덧붙였다.

열흘 후 '드림NK'에서 회원들의 모임이 있다고 연락이 왔다. 회의에는 키드먼 여사와 철민을 포함하여 여섯 명의 회원이 참석했다. 회의를 시작하자 키드먼 여사는 신입 회원인 철민의 이름을 서희라고 소개하면서 간단한 자기 소개를 부탁했다. 철민은 아직은 자신의 신원을 밝힐 때가 아니라고 판단하여, 실제 근무했던 외무성 대신 노동당 대외연락부에서 일했다고 거짓말을 했고, 일년 반 전에 탈북했다는 정도로 간단히 자기 소개를 끝냈다. 키드먼 여사는 그날 회의 의제는 두 가지라 했다. 첫번째는 자신의 유엔 기구에서의 연설에 관한 것이라 했다. 그녀는 뉴욕에 있는 유엔 주재 미국 대사로부터 4월에 제네바에서 개최되는 유엔인권이사회 산하 인권소위원회*에서 북한 인권문제에 관해 연설해 달라는 요청이 있었다고 하며, 연설문 작성에 참고하고자 하니 회원들이 북한 정권의 인권유린 사례를 가급적 많이 얘기해 달라고 했다. 참석자 중 탈북인 두 명은 자신들의 직접 경험을 얘기했고, 미국인 한 명과 한인 교포 한 명은 남한과 만주에서 만난 탈북자들의 사연을 전했다. 철민은 말을 아끼며 듣는 쪽을 택했다.

두번째 의제는 북한 인민들에 대한 식량 지원 문제였다. 키드먼 여사는 그 전 해의 북한 곡물 작황이 엉망이어서 최근의 식량 사정은 1990년대 중반과 흡사한 최악의 상황이라 했다. 그녀는 '드림

---

*   유엔인권이사회는 정부간 기구이므로 정부 대표만이 참석할 수 있으며, 산하 인권소위원회에서는 비정부간 기구(NGO) 대표에게도 발언권이 주어진다.

NK'의 주 설립 목적이 북한 정권의 인권 유린 상황을 전 세계에 알려 북한 인권 개선을 위해 노력하는 것이지만, 인민이 기아와 질병에 시달리는 것을 보고만 있을 수 없다고 했다. 그녀는 세계 최대 국제구호개발 시민단체인 '월드비전'과 이 문제를 협의 중에 있다고 했다. 현재 '월드비전'은 북한 당국과 접촉 중인데 '월드비전'이 요청한 기아 현장을 답사하는 문제가 걸림돌이 되어 협의가 난항을 겪고 있다고 했다. 철민의 눈이 번쩍 뜨였다. 철민은 드디어 기회가 왔다고 생각했다. "'월드비전'의 깃발 아래로 들어가 구호 요원의 일원으로 북한에 들어 가는 것이다.' 이제까지 듣는 쪽이었던 철민이 입을 열었다. 철민은 고난의 행군 시기에 자신이 직접 목격한 비참한 장면을 묘사하면서, "인권 증진도 결국 인민의 인간으로서의 존엄성을 회복하자는 것인데 기아와 질병으로 인간 자체가 파괴된다면 인권이 무슨 소용이 있겠느냐? 20년 전의 그 재앙이 되풀이되어서는 안 된다. 금년에는 '드림NK'도 '월드비전'과 협력하여 북한 인민 구호활동에 전념하자."는 요지의 발언을 했다. 회원들의 다수가 인도적 지원 문제에 호의적 입장이었으나, 자금 모금이 문제라며 각자 모금 방안에 대한 아이디어를 개진했다.

회의가 끝나자 함경도 사투리 액센트를 물씬 풍기는 사내가 철민에게 접근해 왔다. 우락부락하게 생긴 그는 중간 정도의 키에 다부진 체격을 가졌고, 일자로 꾹 다문 두툼한 입술에서 그의 강인한 의지력이 엿보였다. 둘은 올림픽 가에 있는 '아바이 순대' 집에서 저녁 식사를 했다. 그의 이름은 김광복, 보위사령부 소좌 출신이며, 3년 전에 탈북하여 2년 동안 중국에서 숨어 살다가 키드먼 여사의 주선으로 미국에 온지 일년이 되었다고 했다. 그는 탈북 과정에서 겪은 사연과 중국에서의 생활, 미국에서의 생활을 거침없이 얘기했다. 그러나 북에 두고 온 처와 두 딸 얘기를 할 때는 그의 고통이 철민에게도 전해왔다. 철민은 그가 솔직하고 추진력 있는 사내라는 느낌을 받았다. 그는 이 사람이라면 지금부터 자신이 하고자 하는 일에 도움을 줄 수 있을 것 같다는 생각이 들었다. 그러나 철민은 광복에게 자신의 장인이 장수일 보위사령관이라는 사실을 밝히지는 않았다. 철민은 그에게 자신은 '월드비전' 구호요원의 일원으로 북한에 갈 생각이 있는데 동행할 의사가 있냐고 물었다. 그는 깜짝 놀라면서 그것이 가능하겠냐고 반문했다. 철민은 가능하다면 가겠냐고 재차 물었다. 광복은 위험을 무릅쓰고 가고자 하는 이유가 무엇이냐고 물었다. 철민은 "나에게도 북한에 처와 아들, 딸이 있습니다. 가서 그들을 탈출시키려고 합니다. 나의 목숨을 건 주사위는 이미 던져졌습니다."라고 자신의 의지를 단호한 어조로 말했다. 광복은 잠시 침묵 후 "좋습니다. 탈북 때 한번 걸었던 목숨, 다시 한번 걸죠. 나도 처와 딸들을 데리고 오겠습니다. 어제 밤 꿈에 귀인이 나타났었는데 그가 서희 씨인가 봅니다."라고 했다. 둘은 각자 며칠 동안 가족까지 동반한 탈북 계획을 구체적으로 생각해 본 후 다시 만나 상의하기로 하고 헤어졌다.

다음날 철민은 키드먼 여사를 찾아갔다. 철민이 단도직입적으로 자신과 김광복을 기아 현장 실사요원의 일원으로 북한에 가게 해준다면 '드림NK'에 30만 달러를 기부하겠다고 했다. 그 자금이 '드림NK'가 '월드비전' 사업에 동참하는데 도움이 되었으면 한다고 했다. 키드먼 여사의 큰 눈이 더욱 커졌다. 그녀는 철민의 결심에 감동을 받았으며 매우 고맙다고 했다. 그러나 그녀는 철민과 광복이 실사단에 합류하는 것이 쉽지는 않다고 했다. "무엇보다도 '월드비전' 실사단이 직접 북한에 들어가는 문제가 아직 해결되지 않았어요. 지난 번 회의 때 말한 것처럼 '월드비전'이 북한 당국과 이 문제를 협의하고 있으나 과거의 사례로 비추어 볼 때 쉬운 일이 아닐 것입니다. 조건 없이 식량만 지원하라는 것이 그들이 계속 견지하고 있는 입장이니까요. 90년 대 중반 북한의 대기근 때 '월드비전'의 나시오스* 부회장이 북한의 기근 현황을 살펴보기 위해 수 차례 입국비자를 신청했는데, 북한 정권이 거부하는 바람에 방문이 근 2년 동안 지연된 적이 있었죠. 그들이 적국으로 생각하는 나라에게 그들의 약점을 보이지 않으려는 의도이지요.** 그러나 '월드비전'의 입장도 단호해요. 고난의 행군 당시 국제사회가 원조해 준 식량이 인민군에 전용된 사실이 나중에 발각되었고, 심지어는 구호기관 인력 입회 하에 인민들에게 배급한 식량을 구호요원이 떠나면 다시 빼앗았던 사례도 발견되었기 때문이죠. 설령 북한 당국이 실사단

* Andrew Natios. 클린턴 대통령은 2004년 그를 미국 국제개발처(USAID) 처장으로 임명했다.
** 김정일은 96년 12월 당 간부를 대상으로 한 김일성대학교 연설에서 "인민군대는 식량을 적절하게 공급받지 못하고 있습니다. 적들은 우리가 일시적으로 어려움을 겪고 있는 것을 보면서 우리 사회주의가 곧 무너질 것이라고 헛소리합니다. 또 적들은 우리를 침략할 기회를 호시탐탐 엿보고 있습니다. 적들이 우리가 군량미가 없다는 사실을 알게 되면 미 제국주의자들이 즉각 우리를 공격해 올 것입니다."라고 연설했다.

방문을 허용한다 하더라도 '월드비전'이 우리 '드림NK' 회원을 실사단에 포함시켜 줄지 모르겠어요. 쉽지는 않겠지만 철민 씨와 광복 씨를 실사단에 포함시키는 문제를 일단 '월드비전'과 협의해 보겠습니다." 철민은 그녀에게 다시 한 번 간곡히 부탁한 후 그녀와 작별인사를 나누었다. 그는 집으로 돌아오는 길에 서점에 들러 나시오스가 썼다는 『북한의 대기근(The Great Famine in North Korea)』이라는 책을 샀다. 구호요원으로 북한에 간다면 그 책이 참고가 될 것이라는 생각이었다.

유언장

철민은 헬렌을 베버리 힐즈의 고급 식당으로 초대했다. 헬렌은 철민을 보고 깜짝 놀랐다. "이게 어찌 된 일이죠? 미남이 되셨네요." 철민은 "예, 얼굴에 손 좀 보았습니다. 헬렌에게 잘 보이려고 한 짓입니다."라고 농담을 하며 웃었다. 철민은 그간 자신이 추진하여 온 입북 계획을 설명했다. 헬렌은 때로는 걱정스러운, 때로는 실망스러운 표정을 지으며 철민의 얘기를 경청했다. 디저트가 나올 무렵 철민은 브리프 케이스에서 누런 서류봉투를 꺼내 헬렌에게 내밀었다. "헬렌에게 전하는 저의 믿음의 편지입니다. 어찌 보면 당신에게 짐을 넘겨 드리는 일일 수도 있겠네요. 읽어 보세요." 철민이 진지한 표정으로 말했다. 봉투 안에는 얄팍한 두께의 서류와 한 장의 편지가 들어 있었다. 편지를 읽던 헬렌의 표정이 심각해졌다.

"나의 믿음의 벗 헬렌에게,

이 세상에 조선에 있는 가족 이외에 내가 믿고 의지할 사람은 헬렌 밖에 없습니다. 저는 이제 북조선으로 가려고 합니다. 가서, 미옥과 영애 그리고 영석을 데리고 나오려고 합니다. 에이미를 떠내 보낸 후 나는 절망 속에서 살았습니다. 미국에 와서 에이미를 통하여 세상을 보았고, 또 에이미를 통하여 세상과 연결되었던 나에게 에이미의 죽음은 세상과의 단절을 의미했습니다. 또한 가족들을 버리고 혼자 이곳으로 도망 나온 자신이 부끄러웠습니다. 무거운 죄책감이 저를 짓누르고 있습니다. 가족들은 지금은 북조선에서 그런대로 잘 살고 있겠죠. 그러나 장인의 정치적 위상이 흔들리면 가족들의 안전이 위태로워질 것입니다. 요즈음 김정은이 하는 짓을 보면 거의 광기 수준에 이르렀습니다. 주변의 인물들을 대거 숙청하고 있습니다. 특히 세대교체를 이유로 김정일 시대의 권력 실세들이 하나, 둘씩 사라지고 있습니다. 김정일 장례식 때 운구차를 호위하던 8명의 김정일 측근들이 현재 전원 처형되었거나 숙청되었습니다. 김정일 치하에서 승승장구하여 왔던 장인의 운명도 마찬가지일 것입니다. 그러면 탈북자를 남편으로, 아버지로 둔 아내와 자식들의 운명이 어떻게 될 것인가는 불 보듯 뻔한 일입니다. 백성을 굶주림과 공포에 몰아넣은 그 땅에서 저의 가족을 구출하여 올 것입니다. 그 길이 어떤 길이라는 것을 잘 압니다. 목숨까지도 걸어야 하겠죠. 그러나 저의 이 무모한 시도는 가족을 살리고 저 스스로 죄책감에서 벗어 날 수 있는 유일한 탈출구라는 생각이 들었습니다. 오랜 숙고 끝에 내린 결정입니다. 이제 헬렌에게 부탁이 있습니다. 제가 만일 북에서 돌아오지 못 하게 된다면 저의 전 재산은 헬렌의 것입니다. 대부분의 돈은 체이스맨하탄 은행에 예치되어 있습니다. 상당한 액수일 것입니다. 그 돈의 소유, 관리권은 전적으로 헬렌에게 있습니다. 가급적 북한 동포를 돕는 일에 써 주시면 좋겠습니다마는 헬렌이 개인적 용도로 써도 상관없습니다. 그 돈은 어차피 헬렌의 것이 될 것이니까요.

2015년 3월
당신의 영원한 벗 철민"

헬렌은 서류를 펼쳐 보았다. 공증까지 받은 철민의 유언장이었다. "일년 이내로 강철민으로부터 명시적인 의사 표시가 없으면 강철민의 전 재산은 헬렌 킴에게 귀속된다."는 요지였다. 철민이 말했다. "이것이 우리들의 최후의 만찬이 될 수도 있겠네요." 멍한 표정으로 철민을 쳐다보던 헬렌의 눈이 축축 해졌다.

철민과 헬렌은 식당에서 나와 착잡한 마음을 식히려고 걷고 또 걸었다. 헬렌이 침묵의 공백을 깼다. "로스앤젤레스의 야경을 한눈에 볼 수 있는 곳이 있어요. 그리피스 천문대에 가 보셨어요?" 둘은 철민의 차로 그리피스 산에 올랐다. 밤 아홉시가 넘었는데도 천문대의 전망대로 가는 길에는 사람들이 붐볐다. 둘은 전망대를 포기하고 천문대 광장의 가장자리로 걸음을 옮겼다. 천사의 도시는 불야성을 이루고 있었다. 격자 문양의 길을 따라 자동차의 헤드라이트 불빛이 엉금엉금 기어갔다. 철민은 그 휘황한 불빛과 인파 속에 끼어들지 못하고 이방인으로 살아가는 자신의 처지가 서글펐다. 철민의 절대 고독이 전해졌는지 헬렌이 철민의 어깨에 머리를 기대며 "철민 씨, 외로움을 떨쳐 버리세요. 제가 있잖아요."라고 속삭였다. 둘의 촉촉한 눈망울에서 눈물이 흘러내렸다. 둘은 입술을 포갰다. 둘은 눈물과 타액의 찝찔함을 타고 전해오는 서로의 따뜻하고 애절한 마음을 가슴 깊이 새겼다.

이틀 후 철민은 광복을 다시 만났다. 광복은 자신의 고향인 함흥에 처와 딸들이 있다고 했다. 그는 자신이 탈북한 직후 처가 보위부 지도원에게 거금을 고여서* 그들이 무사할 수 있었다고 했다. 철민은 광복의 아내가 거금을 만질 수 있었다면 광복의 탈북 동기가 돈과 관련이 있었을 것이라고 짐작했다. 가족의 소식을 어떻게 알 수 있었냐는 철민의 질문에 대해 광복은 자신은 평양과 함흥에 정보원들을 두고 있다고 했다. 북에 있을 때 인연이 있었던 사람들이지만, 그것보다는 정기적으로 돈을 보내 주고 있기 때문에 그들을 정보원으로 활용할 수 있다고 했다. 키드먼 여사도 그들로부터 많은 정보를 받고 있기 때문에 그들에게 주는 돈의 대부분은 '드림NK'의 예산으로 충당하고 있으나, 개인적인 부탁을 할 때는 자기 돈을 보낸다고 했다. 철민은 북조선 정권의 통제와 감시가 심할 텐데 어떤 방식으로 송금이 가능하냐고 물었다. 광복은 "철민 씨도 알다시피 북조선에서 돈이면 안되는 일이 있겠어?"라고 반문했다. 철민

• 고이다. '뇌물을 주다'라는 뜻의 북한 은어

은 자신의 입북 계획을 광복에게 알릴 때 자신이 외무성 출신이며, 본명이 강철민이라고 사실대로 밝혔다. 광복이 말을 이었다. 그는 중국에 있는 브로커에게 송금하면 브로커는 15-20% 정도를 수수료로 떼고 국경 지대에서 북조선 브로커에게 현찰을 넘겨준다 했다. 그 돈 중 또 15-20% 정도는 북한에 있는 브로커와 북한 정권에게 상납하게 되어, 최종적으로 송금액의 60-70% 정도가 가족들의 손에 쥐어 진다고 했다. 이러한 송금 방식은 극비리에 진행되는데 장기적으로 유지되어야 하기 때문에 브로커들은 약속을 잘 지킨다고 했다. 광복은 이러한 방식으로 시시때때로 자신의 처에게 송금하고 있다고 덧붙였다. 그들은 그날 개략적으로나마 입북 및 탈출 계획에 합의했다.

보름 후 키드먼 여사가 철민에게 전화하여 자기 사무실에서 보자고 했다. 철민은 키드먼 여사의 목소리가 밝은 것으로 보아 좋은 소식이 있을 것 같다는 기대를 안고 '드림NK' 사무실을 찾았다. 그녀는 '월드비전'이 북한 당국과 협의를 끝냈다고 했다. 즉 '월드비전'이 분배의 투명성 확보가 식량 지원의 전제 조건이라는 입장을 고수했고, 북한 당국이 어쩔 수 없이 이를 받아들였다고 했다. 또한 철민과 광복을 현장 실사 요원에 포함시키기로 '월드비전'과 합의했다고 전했다. 그녀는 실사요원은 총 다섯 명이며 '월드비전'의 부회장이 인솔한다고 했다. 북한 당국이 실사요원들의 도착일을 4월 14일로 지정했기 때문에 이들은 각기 개별적으로 거주지를 출발, 4월 13일 베이징에서 합류하여 구체적인 활동 계획을 상의한 후, 4월 14일 평양 순안 공항에 도착하는 것으로 일정을 잡았다고 했다. 철민은 그들이 도착일을 4월 14일로 지정한 것은 다음날 김일성 수령의 탄생일 행사를 고려한 것이라는 생각이 들었다. 집으로 돌아오는 길에 철민은 체이스맨하탄 은행에 들려 '드림NK' 계좌로 30만 달러를 송금했다.

3장

———

입
북

재회

철민과 광복은 일행의 다른 동료들보다 보다 하루 일찍 베이징에 도착하여 켐핀스키 호텔에 여장을 풀었다. 광복은 '드림NK'의 베이징 연락책을 만나기 위해 먼저 호텔에서 나갔다. 철민은 낮 익은 거리의 이곳 저곳을 기웃거리다가 카페 야외 테이블에 앉아 차를 마셨다. 봄바람에 꽃 향기가 실려 왔다. 총총 걸음으로 바삐 움직이는 보행자들이 낯설어 보였다. 철민은 느긋한 마음으로 노천 카페에 홀로 앉아 봄볕을 즐기는 상황이 스스로 어색하기조차 했다. 2년 전 이 거리를 지날 때는 누군가가 항상 옆에 있었다. 그 당시에는 늘 무엇인가에 쫓기고 있다는 초조함이 있었는데 지금은 그러한 불안이 온데간데없이 사라졌다. 공안이 나타나자 철민은 잠시 움찔했다. 최현준 대사와 베이징에서 탈주하여 상하이, 쿤밍, 라오스 국경까지 공안에 쫓기던 기억이 뇌리에 새겨져 있었기 때문이리라. 그는 곧 긴장을 풀며 '아, 나는 미국 시민이다. 이제 자유인이 된 것이다.” 라고 되뇌면서 4월의 봄 공기를 들이 마셨다. “그래, 이제 는 서로가 서로를 감시하던 대사관 동료들도 옆에 없다. 나 홀로 이 거리를 활보할 수 있는 것이다!’ 새장에서 풀려난 새는 상승 기류 를 타고 창공으로 날아올랐다.

이틀 후 ‘월드비전’ 대표단은 베이징 발 고려항공의 투폴레프 기 에 탑승했다. 기내 방송은 다음날이 위대한 수령 김일성 동지 탄생 103돌이라며 이를 축하하는 박수를 치자고 독려했다. 북조선 탑승 객들의 열광적 박수와 외국인 탑승객들의 멋쩍은 박수가 한데 어 울려 어색한 분위기를 자아냈다. 곧이어 조선민주주의인민공화국 상공에 들어왔다는 기내 방송이 나왔다. 칠흑같은 어둠 속에서 멀 리 불빛이 보였다. 우주선에서 내려 본 한반도의 밤 풍경에는 블랙 홀이 있다. 남한은 불야성이고 만주에도 제법 훤한 불빛이 점점이 박혀 있는데, 그 사이의 공간, 즉 휴전선과 중국 국경 사이가 블랙 홀이다. 그 블랙홀 속에 딱 한 군데 희미한 불빛이 보인다. 평양이 다. 투폴레프 기가 순안공항에 착륙하기 위해 고도를 낮추었다. 어 둠 속에서 두 줄기 활주로 표시등만이 반짝거렸다. 여객기는 서서 히 속도를 낮추며 그 표시등 사이로 하강하다가 ‘덜컹’ 소리를 내며 활주로에 착륙했다. 철민에게 베이징에서는 느끼지 못했던 불안감 이 엄습해 오기 시작했다. 고려항공기는 서서히 공항 청사로 이동 했다.

공항 청사의 천장 중앙에 형광등 몇 개가 가물거렸다. 어스름 속 에서 사람들의 움직임이 윤곽만 보였다. 북쪽 벽 중앙에는 천장에 서 쏘아대는 주황색의 두 줄기 불빛이 영원한 수령 김일성 동지와 천출명장 김정일 장군의 초상화를 비추고 있었다. 그 옆에는 그 해에 신축된 신 공항 청사를 둘러보며 함박 웃음을 짓는 김정은 위원장의 사진이 붙어 있었다. 수령님과 장군님, 그리고 위원장님은 짐을 찾느라 분주한 여객들을 내려다보고 계셨다. '이분들은 언제, 어디서나 우리를 지켜 보고 계시지……' 철민은 또다시 자신이 감시받는다는 생각에 등골이 오싹해 지면서 머리 속에서마저 그들에 대한 존칭을 지워 버릴 수 없었다. 세관을 통과하면서 휴대전화의 모델명, 일련번호 등을 신고했다. 철민은 외국인들의 통화 내용을 도청하고 그 소유자를 확인하기 위해 휴대전화를 등록하라는 것이라고 생각했다.

김일성 대원수와 김정일 원수의 두 얼굴이 환하게 웃는 모습과 함께 당 깃발을 새겨 넣은 초상 휘장을 가슴에 단 안내원들이 '월드비전' 대표단을 맞았다. 그들 대부분은 영어를 어색하지 않게 구사했다. 일행은 낡은 토요타 밴을 탔다. 기내에서 거드름을 피우던 고위 관리로 보이는 몇몇은 대기 중이던 승용차를 타고 먼저 공항을 떠났다. 혁명의 수도로 향하는 시멘트 포장 도로가 패어 밴이 덜컹거렸다. 대표단들의 긴장한 표정이 차 안 미등 빛에 아른거렸다. 논밭을 가로 지르는 직선 도로에 불빛 없는 멍청이 가로등이 도열해 있었다. 밴은 헤드라이트 불빛만으로 어둠을 헤쳐 나갔다. 정면에서 다가오는 차량의 헤드라이트 불빛에 눈이 부셨다. 곧 정면 충돌할 것 같아 불안했지만, 두 차량은 아슬아슬하게 비켜 나갔다.

시내로 접어들었다. 멀리 류경호텔이 아른거렸다. 세계에서 가장 높은 빌딩을 짓겠다고 1980년대 말부터 야심 차게 건설을 시작했건만, 경제난으로 마무리 짓지 못하여 이제는 105층의 회색 시멘트 덩어리 괴물이 되어버린 마천루였다. 밴은 옥류교 위로 대동강을 가로질렀다. 창틀 사이로 길 양 옆의 진달래 꽃 향기를 가득 품은 봄바람이 스며들었다. 왼편에 화강암으로 만든 거대한 '주체사상탑'이 우뚝 서 있었다. 맨 꼭대기에는 족히 20m가 되어 보이는 플라스틱 횃불 봉우리가 주홍색 불빛을 발하며 어두운 시가를 밝히고 있었다.

일행은 고려호텔에 도착했다. 안내원은 수령님 탄생 기념일과 그 다음 날은 연휴인데 '월드비전' 대표단들은 다음 날 4·15 수령님 탄생일에는 5·1경기장에서 개최되는 대집단체조를 관람하고, 그 다음 날에는 각종 문화행사에 참가해야 하며, 4월 17일부터 과업을 시작한다고 통보했다.

저녁 식사 후 광복이 철민의 호텔 방문을 두드렸다. 엘리베이터 옆 의자에서 졸고 있던 감시원이 고개를 들더니 광복을 주시했다. 방문이 열리고 광복이 방으로 들어 가려는 순간 광복은 그 감시원이 철민의 방 쪽으로 다가오는 기척을 느꼈으나 모른 채 했다. 광복은 손가락으로 입술 위에 1자를 그리며 철민이 말을 하지 못하게 막았다. 도청을 의식해서였다. 그는 철민을 감시 카메라가 없는 화장실 입구로 데려와 일부러 큰 소리로 "날씨도 좋은 데 산책이나 합시다." 라고 푸퉁화로 말했다. 철민이 "좋습니다. 오늘 음식이 너무 맛있어 많이 먹었더니 소화가 안되네. 좀 걸어야겠소."라고 푸퉁화로 맞장구 쳤다. 둘이 방문을 나서는 순간 그들의 말을 엿듣고자 문 앞으로 다가왔던 감시자와 부딪혔다. 계면쩍은 웃음을 짓는 그에게 철민은 영어로 날씨가 너무 좋아 산책 나가려고 한다고 했다. 그는 예정에 없는 일정이니 허가를 받아야 한다고 하면서 잠시 기다리라고 했다. 얼마 후 공항에서부터 그들과 동행했던 여성 안내원이 나타났다. 30대 후반으로 보이는 미모의 안내원이 웃으며, 호텔 인근 지역만 산책할 수 있다고 허가를 받았다고 영어로 말했다. 철민은 그녀가 말이 안내원이지 사실상 감시자이기 때문에 퇴근도 못하고 24시간 외국 대표단 옆에 붙어 있어야만 한다는 것을 잘 알고 있었다. 자신도 외무성에서 근무할 때 외빈이 오면 차출되어 감시자로 당직 근무를 했었기 때문이었다. 호텔 정문을 나서자 저녁 아홉시도 안 되었는데 주위가 어두컴컴했다. 철민은 평양에서 전기 공급이 제일 잘 된다는 고려호텔 주변도 이 정도라면 평양마저 에너지 부족이 심각한 상태라고 직감했다.

진달래 꽃 향기가 봄바람에 실려 왔다. 가로변 플라타너스 가지의 잎새가 달빛에 반사되어 연한 초록으로 빛났다. 안내원의 표정과 말투가 사뭇 부드러워졌다. 주변에 감시하는 자가 없으니 타고난 심성의 자연스런 모습이 그대로 드러나고 있었던 것인가? 그때 광복이 용변이 급하다며 앞에 보이는 공중위생소에 다녀오겠다고 했다. 철민은 안내원의 주의를 흩뜨려 놓기 위해 그녀의 가족 사항에 대해 물었다. 그녀는 "아들과 딸이 한 명씩 있는데 공부를 잘 하는 편이지요."라고 자랑스럽게 묻지도 않은 말을 했다. 그녀는 망설이는 표정을 지으며 "저…… 뭐 하나 물어봐도 되겠습니까?"라고 말했다. 철민이 "물론이지요. 제가 답할 수 있는 질문이면 좋겠네요."라고 했다. 그녀는 "그런데 아이들 교육을 어떻게 시키는 것이 좋겠어요? 제임스 리 씨는 세상 물정을 잘 아실 것 같아서요." 철민은 기꺼운 목소리로 "영어 공부를 많이 시키세요. 영어는 미국이나 영국의 말이 아닙니다. 국제 언어입니다. 그 댁 아이들이 살아갈 새로운 세상에서는 영어를 잘하는 것이 큰 힘이 될 것입니다. 보시다시피 나도 영어가 약해 미국에서 고생이 많습니다."라고 했다. 그녀는 아무런 대꾸를 하지 않았으나 철민의 충고를 곱씹는 것처럼 보였다. 광복이 공중위생소에서 돌아온 후 셋은 십여 분을 더 산책하다가 숙소로 발걸음을 돌렸다. 어둠 속에서 광복이 슬그머니 철민의 호주머니에 무엇인가를 찔러 넣었다. 대포 폰이었다. 베이징에서 철민은 대포 폰 구입을 광복에게 부탁했고, 광복은 평양에 있는 연락책에게 부탁해 놓겠다고 했었다.* 광복은 공중위생소에서 자신의 연락책으로부터 대포 폰 두 대를 넘겨 받은 것이었다.

숙소로 돌아온 철민은 간편복으로 갈아 입고 다시 방을 나왔다. 그 층의 감시인이 어디로 가냐고 행선지를 물었다. 철민이 로비 커피숍으로 간다 하니 그는 알겠다고 했다. 로비 층에도 감시인들이 있으니 자신은 그들에게 철민이 그리로 내려간다고 연락만 하면 자기 책임이 면하는 것이라 더 이상 추궁할 필요가 없었기 때문이었다. 엘리베이터를 탄 철민은 소규모 회의실이 밀집해 있는 로비 바로 위층에서 내렸다. 모든 모임이 끝나 텅 빈 회의실만 있는 층이니 예상대로 감시인은 없었다. 철민은 광복에게서 받은 대포 폰으로

• 북한에서는 주민들이 사용하는 휴대폰과 외국인들이 사용하는 휴대폰은 다른 이동통신망의 서비스를 받기 때문에 두 휴대폰 간에는 서로 통화가 되지 않는다.

미옥에게 전화를 걸려고 복도 끝의 외진 곳으로 갔다. 보위사령관 집에 전화하려면 '군 전화'를 이용하여야 한다.* 당연히 교환수가 나왔다. 철민은 "장수일 보위사령관 댁을 연결해 주시요."라고 했다. 곧 '싸아……' 하고 지하에 물 흐르는 소리 같은 옅은 잡음이 들렸다. 철민은 도청 녹음이 시작되는 것을 느꼈다.

전화벨이 울리자 철민의 가슴은 두근거렸다. 귀에 익은 나지막한 목소리가 전화선을 타고 들려왔다. "영석 어머니, 저 장백천입니다." 가까스로 마음을 다잡은 철민은 간신히 기억 해 낸 미옥 시댁의 먼 친척 이름을 둘러댔다. 놀라 흠칫 거리는 미옥의 숨소리가 들렸다. "저 오늘 평양으로 올라왔습니다. 물론 부탁하신 물건을 가지고 왔죠. 물건 값이 말씀하신 것 보다 많이 비싸더군요. 내일 저녁에 김일성 광장에서 불꽃놀이가 있지 않습니까? 불꽃놀이 구경도 할 겸 내일 저녁 9시경에 만수대 원수님 동상 앞에서 물건을 전해 드리려고 하는데 어떻겠습니까?" 미옥이 오매불망 그리던 자기 남편의 목소리를 못 알아들을 리 없었다. 미옥은 곧 상황 파악을 하고는 떨리는 목소리로 "네, 알겠습니다. 9시에 만수대 동상 앞으로 가겠습니다."라고 복창했다. 부부 사이의 4년만의 통화는 그렇게 끝났다.

- 북한은 주요 기관들이나 고위관료들의 사무실 및 그들의 주택을 연결하는 별도의 유선 통신망을 구축하고 있는데, 교환을 거쳐야만 통화가 가능하다. 모든 통화내용은 당연히 녹음된다. 이러한 유선 통신망 조차도 "당 전화", "정부 전화", "군 전화"로 분리하여 각각 이들을 담당하는 별도의 기관에서 관리, 사찰하고 있다. 이것이 수령만 있고 2인자가 없는 나라의 모습이다.

수령님 탄생일을 축하하는 대집단체조 공연은 5·1경기장에서 개최되었다. 안내원은 '월드비전' 대표단들을 경기장의 초대석**으로 안내했다. '월드비전' 대표단들이 자리 잡은 좌석의 상단에는 가슴과 배에 훈장을 주렁주렁 매달은 정복 차림의 인민군 장성들이 자리하고 있었다. 축전은 '반미'와 '항일'의 메시지로 시작되었다. 일본 헌병들의 총검에 스러져 가는 조선의 선열들. 이때 조선민족을 구하기 위해 일본 제국주의에 맞서 분연히 궐기하는 김일성 장군. 미군의 폭격으로 초토화된 조선의 강토. 이때 미 제국주의자들을 타도하기 위해 용감히 돌격해 가는 인민군대. 전 세계 어느 나라에서도 볼 수 없는 잘 조직된 환상적인 매스게임은 근 두 시간 동안 계속되었다. 축전은 족히 1만 명은 되어 보이는 열 살 전후의 어린이들이 서커스 묘기를 보이며 평화의 메시지를 보내는 것으로 막을 내렸다. '월드비전' 대표단들도 다른 관중과 마찬가지로 묘기에 경탄하며 "브라보"를 외쳤다. 그러나 철민의 가슴 속에는 분노가 꿈틀거렸다. 이미 기계의 부속품이 되어버린 저 어린 것들이 이끌어 나갈 이 나라의 장래가 그를 아프게 했고, 저들을 꼭두각시 인형으로 만들어 버린 김씨 일가에 분개했다. 모든 관중은 일제히 일어나 일사불란하게 박수를 치기 시작했다. 철민이 머뭇거리자 안내원이 눈치를 주었다. 철민은 '아차'하고 자신의 실수를 깨달았다. 초대석 상단에 자리 잡은 인민군 장성들의 시선이 기립을 거부하고 앉아 있는 자신의 등에 화살처럼 꽂히는 것 같다고 느꼈다. 그는 황

•• 한국에서 사용하는 "본부석"의 북한식 표현

급히 일어나 박수 대열에 합류했다. 자신은 탈북자이며 이제부터 할 일을 위해서는 눈에 뜨이는 행동을 해서는 안 된다고 스스로 다짐했다. 관중들의 기립 박수는 약 5분간 계속되었다.

대집단체조가 끝나고 경기장 출구로 걸어 나올 때 여성 안내원이 뿌듯한 표정을 지으며 감상이 어떤지를 물었다. 그러나 그녀는 심각한 표정에 눈이 충혈된 철민의 모습을 보자 멈칫하며 이내 말문을 닫았다. 철민은 분노에 목이 메어 대답할 수가 없었다. '저렇게 기계 같은 동작을 익히려면, 내가 그랬듯이, 저 아이들도 겨울 내내 차가운 대동강 강바람을 맞으며 모래사장에서 피나게 연습했을 것이다. 영애도 저 안에 있지나 않을까?' 생각이 딸 아이에 미치자 분노가 한숨으로 변했다. 호텔로 돌아오는 차안에서 철민은 자신이 변한 것을 느꼈다. '오늘의 저 모든 것들은 조선의 아이들에게는 일상화된 삶의 일부인데, 자신도 인민학교 5학년 때 아리랑 축전의 참가자로 선발되어 한 겨울 내내 대동강의 찬 바람을 맞으며 연습했던 기억이 있는데, 왜 새삼스럽게 분노하는 것일까?' 그때는 위에서의 지시가 일상이었고, 그 지시에 순종하는 것을 응당한 도리로 알았다. 하지만 일년 여의 미국에서의 삶이 그를 완전히 바꾸어 놓았다. 철민은 자유와 자율이라는 공기로 호흡해 봤던 사람은 압제와 타율이라는 족쇄를 더 이상 견딜 수 없다는 생각이 들었다.

5·1경기장에서 대집단체조를 관람하던 내내 철민은 그날 저녁 감시의 눈을 피해 만수대까지 가는 방법을 궁리했으나 별 뾰족한 수가 떠오르지 않았다. 그는 감시망을 뚫고 호텔 밖으로 나가는 모험을 감행할 수밖에 없다고 생각했다. '그래, 방법이 없다. 나중에

어떻게 되든 일단 부딪혀 보는 것 이외에 방법이 없지 않겠나?'

　호텔로 돌아오니 북측 대표단이 그날 저녁은 원수님의 생일을 축하하기 위해 자기들이 만찬을 준비했다고 했다. 만찬 도중에 북측이 반가운 소식을 전했다. 만찬 직후 그들이 '월드비전' 대표단들을 인솔하여 김일성광장으로 가서 불꽃놀이를 구경하는 일정을 준비했다는 것이었다.

　김일성 광장은 오색찬란한 불꽃이 밤하늘을 장식하고 있었다. 광장은 불꽃놀이를 구경 나온 인파로 붐볐다. 대표단과 북측 안내원들의 시선은 각양각색으로 펑펑 터지는 불꽃을 보느라 하늘을 향하고 있었다. 철민은 그 틈을 타 인파를 헤치며 만수대로 향했다. 귓가에 제법 차가운 봄바람이 스쳤다. 김일성 동상 앞에서 연분홍 머플러를 두르고 서성거리는 여인이 보였다. 철민은 설레는 가슴을 진정시키며 미옥에게 다가갔다. 둘의 눈동자가 마주쳤다. 미옥은 흠칫 놀라는 표정을 지었다. 앞에 서있는 사내의 체격과 몸짓은 자기 남편이 분명한데 얼굴이 낯설었기 때문이었다. 미옥이가 잘 알아보지 못할 정도라면 성형수술은 성공작이라는 생각이 들었다. "나 맞소." 나지막하게 속삭이는 철민의 목소리에 미옥은 그의 양 손을 부둥켜 잡았다. 눈물 고인 미옥의 눈동자가 오색 불꽃에 흔들리며 빛났다. 그들은 인파를 헤집고 만수대 건물 뒤로 걸음을 옮겨 벤치에 자리를 잡았다. 철민은 지난 3년여의 세월을 풀어 냈으나 에이미에 관해서는 언급하지 않았다. 미옥은 영애와 영석의 사진을 내밀었다. 아이들이 몰라보게 자랐다. 영애는 인민학교 2학년이고, 영석은 유치원에 입학했다고 했다. 외할아버지는 손주들 때문에 새 삶을 산다고 좋아하신다고 했다. 철민은 사진 속의 영애와 영석이 낯설게 느껴졌다. 4년 가까운 세월이 자식마저 낯설게 느껴지게 만들었다는 사실이 서글펐다.

철민은 미옥의 손을 꼭 잡으며, "여보, 아이들 데리고 미국에 가서 함께 삽시다. 거기는 살기 좋은 나라요. 여기서 미국이 괴물들이 사는 나라라고 하는 얘기는 새빨간 거짓말이야. 특히 영애와 영석에게는 더 없이 살기 좋은 나라야. 애들은 자기 하기 나름으로 얼마든지 뻗어 나갈 수 있어. 동양 사람들이 많아 인종차별을 받지도 않아요. 나, 일년 반을 거기서 살았잖아? 나를 믿으시오. 그리고 나 돈이 아주 많아. 우리가 죽을 때까지 먹고 살 충분한 돈이 있단 말이오."라며 미옥을 설득하기 시작했다. 의외로 미옥은 차분했다. 그녀는 "당신 전화를 받고 함께 탈북하자고 하면 어떻게 할까 하고 많이 고민했어요. 그런데 아직 결정을 내리지 못했어요. 탈북하다가 실패하면 아무 죄 없는 아이들이 위험에 빠지게 되는 것이 무서워요."라고 했다. 철민은 "중요한 것은 아이들의 장래잖아. 요즘 김정은이 하는 짓 좀 봐. 미친 놈 같잖아. 앞으로 장인 어른이 잘못되면 내가 탈북했기 때문에 아이들도 위험해져." 라고 했다. 아이들이 위험해질 수 있다는 말이 나오자 미옥도 흔들리기 시작했다. 철민은 함께 온 동료 광복과 탈출 계획을 면밀하게 짜 놓았으니 자기를 믿고 함께 가자고 거의 애걸하다시피 했다. 철민은 그 자신 역시 불안감을 떨치지 못하면서 자기를 믿으라고 강변하는 자신의 허풍이 부끄러웠지만 미옥에게 내색할 수는 없었다. 철민은 미옥의 얼굴에서 자신의 말을 믿지 못하겠다는 듯한 표정을 읽었다. 몇 분간의 침묵이 흐른 후 미옥은 "알겠어요. 함께 갈게요." 라는 한 마디의 말로 자신의 굳은 의지를 내뱉었다. 그러나 철민은 미옥의 말투와 표정에서 그녀가 느끼고 있는 의구심과 불안감을 느꼈다. 둘은 늦은 밤까지 탈출 계획에 대해 이야기를 나눴다. 헤어질 때 둘은 서로의 휴대전화 번호를 교환했다. 철민은 미옥에게 자신의 전화가 대포 폰이라 하고 비상시 이외에는 전화를 삼가라고 주의를 주었다. 또한 철민은 비상금이라며 1만 달러와 3만 위안을 미옥의 손에 쥐어 주고 곧 아이들과 함께 보자고 기약하면서 작별했다. 철민은 대표단과 합류했다. 인파에 밀려 대표단들이 뿔뿔이 흩어졌던 관계로 안내원들도 철민이 오랫동안 눈에 띄지 않았던 것을 의심하는 기색은 없었다.

다음 날 아침 고려호텔에서 북조선 대표단과 '월드비전' 대표단과의 회의가 열렸다. 북측 대표단은 '월드비전'의 간청을 받아들여 농촌 현장 답사를 허가했다고 생색을 내며, 각 도별로 한 곳으로 지정된 답사 장소를 통보했다. 함경남도에서는 함흥 인근 성천강 유역의 협동농장, 함경북도에서는 라진시 외곽에 있는 소규모 농장, 량강도에서는 혜산시 인근의 산등성 개간지라고 했다. 철민과 광복은 속으로 쾌재를 불렀다. 함흥은 광복의 고향이며 가족이 사는 곳이고, 라진과 혜산은 국경지역이라 두만강이나 압록강만 건너면 중국이나 러시아로 탈출하기 쉽기 때문이었다. '월드비전' 대표단의 내부 회의에서 철민과 광복은 자신들이 함경남도, 함경북도, 량강도를 맡겠다고 주장하여 관철시켰다. '월드비전' 소속 세 사람이 황해도, 평안남도, 평안북도, 자강도의 지정된 지역을 순차적으로 답사하기로 했다. 북조선 당국은 그날 오후에는 문화 행사에 참석하고 다음 날 오전에 철도와 차량 편으로 각각 목적지로 출발한다고 통보해 왔다.

　남편의 설득과 애절한 간청으로 일단 아이들과 함께 탈북하는데에 동의하기는 했지만, 미옥의 갈등은 계속되었다. 어렸을 적에는 부모에게, 결혼 후에는 남편에게 의존하여 살아왔던 그녀로서는 자신과 아이들의 운명이 이제 자신의 한 순간의 결정에 달려있다는 사실을 감당하기 어려웠다. 그런대로 별 걱정 없는 현재의 삶을 마다하고 한 치 앞을 내다 볼 수 없는 미지의 세계로 발을 들여놓아야 한다는 사실이 두려웠다. 그녀는 변화가 싫었고, 무서웠다. 또한 아내를 일찍 떠나보내고 그 못 다한 사랑을 자신과 외손주에게 쏟아 붓고 있는 아버지를 배신하여야 한다는 사실에 가슴이 아팠다. 나아가 온 가족의 탈북으로 아버지가 정치적으로 곤경에 빠질 수도 있다는 데에 생각이 미치자 죄를 짓게 된다는 생각에 괴로웠다. 그러나 미옥은 남편없이 살아온 지난 3년여간 겪었던 젊은 여인의 외로움과 허전함을 더 이상 감내할 자신이 없었다. 그녀는 기댈 언덕이 필요했고, 뜨겁게 함께 호흡할 사랑이 필요했다.

끝 모를 여정

미옥은 철민이 시킨 대로 사령관 공관에 자주 드나 드는 아버지의 부관 백낙준 소좌를 불러, 자신이 아이들을 데리고 여행을 하고자 하니 통행증을 발급해 달라고 했다. 통행 지역은 강원도, 함경 남북도, 량강도 전역으로 하고, 기간은 한 달 간이라고 했다. 백 소좌는 사령관께 말씀드렸냐고 물었다. 미옥은 자신이 알아서 할 테니 아버지께는 보고하지 말아 달라고 하면서, 그의 손에 백 달러짜리 지폐 세 장을 쥐어주었다. 3백 달러는 암시세로 치면 그의 일년치 봉급보다 더 많은 액수였다. 그는 놀라면서도 어색한 표정을 지으며 알겠다고 했다. 다음날 그는 미옥에게 통행증을 건네면서 아이들은 나이가 어려 통행증이 필요 없다고 했다. 평소에 홀몸으로 있는 미옥을 사모하면서 짝사랑했던 그로서는 미옥의 간청을 마다할 수 없었다.

출발하는 날 아침, 안내원이 철도 사정상 예정과 달리 함흥까지 차량으로 가게 되었다고 알려 왔다. 철민은 북한의 열악한 철도 사정을 감안하면 충분히 가능한 일이라고 생각했다.* 철민과 광복은 순안공항에서부터 그들을 수행했던 여성 안내원과 함께 공항 도착 시 타고 왔던 토요타 밴으로 길을 떠났다. 평양 시내를 벗어나 평양-원산 고속도로에 들어섰으나 오가는 차가 거의 없었다. 스산한 기분이 들기 시작했다. 고속도로를 달리는데도 시멘트로 포장한 도로에 패인 곳이 너무 많아 차가 계속 요동쳤다. 아직 파종하지 않은 논에는 추수 후의 그루터기가 그대로 남아 있었고, 밭도 사람의 손길이 가지 않은 듯 잡초만이 무성하게 자라고 있었다. 인가에는 인적이 드물었다. 더욱 기괴한 일은 몇 시간을 달려도 소와 돼지를 한 마리도 볼 수 없었고, 공중을 나는 새도 볼 수 없는 것이었다. 철민은 나시오스가 쓴 『북한의 대기근』이라는 책의 내용을 떠올렸다. 나시오스는 평양 시내를 벗어나서 여덟 시간 동안 차를 타고 다니면서 새 한 마리 볼 수 없었으며, 가축도 염소 몇 마리, 돼지 한 마리, 밭을 가는 황소 몇 마리만 보았고 그 흔한 개, 닭, 오리, 거위, 양을 단 한 마리도 볼 수 없었다고 했다. 그는 "대기근이 발생하면 제일 먼저 나타나는 현상은 그 지역에서 새가 사라지는 것이다. 새는 날개가 있으니 먹이가 있는 곳으로 날아갈 수 있기 때문이다. 다음으로 가축이 급격히 줄어든다. 먹을 것이 없어 가축도 굶어 죽

---

* 북한 철도는 시설의 노후화와 전력난(기관차의 동력이 전기)으로 평균 시속 15km의 느린 속도로 운행된다. 그것도 공중선으로 공급되는 전기의 송전 중단, 철로의 탈선, 열차의 기관 고장 등 각종 사고로 운행에 차질을 빚는 일이 허다하다.

고 어느 정도 기간이 경과하면 굶주린 주민들이 살아남아 있는 가축을 잡아먹기 때문이다."라고 썼다.

　간혹 찻길의 양 옆으로 자기 키보다 훨씬 큰 배낭을 짊어지고 힘겹게 걸어 가는 사람들이 보였다. 그들은 쌀 등 생활 필수품을 등에 지고 이 지역, 저 지역을 오가면서 장사하는 사람들이다. 지역 간의 가격 차이로 생기는 적은 이윤으로 겨우 먹고 살아가는 사람들이다. 어른, 아이 할 것 없이 자기 키보다 더 큰 배낭을 메고 힘겹게 걷고 있었지만 여자들의 비율이 압도적이었다.** 곧이어 초라한 행색에 산더미 만한 짐을 등에 진 남자 두 명이 종이 박스를 뜯은 조각에 자기들의 행선지를 써 놓고 앞에 오는 화물차를 향하여 박스 조각을 흔들어 대며 태워 달라고 애걸하고 있었다. 일명 '차잡이꾼' 들이다. 화물차가 섰고, 운전수와 조수가 이미 사람들과 짐으로 콩나물 시루가 되어 있는 적재함에 이들을 하나, 둘씩 밀어 올려 태웠다. 철민은 물론 돈을 받고 하는 짓이라고 생각했다. 광복이 푸통화로 철민에게 얘기했다. "저들 중 일단 차에 오르면 돈이 없다면서 버티는 자들도 있는데 돈을 안 내면 운전수와 조수들이 무자비하게 그들을 차에서 끌어 내린다네. 대부분 안 내리겠다고 발버둥치지만 결국 덩치 큰 사내들에 의해 길바닥으로 내동댕이쳐 지지."

　어스름이 짙어질 무렵 일행은 원산에 도착했다. '원산력사박물관' 근처에 있는 '동명려관'이라는 호텔에서 함흥냉면으로 저녁 끼니를 때우고, 일행은 다시 북으로 향했다. 광복은 말이 없었다. 처

●●　이들 보따리 장사꾼을 북한에서는 "뜀뛰기 장사꾼"이라 부른다.

자가 살고 있는 고향, 함흥이 가까워지면서 온갖 상념에 젖어 드는 듯 보였다. 동해의 검푸른 파도가 해안으로 밀려왔다. 그때 어깨에 총을 멘 군인 세명이 도로 한복판에 버티고 서서 앞서 가던 화물차를 막아섰다. 철민은 긴장했다. 화물차가 멈추자 그들은 무작정 적재함에 올라탔다. 철민은 안도했다. 군인들의 단순한 무임승차로 보였다. 광복이 푸통화로 입을 열었다. "무장한 군인들의 이러한 행동을 누가 감히 막겠어. 일부 막되어 먹은 군인 놈들은 차가 다가오면 주먹만 한 돌멩이를 치켜 들고 세우지 않으면 던질 듯 위협한다네. 이런 위협은 백발백중으로 통하지." 철민은 '미옥이 아이들을 데리고 이 살벌한 여정을 무사히 통과할 수 있을까?'하는 근심에 사로 잡혔다. 그는 미옥에게 택시를 대절하여 4월 18일 아침에 집에서 출발하여 함흥 신흥관 호텔로 오라고 일러 두었었다. 일행은 해가 저문 후에야 함흥 신흥관 호텔에 도착했다. 320km의 거리를 12시간만에 온 것이었다.

다음 날 아침 철민과 광복은 답사 현장인 협동농장으로 향했다. 밴은 잿빛으로 찌든 함흥 시내를 통과했다. 거리 행인들의 발걸음이 무거워 보였다. 간혹 길거리에 사람들이 널브러져 있는 것이 보였다. 철민은 굶어 쓰러져 있는 사람들이거나 시신일 것이라고 추측했다. 함흥은 북한 최대의 공업도시이다. 그런데 그 많은 공장의 굴뚝에서 연기 한 줄기 나오지 않았다. 심지어 북한 최대 비료 공장인 흥남 질소비료공장의 굴뚝에서 마저도 연기가 보이지 않았다. 해방 직후 한반도에서 가장 큰 공장이었던 바로 그 비료공장에서 최악의 식량난 시기에 비료 생산이 멈춘 것이었다. 철민은 연료 부족으로 공장이 가동을 멈춘 것이라고 생각했다.

　시내 한 복판에 조선시대 것으로 보이는 옛 담장이 도로의 한 면을 길게 채우고 있었다. 담장이 사람 키의 두배나 되어 내부를 전혀 볼 수 없었다. 안내원이 이성계가 왕좌에서 물러난 후 머물던 곳이라고 했다. 철민은 함흥차사의 낭자한 피를 떠올리며 잠깐만이라도 안을 구경할 수 없냐고 물었다. 예정된 일정에 없는 요청이니 들어줄 리 만무하다는 것을 알면서도 안내원의 반응을 떠 본 것이었다. 예상대로 안내원은 "나라 팔아먹은 놈들의 왕의 집을 보아서 뭐해요?"라고 하며 한 마디로 거절했다. 철민은 그들이 이씨 조선의 역사는 헐뜯고, 고구려의 역사만을 높이 평가했던 학창 시절의 기억이 되살아 났다.

　뱃은 성천강 강변으로 접어들었다. 철민은 유년 시절 아버지, 어머니와 함께 함흥 인근의 마전 해수욕장에 놀러 갔을 때 보았던 성천강 주변 풍경을 떠올렸다. 그러나 강변에 줄지어 서 있던 능수버드나무는 온데간데없고 여기저기에 둑의 흙이 무너져 내려 그 아름답던 성천강은 볼 품 없는 개천이 되어 있었다. 이성계가 말 달리며 무예를 익혔다는 반룡산 기슭의 치마대(馳馬臺) 주변도 판자촌으로 변해 버렸다. 농지를 넓히겠다고 산등성이를 깎아 계단식 논과 밭을 만들었던 김정일의 무지에 자연이 울고 후손이 고통받는 것이었다.

　협동농장에 도착했다. 당에서 나온 지도원과 농장 관리위원장이 일행을 맞았다. 그들은 철민과 광복을 사무실로 안내한 후 지난 일 년 내내 가뭄과 홍수가 연속적으로 발생하여 작년 알곡 생산이

예년에 비해 절반으로 줄었다고 설명했다. 철민은 다 알아듣는 조선말을 안내원이 어렵사리 영어로 통역하는 것이 안쓰러웠다. 또한 그들의 열띤 목소리는 철민에게 흉작이 자신들이나 공화국의 책임이 아니고, 천재지변이라는 불가항력에 의한 것이라는 변명과 합리화로 들렸을 뿐이었다. 농장에 들어섰다. 가동이 안되는 낡은 경운기가 곳곳에 눈에 띄었고 바퀴 빠진 트랙터도 방치되어 있었다. 관리위원장은 이곳 저곳을 안내하며 이러한 역경 속에서도 인민들이 김정은 위원장의 심려를 덜어드리기 위해 얼마나 애쓰는 지를 장황하게 설명했다. 설명과는 달리 밭갈이 농민들은 의욕을 상실한 듯이 느린 몸짓으로 움직이고 있었다. 그들은 무관심한 표정으로 철민 일행을 바라보았다.

그날 저녁 식사 후 철민은 호텔 로비에 있는 커피숍에서 서가에 꽂혀 있는 김일성 회고록 『세기와 더불어』 영문판을 골라 읽고 있었다. 그러나 그의 마음은 책을 떠나 있었다. 그는 가끔 목 운동을 하는 시늉을 하며 호텔 정문을 힐끗힐끗 쳐다보곤 했다. 미옥과 아이들이 저녁 무렵에 도착할 것으로 예상했으나 10시가 다 되어 가는데도 기척이 없었다. 커피숍 종업원이 곧 문을 닫는다고 자리를 비워 달라고 했다. 철민은 초조해지기 시작했다. 망설임 끝에 미옥에게 전화를 걸려고 하는 순간 현관에 택시가 서는 것이 보였다. 미옥이었다. 아이들은 몰라보게 컸다. 4년 전 마지막으로 보았을 때 간신히 걸음마를 하던 영석이 제법 의젓해 보였다. 영애는 인민학교 학생 티가 났다. 호텔 체크인을 하면서 두리번거리던 미옥이 소파에 앉아 책을 보는 척하는 철민을 발견하고는 이내 고개를 반대

편으로 돌리며 모르는 체 했다. 로비에는 청소원 두 명만이 있었지만 미옥은 긴장을 늦추지 않았다. 미옥이 엘리베이터로 이동할 때 철민도 그 앞으로 서서히 다가갔다. 미옥이 슬그머니 철민의 손에 쪽지를 쥐어 주었다. "한 시간 후에 506호로 오세요."

고려호텔에서와는 달리 신흥관 호텔에는 객실 층에 감시원이 없었다. 철민은 506호 실의 문을 두드렸다. 노크와 거의 동시에 방문이 열렸다. 젊은 여인의 풋풋한 체취가 확 몰려왔다. 미옥은 젖은 머리카락을 수건으로 닦으며 철민에게 살며시 미소를 지었다. 방금 샤워를 마치고 나온 모습이었다. 호텔에 비치된 얇은 흰색 가운으로 온몸을 가렸지만 나신의 굴곡이 한 눈에 들어왔다. 둘의 눈동자가 마주치며 4년이라는 세월 속에 잠겨 있던 그리움이 스쳐 지나갔지만 둘은 아무 말도 하지 않았다. 미옥은 철민의 자켓을 벗겼다. 철민이 미옥의 가운을 벗겼다. 실오라기 하나 걸치지 않은 나신이 한 눈에 들어왔다. 눈에 익은 뽀얀 살갗이 눈부셨다. 그녀의 몸매는 그때 그 모습 그대로였다. 그리고 둘은 헤어져 있었던 세월을 불러오는 긴 입맞춤을 했다. 철민은 두 팔로 미옥을 번쩍 들어 침대에 눕혔다. 철민의 옷 가지가 침대 아래로 떨어져 나갔다. 미옥은 양손을 뻗어 철민을 감싸 안았다. 미옥의 젖은 검은 머리칼이 철민의 얼굴을 덮었다. 서로에게 익숙한 몸이었고, 그렇게 갈망하던 순간이었건만 긴 시간 서로 떨어져 있었기 때문인지 철민은 미옥에게서 낯섦이란 단어를 떠 올렸다. 둘의 몸이 섞이기 시작하자 미옥의 입에서 여린 신음 소리가 새어 나왔다. 그 신음 소리는 곧 흐느낌으로 변해갔고, 그 흐느낌은 곧 가녀린 울음이 되어 나왔다. 철민은 그 울음 속에서 지나간 세월 동안 그녀가 외롭게 품어 왔던 그리움과 원망과 회한과 기다림, 그리고 자신에 대한 믿음과 사랑을 느꼈다. 온몸을 뜨겁게 달구었던 격정이 가벼운 숨소리와 함께 잦아들었다. 철민은 눈을 감고 있는 미옥의 얼굴을 찬찬히 뜯어보았다. 예쁠 것도 없지만 아이같이 천진스러운 그녀의 표정은 그때 그대로 남아 있었다. 격정의 순간이 지나고 나서야 아이들이 자는 모습이 철민의 눈에 들어왔다. 아무 근심 걱정이 없는 평화롭고 천진스러운 얼굴들이었다. 철민은 '그래, 애비가 왔다. 이 애비는 목숨을 걸고 너희들을 이 지긋지긋한 감옥에서 탈출시킬 것이다. 이제 너희들이 훨훨 날아 다닐 수 있는 자유의 나라로 가자.'라고 다짐했다. 하지만 그의 가슴 속 깊은 곳에서는 검은 그림자가 꿈틀거리고 있었다.

자기 방으로 돌아온 철민은 잠을 이룰 수 없었다. 철민과 광복의 다음 행선지는 라진시 외곽에 있는 소규모 농장이었다. 미옥의 방을 나오면서 철민은 미옥에게 내일 아침 일찍 신흥관 호텔에서 택시를 대절하여 라진으로 가서 밤 9시경에 라진 영생탑에서 만나자고 했었다. 만일 그때까지 자신이 나타나지 않으면 적당한 여관에서 자고 다음 날 밤 9시에 영생탑에서 만나자고 했다. 철민과 광복은 중국과의 국경보다 경비가 허술한 러시아 국경을 뚫고 탈출하기로 계획을 세웠었다. 하지만 미옥 혼자서 아이들을 데리고 그 험한 길을 가야한다는 사실이 불안했다. 함흥으로 오면서 그의 눈에 비친 거리의 풍경은 스산함을 넘어 살벌하기까지 했다. 도로와 철로 변에 시신들이 그대로 방치되어 있는 것을 보니 행정력이 마비되었 가고 있는 것 같았다. 그러한 상황에서 도로변을 배회하는 깡마르고 악에 바친 인민들이 무슨 짓을 할지 모른다는 두려움이 들었다. 철민은 미옥이 그 아수라를 뚫고 아이들과 함께 라진으로 간다는 것이 불안하여 달리 방법이 없을까 하고 궁리하고 있었다.

그때 방문을 두드리는 소리가 났다. 벽시계는 새벽 3시를 가리키고 있었다. 광복이었다. 눈이 벌겋게 충혈된 그는 긴장된 표정으로 방에 들어섰다. 그는 철민에게 복도로 나오라고 손짓했다. 철민이 긴장했다. 도청을 피하려고 밖으로 나오라고 했을 것이니 무엇인가 심각한 일이 있는 것 같다는 예감이 들었다. 복도 끝에서 광복이 미옥과 아이들이 도착했냐고 물었다. 철민이 그렇다고 하자, 그는 "아침 여섯 시 그러니까 세 시간 후에 호텔 정문 앞에 회색 밴이 올 것이외다. 그것을 타고 가족과 함께 당장 이곳을 떠나시구려." 철민은 의아한 표정을 지으며 "아니, 당신과 당신 가족은?"이라고 물었다. 광복은 "몇 시간 전에 보위부 놈들이 우리 가족을 잡아갔소. 아무래도 나의 신원이 탄로 난 것 같소." 미국에 있을 때 '드림NK'의 일로 함흥 정보원으로 활용하던 자가 알려 주었소. 가족이 집을 옮겼다고 하기에 이사 간 집을 알아보려고 그 자를 만났는데 그가 가족이 체포되었다는 소식을 알려 주었소. 나는 이제부터 우리 가족을 찾아 나설 것이요. 당신의 신원이 탄로 나는 것도 시간 문제일 것 같소. 그 정보원을 통해 내 처와 아이들이 라진으로 갈 밴을 구해 놓았는데 일이 이 지경이 되었소. 그 밴을 타고 빨리 이곳을 벗어 나시구려." 철민은 '드디어 올 것이 왔구나.'라고 생각하면서 자기 가족에게도 먹구름이 몰려오고 있다는 예감이 들었다. 광복은 철민에게 손을 내밀었다. 철민은 광복의 억센 손아귀에서 떨림을 느꼈다. 광복은 머뭇거리다가 철민에게 "아무래도 가족을 구출하려면 돈이 좀 많이 들 것 같소. 여분이 있으면 좀 꿔 주시오." 철민과 광복은 철민의 방으로 되돌아왔다. 철민은 아무 말없이 서류가방에서 백 달러 지폐 한 묶음, 즉 만 달러를 꺼내 광복에게 주면서 그의 행운을 빌었다. 고맙다는 말과 함께 철민 가족의 행운을 비는 광복의 얼굴에는 전장에 나가는 군인의 결연한 모습이 보였다.

철민은 짐을 챙겨 미옥의 방으로 가 문을 두드렸다. 미옥이 잠이 덜 깬 부시시한 모습으로 문을 열었다. 아이들은 깊은 잠에 빠져 있었다. 철민이 미옥에게 광복으로부터 들은 얘기를 전했다. 놀람과 두려움으로 가득 찬 미옥의 얼굴이 오히려 예뻐 보였다. 철민은 그 상황에서 아내가 예뻐 보인다고 느끼는 자신이 이상하기만 했다. 짐을 꾸리는 미옥의 얼굴에 두려움이 짙게 깔렸다. 잠에서 깨어난 아이들이 낯선 사내의 등장에 놀라는 표정이었다. 미옥이 "아버지 만나러 간다고 했지. 이 분이 아버지다."라고 했다. 영애는 어렴풋이나마 아버지가 기억나는지 철민을 보고 생긋 웃었지만 영석은 경계를 풀지 않았다. 아이들과 몇 마디가 오고 가자 영애는 곧 학급에서 반장이 되었다고 자랑을 늘어 놓았다. 영석은 철민에게 장난을 걸어오기 시작했다. 철민은 아이들이 낯선 자신을 스스럼없이 대하는 것을 보면서 이들도 핏줄을 느끼는 것이 아닌가 하는 생각이 들었다.

짐을 다 싸고 출발 준비를 마쳤지만 호텔을 빠져나가는 것이 문제였다. 그는 프론트 데스크의 당직자 역시 당국의 지시를 받고 자신과 광복을 감시하고 있을 것이 분명하다고 생각했다. 광복은 미옥에게 아이들을 데리고 먼저 나가서 체크 아웃을 하고, 호텔 앞에 대기하고 있을 밴을 타라고 했다. 그리고 운전수에게 일단 호텔에서 출발하여 약 100m 전방에서 정차해 달라고 부탁하라고 했다. 그러면 자신이 곧 뒤 따라가 합류할 것이라고 했다. 호텔 당직자가 이른 시간에 체크 아웃하는 것을 의심스럽게 생각하면, 아버님이 위독하다는 긴급 연락을 받았다는 등 적당히 둘러 대라고 했다. 미옥이 아이들을 데리고 나갔다. 잠시 후 철민은 계단을 통하여 내려 가 계단 근처에서 몸을 숨기고 프론트 데스크의 동정을 살폈다. 정문을 나서는 미옥의 뒷모습이 보였다. 철민은 안도했다. 데스크의 당직자가 무엇인가를 쓰면서 꿈쩍 않고 있었다. 미옥과 아이들을 실은 밴이 호텔에서 떠나는 것이 눈에 들어왔다. 시간이 계속 흐르면서 철민은 초조해지기 시작했다. 그때 당직 데스크의 전화벨이 울렸다. 당직자는 전화를 받고는 황급히 자리에서 일어나 어딘가로 급히 발걸음을 옮겼다. 철민은 기회를 놓치지 않고 빠른 걸음으로 정문을 통과하여 거의 뛰다시피 하여 멀리 보이는 흰색 밴으로 향했다. 동이 트기 시작했다.

　미옥은 집을 나오며 아버지에게 편지를 남겼다.

　　"존경하고 사랑하는 아버지께,
　　봄이 되어 천지는 녹색으로 물들고 정원의 꽃 향기가 코 끝을 간질이는데 제 마음은 허공에 떠 있습니다. 아이들도 답답해하기는 마찬가지입니다. 아이들은 평양 이외에는 가 본 곳이 없어 아이들의 견문도 넓힐 겸 해서 여행을 떠납니다. 먼저 금강산을 구경하고 동해안을 따라 북으로 올라가는 여정을 생각하고 있습니다. 한 열흘 걸릴 거예요. 당연히 먼저 아버지의 허락을 받아야겠지만 아버지께서 도저히 허락해 주실 것 같지 않아 이렇게 그냥 저질러 버리는 거예요. 저도 이제는 제 앞가림을 잘 할 수 있으니 너무 걱정 마세요. 제가 없는 동안 건강 잘 챙기시고요.

못된 딸 미옥이가."

퇴근하여 편지를 발견하여 읽던 장수일 보위사령관은 온몸을 부르르 떨었다. 딸이 괘씸하기도 했지만, 그보다 대기근으로 공화국 전체의 민심이 흉흉한 이 마당에 미옥과 손주들이 경호도 없이 여행을 간다는 것이 얼마나 위험한 짓인가를 잘 알고 있었기 때문이었다. 다른 한편으로는 홀몸으로 지내는 젊은 딸의 심사를 헤아리지 못했던 자신의 무심함을 자책하면서 마음이 아팠다. 이번에 돌아오면 반드시 재혼 자리를 주선 해야겠다는 생각이 들었다. 그는 우선 공관에서 어느 놈이 미옥이 떠나는 것을 도와주었는지를 조사했다. 먼저 부관 백 소좌부터 문초했다. 백 소좌는 자신이 통행증을 발급해 주고, 금강산 행 택시를 준비해 주었다고 순순히 보고했다. 백 소좌를 노려보던 장 사령관은 그의 뺨을 세게 후려쳤다. 그리고는 "나에게 보고하지도 않고 증명서를 내 줬어? 이유가 뭐야?"라고 물었다. 백 소좌는 부동 자세로 또박또박 답변했다. "아주머니의 요청이 너무 간절했습니다. 저로서는 그 눈빛을 거부할 수 없었습니다." 장수일은 "너, 미옥이 좋아해?"라고 물었다. 백 소좌는 "예, 오랫동안 사모하여 왔습니다." 라고 머뭇거리며 답했다. 본인이 은근히 기대했던 답변이 나오자 장수일은 화를 삭이고는 "당장 미옥이와 아이들을 찾아 집으로 데려와. 일이 잘못되면 네 놈부터 모가지를 자르겠어."라고 으르렁댔다. 잠시 망설이다가 장수일은 "미옥이, 영애, 영석이가 무사히 돌아오면 너에게도 좋은 일이 있을 줄 몰라. 무슨 수를 쓰더라도 그들이 탈 없이 돌아와야 해. 알겠나?" 백 소좌는 사령관에게 기합 든 자세로 거수 경례를 하고 돌아 나갔다. 그는 즉각 강원도 보위부*에 비상을 걸었다. 금강산 일대를 샅샅이 뒤져 미옥 일행을 안전하게 모셔오라고 지시했다. 곧이어 그는 함경남도, 함경북도, 량강도 보위부에도 연락하여 같은 지시를 내렸다.

50대 중반으로 보이는 밴의 주인이자 운전수는 거무튀튀한 얼굴에 배가 나왔지만 인상은 좋아 보였다. 그는 자신의 이름은 최갑식인데 그냥 최 씨로 부르라고 했다. 그는 집이 라진에 있는데 볼 일이 있어 함흥에 왔다가 돌아가는 길에 손님을 만나게 되었으니 행운이라고 했다. 그는 라진까지 가는데 500달러를 요구했다. 철민은 오백 달러라면 암시세로 일반 노동자의 몇 년치 벌이에 해당하는 큰 돈인데 최 씨가 그 액수를 요구했다면 그가 자신의 정체를 알

---

* 보위사령부는 지방조직이 없고, 시, 도의 보위부에 보위사령부 군관이 파견되어 있다.

고 있지 않나 하는 의심이 들었다.

밴이 덜컹거리기 시작했다. 평양에서 함흥까지는 도로가 많이 패였지만 그나마 시멘트 포장도로였는데 라진으로 가는 도로는 비포장이었다. 두어 시간쯤 지나자 도로 주변에 누더기 옷을 걸친 사람들이 무엇인가 작업하는 모습이 보였다. 노력 봉사에 동원된 동네 주민들이 패인 도로를 흙으로 메꾸는 작업을 하고 있었다. 남자들은 패인 도로에 흙과 물을 부어 가며 삽으로 흙더미를 다지고 있었다. 여자들은 그 뒤를 따라오며 패인 자국을 쌀 가마니로 평평하게 다듬고 있었다. 간선 국도의 수리를 중장비 하나 없이 인력을 동원하여 삽과 가마니로 길바닥을 다지고 있는 것이었다. 신포에 다다를 무렵 터널이 나왔다. 터널 입구에는 붉은 색 페인트로 용봉굴이라 쓰여 있었다. 최 씨가 이 굴은 조선 인민이 자력갱생의 노력으로 뚫은 굴이라고 자랑스럽게 말했다. 밴이 터널에 들어서자 갑자기 캄캄해졌다. 전등 시설이 전혀 없었다. 그나마 100m 간격으로 땅바닥에 깔아 놓은 둥근 모양의 은박지 판에 헤드라이트 불빛이 반사되어 전진 방향을 가리키고 있었다. 철민 가족이 탄 차는 헤드라이트 불빛에 의존하여 느린 속도로 앞으로 나갔다. 곧이어 희뿌연 연기와 함께 정면에서 헤드라이트 불빛이 다가오고 있었다. 철민은 정면 충돌의 위험을 느꼈다. 영석이 "엄마! 무서워" 하며 미옥의 품으로 파고 들었다. 두 차량은 가까스로 비껴 나갔다. 밴은 그렇게 5분 이상을 달리다가 터널에서 빠져나왔다. 철민은 안도의 한숨을 몰아 쉬었지만 그 희뿌연 연기의 정체가 궁금했다. 자동차의 매연이라고 보기에는 연기가 너무 맑았다. 그러나 곧 그 연기의 정체를 알게 되었다. 앞에서 털털거리며 다가오는 트럭의 화물칸에 난로 같은 것이 실려 있었다. 좀 전의 그 연기는 목탄차가 뿜어내는 연기였다. 평양에서는 볼 수 없었던 말로만 듣던 목탄차였다. 철민은 '21세기 지구상에 목탄으로 자동차를 움직이는 나라가 북조선 말고 또 있을까? 그런 나라가 핵무기를 만들고 탄도미사일을 쏜다! 이러한 모순덩어리가 북조선이 아니더냐?'라는 생각이 들었다.

점심 무렵 신포에 도착했다. 신포 시내 역시 함흥처럼 인적이 뜸했다. 상점들도 대부분 문을 닫았다. 부둣가에 이르자 "김정은 위원장 동지를 결사 옹위하자." "바다의 물고기를 몽땅 잡자." 등등의 붉은 글씨 구호 간판이 철민 가족을 맞았다. 식당들이 대부분 문을 닫았지만 바닷가인 덕분에 해물 식당 몇 군데가 열려 있었다. 매운탕으로 요기를 한 후 일행은 시내를 샅샅이 뒤져 달러와 위안화를 지불하면서 먹거리와 생수를 있는 대로 구입했다. 모든 상점들이 조선 돈은 사절이었다. 그들은 다시 길을 떠났다.

차안이 안 보이도록 유리창을 검게 선팅한 검은색 벤츠가 함흥시 보위부 초소를 통과했다. 벤츠는 회색 빛 3층 건물 앞에서 멈춰섰다. 세단 문이 열리자 사색이 된 경숙이 두 딸의 손을 잡고 내렸다. 보위원들은 딸들을 경숙에게서 떼어 내려 했다. 경숙이 큰 딸 정애와 작은 딸 정희를 부둥켜안았다. 그때 젊은 보위원의 주먹이 경숙의 복부를 가격했다. 경숙이 비명을 지르며 거꾸러졌다. 다른 보위원이 겁에 질려 울지도 못하며 부들부들 떨고 있는 아이들을 끌고 복도 끝에서 어디론가로 사라져 갔다. 경숙은 희미한 백열전

등이 밝히는 계단을 따라 지하실로 끌려갔다. 지하실 복도 끝 골방의 방문을 열자, 천장에 매달린 백열 전구 하나가 깜박거렸다. 희미한 불빛 속에 한 사내가 책상을 앞에 두고 앉아 있었다. 날카로운 눈매의 사내는 경숙에게 턱으로 책상 앞 의자를 가리키면서 앉으라는 신호를 보냈다. 취조가 시작되었다. 그는 경숙에게 광복의 행방을 캐물었다. 경숙은 3년 전 남편이 행방불명된 이후 그를 만난 적이 없다고 대답했다. 사내는 광복이 행방불명된 이후의 경숙의 행적을 샅샅이 파헤쳤다. 한 시간 정도 지났을 무렵 대머리에 배가 나온 사내가 나타났다. 그는 잠시 동안 신문 광경을 주시하다가 사내에게 눈짓을 했다.

경숙은 옆방으로 옮겨졌다. 경숙의 몸이 얼어붙었다. 그 방에는 고문에 쓰이는 것으로 보이는 장비들이 너저분하게 흩어져 있었다. 대머리가 물탱크를 가리키며 다시 한번 눈짓을 했다. 물탱크에 물이 채워지기 시작했다. 눈매가 날카로운 사내가 경숙에게 "옷다 벗어. 실오라기 하나라도 남기지 말고 몽땅 벗어."라고 명령했다. 두려움에 얼어붙은 경숙의 몸에서 옷가지가 매미가 허물을 벗듯 떨어져 나갔다. 경숙은 차마 팬티와 브래지어는 벗지 못했다. 사내가 기묘한 표정을 지으며 손으로 그녀의 팬티와 브래지어를 찢었다. 경숙이 수치심에 몸을 떠는 순간, 그는 그녀를 훌쩍 들어 물탱크에 던져 넣은 후 목덜미를 꽉 쥐고 머리를 물 속에 처박았다. 그러한 동작이 십여 번 반복되었다. 처음 몇 번은 호흡을 참고 견디던 경숙이 마침내 물을 먹고 실신했다. 경숙의 의식이 돌아오자 그들은 경숙을 의자에 앉혔다. 희미한 백열등 불빛 아래 경숙의 오렌지 빛 나신에서 물방울이 뚝뚝 떨어져 내렸다. 사내는 경숙에게 광복의 행방에 대해 같은 질문을 반복했으나 경숙으로서는 그의 행방을 알 수 없으니 모른다고 대답할 수밖에 없었다. 마침내 사내는 경숙에게 비장의 일격을 가했다. 그는 경숙의 얼굴을 찬찬히 쳐다보다가 "이 에미나이 안 되겠구만. 그 반반한 얼굴에 그림을 좀 그려 줘야겠어." 라고 위협하며 책상 위에서 예리한 칼과 작은 펜치를 집어 들었다. 경숙이 사색이 되었다. 그는 잠시 숨을 죽였다가 "무늬를 놓기에는 얼굴 바탕이 너무 아깝구만."하고 웅얼거리다가 펜치로 경숙의 왼쪽 엄지 손가락 손톱을 뽑았다. 경숙은 비명을 지르며 고통을 참다가 결국 실신했다. 그녀가 다시 한번 실신하자 대머리가 고문을 일단 중단시켰다.

신흥관 호텔 로비에서 철민과 광복을 기다리고 있던 여성 안내원은 프런트 데스크에서 그들의 행방이 묘연함을 확인하고 당황했다. 안내원의 보고를 받은 함흥시 보위부는 사라진 '월드비전' 대표단원 두 명 중 한 명이 광복일 것이라고 추측했다. 함흥 보위부의 보고를 받은 평양의 국가안전보위부는 이들이 탈주했다고 결론 짓고 우선 함경남북도 일대에 수배령을 내렸다. 대기근으로 국가 조직의 기강이 이완되었지만 보위부는 예외였다. 보위부는 감시와 통제로 버텨 나가는 북조선 일인 독재체제를 유지하는 버팀목이니, 김씨 왕조와 보위부는 운명을 함께 할 수밖에 없는 존재이기 때문이다.

신흥관 호텔에서 도망쳐 나온 광복은 해 뜨기를 기다려 정보원 이 씨 집의 문을 두드렸다. 이 씨는 현직 보위부 지도원이었다. 광복이 3년 전 보위사령부 소좌로 함흥 보위부에 파견 나와 있을 때 그는 광복과 함께 금전 관계 비리에 연루되었는데, 광복이 그의 비리를 끝까지 누설하지 않고 그를 지켜 주었었다. 광복은 그 비리를 혼자 감당하다가 곤경에 처하게 되자 어쩔 수 없이 가족을 버리고 탈북했다. 탈북자 광복의 가족이 처벌을 받지 않았던 데에는 경숙의 아버지가 로동당원으로서 마을 인민위원장이었기에 가능했지만 이 씨의 도움도 컸다. 경숙은 광복이 남겨 두고 간 돈 중 상당액을 이 씨에게 뇌물로 주고 처벌받는 위기에서 벗어 났었다. 광복은 탈북 후 이 씨를 통해 가족에게 경제적 도움을 주었고, 광복이 '드림NK'에 합류한 후인 일년 전부터 이 씨는 '드림NK'의 함흥 정보원으로 암약했다. '드림NK'는 그가 제공하는 정보의 질과 양에 따라 그에게 적절한 사례비를 제공해 왔다. 이 씨는 조심스러운 표정으로 주변을 살펴본 후 광복을 집안으로 들였다. 이 씨의 처와 자식들은 아직 잠에서 깨어나지 않았다. 광복은 이 씨에게 처가 보위부에 체포된 경위와 가족의 안위를 알아 달라고 부탁했다. 이 씨는 광복 가족 건은 다른 보위 지도원 담당이어서 쉽지는 않겠지만 알아보겠다고 했다. 둘은 그날 저녁 여덟 시에 함흥 선화당* 정문 근처에서 다시 만나기로 하고 헤어졌다.

철민 가족은 북청, 리원을 거쳐 어스름이 찾아오기 시작할 무렵 단천에 도착했다. 시가는 함흥, 신포와 마찬가지로 음울했다. 그들

---

*   조선시대 함경도 관찰사가 행정사무를 보던 함흥 감영의 본관 건물로서 북한 당국이 국보급 문화 유물로 지정했다.

은 간신히 식당을 찾았으나, 식당 주인 아주머니가 재료가 없어 채려 줄 수 없다고 했다. 철민이 위안화를 보여주자 주인은 기다리라고 하며 부엌으로 들어갔다. 잠시 후 보리와 조를 섞어 끓인 밥에 시래기 된장국, 나물, 김치 등이 나왔다. 갈 길이 먼 철민 일행으로서는 그것도 감지덕지하며 먹었다. 그들은 다시 북으로 향했다. 류래리 삼거리 길이 나타났다. 철민은 최 씨에게 차를 세우라 했다. 그는 미옥에게 아이들과 잠깐 쉬라고 한 후 최 씨를 차 밖으로 불러냈다. 그는 최 씨에게 자신이 왜 라진으로 가는지 알고 있느냐고 물었다. 최 씨는 슬며시 웃으며 이런 일을 몇 번 해 봤다고 했다. 그렇다면 끝까지 동행할 의사가 있냐고 물었다. 최 씨는 그렇게 하지 않을 거라면 당초 이 일을 맡지도 않았을 것이라 했다. 철민은 최 씨에게 짐작하다시피 자신은 쫓기고 있는 몸이라고 하면서 일이 잘 마무리된다면 보답하겠다고 했다. 최 씨는 자신은 한번 뱉은 말은 꼭 지키는 사나이라고 풍을 떨며 약속을 지키겠다고 다짐했다.

밴이 다시 출발한 지 십여 분이 지나자 멀리 불빛이 보였다. 최 씨가 불빛이 보이는 곳은 함경남도와 함경북도의 도 경계선 상에 있는 군과 보위부 합동검문소라고 했다. 조금 더 가자 최 씨가 철민에게 검문소가 평소보다 불이 밝고 대기 차량이 서너 배나 많아진 것이 낌새가 이상하다고 했다. 철민은 자신과 광복이 증발한 지 12시간이 넘었으니 지금쯤이면 수배령이 내렸을 것이라는 생각이 들었다. 또한 장인 장수일 사령관이 보위사령부에 지시하여 미옥의 뒤를 쫓고 있을 거라는 생각도 들었다. 철민은 각오는 하고 있지만 공화국에서 최고로 악명 높은 수사기관인 보위부와 보위사령부 양

쪽에서 쫓기는 몸이 되었다는 생각이 들자 모골이 송연해졌다. 철민은 급히 최 씨에게 차를 돌리자고 했다. 최 씨는 오던 길로 차를 돌렸다. 철민이 뒤 돌아보니 검문소에 주차해 있던 차량 중 갑자기 두대의 헤드라이트 불빛이 켜졌다. 철민은 검문소에서 그리로 오던 차량이 유턴하는 것을 보고 보위원들이 자신을 추적하려 하는 것이라고 생각했다. 철민은 최 씨에게 빨리 도망가자고 재촉했다. 밴이 전속력으로 질주하기 시작했다. 류래리 삼거리가 다시 나왔다. 혜산이라는 표지판이 우측을 향했다. 직진하면 함흥 방향이니 되돌아갈 수는 없고, 혜산 방향으로 가는 수밖에 없었다. 밴은 북북서로 방향을 바꿨다. 최 씨와 철민은 몇 번이고 뒤를 확인했지만 쫓아오는 차량은 없었다. 최 씨는 혜산은 중국 창바이와 통하고 있어 옌볜(延邊)*을 자주 드나드는 자신에게는 비교적 익숙한 길이라고 했다. 길은 대부분 산등성이를 깎아 만들었는데 구불구불하고 오르락 내리락 하는 외길이었고 지나가는 차가 거의 없었다. 최 씨는 혜산은 량강도의 도청 소재지로 인구 20만 명이 되는 제법 큰 도시이지만 산길이 험하여 오가는 사람들이 주로 철도를 이용하고 있기 때문에 길에 차량 통행이 거의 없다고 했다. 어둠이 깊어지고 있었다. 일행은 도로에서 산등성이 쪽으로 들어가 제법 넓은 공터에 자리를 잡았다. 밤공기가 차가웠다. 최 씨는 밴의 뒷문을 열고 차량

- 옌볜(延邊)은 조선 말기부터 조선인이 이주하여 개척한 곳으로 북간도로 불리던 곳이다. 조선족이 총인구의 40% 정도 거주하여 1955년부터 조선족 자치주로 지정되었다. 주도는 옌지(延吉)이다.

밑바닥 덮개를 열더니 큼지막한 헝겊 뭉치 같은 것을 꺼냈다. 낡은 4인용 천막이었다. 철민은 그렇지 않아도 아이들 잠자리가 걱정이었다며 최 씨에게 고마움을 표시했다. 최 씨는 "국경 넘나드는 일로 먹고 살다 보니 천막은 필수품이죠. 개마고원 날씨가 워낙 변덕이 심해서 여름에도 이것이 없으면 낭패를 봅니다."라고 했다. 철민은 우쭐거리는 그의 모습에서 아이의 천진스러운 모습을 엿볼 수 있었다. 철민과 최 씨는 주변에 흩어져 있는 마른 나뭇가지와 낙엽을 모아 모닥불을 피웠다. 최 씨가 침엽수림이 우거져 불빛이 멀리 새어 나가지는 않을 것이라고 했다. 모닥불 불빛에 아이들의 얼굴도 환해졌다. 철없는 아이들은 소풍 온 것 같다며 즐거워했다. 아이들이 노래를 부르기 시작했다. 아이들이 부르는 노래는 수령님에 대한 찬가와 공화국에 대한 충성의 노래뿐이었다. 철민은 '듣고 배운 노래가 저런 것들뿐이니 어찌 하겠어.'라고 생각하며 한숨지었다.

아이들의 노래 소리를 뒤로 하며 철민은 모닥불에서 약간 떨어진 공터에 몸을 눕혔다. 두툼히 쌓인 침엽수 낙엽에 등이 편안했다. 하루 종일 온몸을 조여 왔던 긴장이 서서히 풀리기 시작했다. 하늘을 찌르는 빽빽한 전나무 가지 사이로 보름달이 떠 올랐다. 밝게 웃는 에이미의 얼굴이다. 몸이 나른해진다. '에이미, 지켜주지 못해 미안해. 하지만 하늘나라에서는 잘 지내지? 나 미옥이랑 애들 만났어. 축하해 줘. 그리고 이 어둠의 땅에서 함께 나가려고 해. 에이미가 도와줘.' 눈시울이 축축해진다. 산타모니카 해변이다. 에이미와 나는 맨발이다. 모래가 발바닥을 간지럽힌다. 우리는 걷고 또 걷는다. 이 모래사장의 끝은 어디일까? 소금기를 머금은 촉촉한 바다 바람이 불어온다. 태양이 수평선으로 고개를 숙이자 온 세상이 오렌지 빛으로 물들어온다. 에이미가 찰랑이는 금빛 바닷물결 위로 발을 옮긴다. 수평선 아래로 머리를 감추는 태양을 향해 걸어간다. 에이미의 몸이 바닷물에 잠긴다. 나는 '에이미! 가지마. 가지마.' 하며 외친다. 에이미가 몸을 돌려 나를 바라보며 미소 짓는다. 함께 가자고 손짓한다. 아무리 불러도 에이미는 뒷걸음질 친다. 금빛 바닷물이, 태평양이 에이미의 얼굴을 삼켜 버렸다. 그리고 어둠이 다가왔다.

광복은 선화당 정문으로 향하는 이 씨를 발견하고 그의 뒤를 따랐다. 광복이 따라오는 것을 눈치 챈 이 씨는 정문을 통과하여 계속 걸었다. 이미 어둠이 덮였다. 둘은 간격을 두고 계속 걷다가 시외곽 인적이 드문 곳에서 발을 멈췄다. 갓 새싹이 돋아 난 버드나무 가지가 봄바람에 흐늘거렸다. 광복이 초조한 표정으로 "어찌 되었소?"라고 물었다. 이 씨가 "예상한 대로였소. 광복 동무가 함흥에 도착하던 날 신흥관 앞에서 당신을 알아본 자가 있었는데 그가 보위부에 밀고했다 하오. 당신이 보위사령부에 있을 때 당신 휘하에 있던 초급 군관이었다고 하오. 보위부에서는 당신을 찾기 위해 우선 당신 가족을 체포했던 것이요." 광복은 '이제 내가 사라졌으니 가족은 더욱 위험해질 수 있겠다.'라는 생각이 들었다. 광복은 "그들을 구출할 방법이 없겠소? 돈을 좀 고이면 안 되겠소?" 라고 물었다. 이 씨는 이미 평양까지 보고된 사안이라 돈으로도 통하지 않을 것이라고 했다. 이 씨는 담당 보위원과 시 보위부 책임자가 협의하는 내용을 엿들었다 하면서, 광복을 체포하지 못하면 가족을 관리소*로 보내게 될 것이라고 했다. 침묵이 흘렀다. 이윽고 광복이 입을 열었다. "그들이 처와 아이들에게 무슨 짓을 하지는 않았소?" 이 씨는 잠시 뜸을 들이다가, "광복 동무의 행적을 캐물으면서 아주머니를 고문한 것 같소." 광복은 온몸에 전해 오는 아내의 고통을 느끼면서, "어디 상한 데는 없소?"라고 물었다. 이 씨는 "먼 발치에서 광복 동무의 처를 보았는데 심각하지는 않은 것 같소."라고 답했다. 광복은 "가족의 동정을 계속 살펴 주시오. 일단 사흘 후 이 장소에서 이 시간에 다시 만납시다. 그 전이라도 나에게 긴급히 연락할 일이 있으면 내 휴대폰에 전화해 주시오. 잘 아시겠지만 내 휴대폰은 대포 폰이니 긴급한 일이 아니면 전화를 삼가시오."라고 했다. 그리고 광복은 이 씨에게 오백 달러를 건네 주면서 "만약의 사태에 대비하고자 하니 권총 한 자루를 구해 주시오. 여분의 탄창도 준비해 주면 좋겠소."라고 부탁했다.

철민 가족은 다음날에도 덜컹거리는 밴에 몸을 싣고 꾸불꾸불한 고갯길을 휘돌아가며 개마고원을 가로 질러 북으로 향했다. 삼수라는 표지판을 지나치자 가문비나무, 낙엽송, 전나무들이 군락을 이루고 있었다. 침엽수 밀림이었다. 최 씨가 저녁무렵이면 혜산 인근에 도착할 것이라 했다. 철민은 최 씨에게 혜산시에도 이미 자신들을 찾는 수배령이 내려졌을 터이니 다른 방도가 없겠냐고 물었다. 최 씨는 압록강 수심이 낮은 곳을 찾는다면 북쪽 백두산 방

• 　정치범 수용소의 공식 명칭. 정치범 수용소는 북한에서 반국가범죄를 저지른 당사자와 그 가족들을 수용, 처벌하기 위해 김일성이 1958년 설립한 격리 수용소이다.

향으로 올라가는 수밖에 없는데 산세가 험해 아이들과 함께 가기는 무리라고 했다. 갑자기 영애가 끼어들었다. "저희 갈 수 있어요." 철민은 '저 어린 것도 지금 이 상황을 다 이해하고 있구나.' 라는 생각이 들면서 마음이 아팠다. 밴은 북쪽으로 향했다. 산세가 더욱 험해졌다. 경사가 급하니 도로가 지그재그로 계속 돌아 갔다. 밴은 헐떡거리며 백두산 줄기를 기어올랐다. 밴이 가쁜 숨을 몰아 쉬더니 마침내 멈춰 버렸다. 연기가 피어올랐다. 최 씨가 본넷을 열었다. 흰 연기가 검은 연기로 변해 가고 있었다. 엔진이 타 버린 것이었다.

철민 내외와 최 씨는 짐을 챙겼다. 최 씨의 밴에는 살림 도구가 가득 실려 있었다. 그들은 먹거리, 물병, 옷가지, 천막, 손전등, 가스 버너와 휴대용 가스통, 약간의 식기를 가방에 챙겨 넣고 나머지 잡동사니는 차에 그대로 두었다. 최 씨는 번호판을 떼어 내어 산 밑으로 던져 버렸다. 그는 그것도 모자랐던지 철민에게 도움을 청했다. 밴을 산 아래로 밀어 버리자는 것이었다. 밴은 요란한 소리를 내며 산 밑으로 굴러 갔다. 최 씨는 굴러 내리는 밴을 정든 친구 떠나보내는 표정을 지으며 아쉬워했다. 그러나 곧이어 "이 정도면 그 놈들도 밴의 주인이 누구인지 모르겠지."라고 중얼거렸다. 그리고 일행은 길을 따라 걷기 시작했다. 아이들은 예상보다 잘 걸었다. 철민은 아이들은 몸이 가볍기 때문이라고 생각했다. 오히려 최 씨가 헉헉거렸다. 철민은 저 두툼한 배 때문이라고 생각했다. 간혹 차가 오는 소리가 들리면 그들은 길 옆으로 몸을 숨겼다. 산비탈 아래로 멀리 석양에 반사되는 물줄기가 보였다. 최 씨가 그 물줄기가 압록강이라 했다. 물살은 거세 보였지만 강폭은 그리 넓지 않았다. 최 씨는 물줄기를 따라 가다 보면 맞은 편에 창바이산* 국립공원이 보인 다고 했다. 그는 자신도 가보지는 못했지만 그곳에서 강을 건널 수 있을 것 같다고 했다. 어둠이 다가왔다. 일행은 하룻밤을 또 야영 했다. 4월 하순인데도 개마고원의 밤공기는 싸늘했다. 미옥과 아 이들은 천막 안에서 잤고 철민과 최 씨는 천막 앞 공터에 담요를 깔 고 잠을 청했다. 철민은 하늘에 별이 이렇게 많은지 몰랐다는 생각 이 들었다. 공해가 전혀 없는 맑은 하늘이니 그럴 수밖에 없다고 생 각했다. 별은 베이징 하늘보다 열 배, 평양 하늘보다 세 배, 로스앤 젤레스 하늘 보다는 두 배가 많은 것 같았다. 보름달도 도시의 달 보다는 훨씬 밝고 선명했다. 철민은 별의 숫자를 백까지 세다가 잠 이 들었다.

동이 텄다. 철민은 용변을 보기 위해 숲 속으로 들어가 구석진 곳을 찾았다. 그때 지척에서 신음소리가 들렸다. 철민은 긴장했다. 나무 기둥에 몸을 숨기고 신음소리가 나는 방향으로 눈을 돌렸다. 부상당한 인민군이 누워 있었다. 그의 왼쪽 어깨는 피에 흥건히 젖 어 있었다. 그의 옆에는 대검이 착검된 자동보총(AK소총)이 놓여 있 었다. 철민은 잠시 동안 그의 상태를 관찰했다. 그는 가쁜 숨을 몰 아 쉬며 신음 소리만 낼 뿐 의식이 거의 없는 상태로 보였다. 철민 은 그 병사에게 다가가 우선 자동보총을 집어 자신의 왼쪽 어깨에 둘러멧다. 그리고 그의 뺨을 살짝 쳤다. 그래도 그는 반응이 없기 는 마찬가지였다. 철민은 그를 일으켜 세워 오른쪽 어깨로 부축했

• 　창바이산은 백두산의 중국식 표현

다. 그는 간신히 걸음을 옮길 뿐 거의 의식을 차리지 못했다. 철민은 그를 업다시피 하여 야영지로 돌아왔다. 잠에서 깨어 철민을 기다리던 미옥과 최 씨는 군복 차림 젊은이의 등장에 긴장했다. 곧 그들은 군복을 적시고 있는 피를 보고 다시 놀랐다. 미옥이 어느새 마른 수건과 생수를 가져왔다. 최 씨는 호주머니에서 군용 칼을 꺼내 상처 부위의 군복을 찢었다. 총알이 어깨를 관통한 것으로 보였다. 상처 부위에는 핏덩이가 덕지덕지 붙어 있었으나 이미 지혈된 상태였다. 미옥은 생수로 상처 부위를 닦아 내고 가방에서 마른 수건을 꺼내 어깨의 상처 부위를 싸맸다. 미옥이 숟갈로 병사의 입에 생수를 조금씩 흘러 넣었다. 그는 앳된 얼굴이었다. 아이들이 무서움과 호기심에 찬 눈으로 그 광경을 유심히 바라보고 있었다. 그는 고르게 숨을 쉬기 시작하더니 이내 잠이 들었다.

철민은 고민에 빠졌다. 그의 계획은 아이들을 데리고 백두산 줄기를 타고 내려가, 물살이 센 압록강 상류를 건너, 중국으로 밀입국하는 것이었다. 그러한 계획만으로도 성공과 실패를 가늠할 수 없는 험난한 여정인데 거기에 부상으로 몸을 제대로 가누지 못하는 젊은 병사를 부축하여 산길을 타고 내려 간다는 것은 현실적으로 불가능에 가깝다고 생각했다. 그렇다고 죽어가는 젊은이를 심심 산중에 버려두고 간다는 것도 마음에 걸렸다. 철민은 '아이들이 우선이다. 이 병사에게 음식과 물을 조금 남겨 놓고 떠나자. 미안한 마음이 들기는 하지만 아이들 때문에 어쩔 수 없는 것이 아닌가.'라고 스스로를 합리화했다. 철민의 이러한 고민을 눈치챘는지 미옥이 나섰다. "그냥 버려두고 갈 수는 없잖아요. 힘들더라도 함께 갑시다." 철민은 피 흘리고 죽어 가는 젊은이를 내팽겨치고 떠날 미옥이 아니라는 생각이 들었다. 최 씨도 하는 데까지 해보자고 했다. 마침 내 철민이 입을 열었다. "그래. 어찌 되든지 한번 부딪혀 봅시다. 자, 함께 갑시다."

최 씨가 가스 버너에 불을 부치고 물을 끓였다. 중국산 컵 라면 으로 아침 식사를 마칠 무렵 병사가 눈을 떴다. 그는 라면과 빵을 게걸스레 먹었다. 이틀 굶었다고 했다. 그는 자신은 국경경비대 소 속으로 부대에서 탈영했는데 추적 병사들이 쏜 총에 맞았다고 했 다. 그는 17살이라 하고, 이름은 김명수이며, 계급은 전사(이등병)라 했다. 명수가 어느 정도 기운을 차린 듯하여 그들은 다시 짐을 챙겨 길을 떠났다. 철민과 최 씨가 차례로 명수를 부축했다. 한 시간쯤 지났을 때 멀리서 자동차 엔진소리가 들렸다. 일행은 도로에서 벗 어나 가문비나무 숲 속에 몸을 숨겼다. 병사를 가득 실은 군용 트 럭이었다. 트럭의 화물칸에 탑승한 병사들은 피로와 배고픔에 지 친 듯 축 늘어져 있었다. 군용 트럭이 내달은 길에는 먼지가 뽀얗게 피어올랐다. 최 씨가 길을 따라 걷는 것은 들킬 위험이 있고 이제 창바이산 국립공원에 거의 다 왔으니 찻길에서 벗어 나는 것이 좋 을 것 같다고 했다. 일행은 산비탈을 타고 아래로 내려 가기 시작했 다. 명수는 괴로운 표정을 지으면서도 그들에게 짐이 되어서는 안 된다는 듯이 이를 악물고 걸었다. 철민은 별 투정없이 따라오는 아 이들이 대견했다. 영석도 업어 주겠다는 아버지의 제안을, 누나 보 기에 창피하다는 생각이 들었는지 거절했다. 철민은 영석의 손을 꼭 잡고 산비탈을 내려갔다.

‘월드비전’ 대표단 2명의 실종사건은 장수일 사령관에게도 보고 되었다. 장사령관은 백낙준 소좌를 불렀다. “백 소좌, 실종된 놈들 이 중국계 미국인이라 했지? 둘 중에 한 놈은 강철민일거야. 미옥 이 남편 말이야. 그 놈은 중국말을 잘 하니까 중국사람으로 위장하 여 공화국에 잠입했을 거야. 미옥이와 애들을 데리고 나가려고 왔 겠지. 미옥이와 애들이 벌써 철민이와 동행하고 있을지도 몰라. 반 드시 잡아야 해.” “예, 함경남북도, 량강도의 보위부, 군 부대, 사회 안전성(경찰)에 비상을 걸어 놓았습니다. 잡히는 것은 시간 문제입 니다.” “그들을 체포할 때 조심하라고 해. 미옥이나 애들은 다치면 안돼.” “관계기관에 아주머니와 애들이 강철민과 동행하고 있을 가능성이 있다고 알려도 되겠습니까?” 장수일은 잠시 뜸을 들이다 가 “탈주자가 여자와 아이들과 동행하고 있다면, 이들의 신변은 반 드시 보호해야 한다고 지시를 내려. 이들이 누구라고 알리지는 말 고. 알겠나!” 백 소좌는 “예, 바로 조치하겠습니다.”라고 복명한 후 장사령관의 집무실에서 나갔다. 장수일은 창 밖으로 눈을 돌렸다. 흑룡산 산등성이에 먹구름이 몰려 들고 있었다.

요덕수용소

함흥은 광복의 고향이라 그가 자기 한 몸을 숨기고 버티는 것은 그리 어렵지 않았으나 이 씨를 만나기까지의 사흘은 그에게 고통의 시간이었다. 광복과 이 씨는 시 교외의 그 버드나무 아래에서 다시 만났다. 이 씨는 광복에게 부탁받은 권총 한 정과 탄창 세 개를 넘겨주었다. 1992년 인민군 창건 60주년을 맞아 당 간부와 장군들에 대한 치하용으로 제작한 은도금에 백두산이라는 김일성의 자필이 각인된 '백두산 권총'이었다. 이 씨가 그 권총은 귀한 것이어서 보위부에서 깊이 보관하고 있던 것인데 소유자가 없으니 오히려 훔치기 쉬웠다고 했다. 곧이어 이 씨는 '월드비전' 이탈자 두 명 중 한 명이 광복이라는 사실이 밝혀지자 시 보위부가 경숙에 대한 심문을 중단하고, 경숙과 두 딸을 정치범수용소의 혁명화구역으로 이감하기로 결정했다고 알려줬다. 잠시 뜸을 들이던 이 씨는 그날 아침 시 보위부가 광복의 가족을 요덕수용소로 이송했다고 어렵게 운을 뗐다. 정치범은 재판 없이 보위부의 판단에 의해 관리소 수용 여부가 결정된다. 북한의 수용소는 혁명화구역과 완전통제구역으로 나누어져 있다. 혁명화구역 수용자는 일정기간 수감 후 퇴소될 수 있지만, 완전통제구역 수용자는 죽을 때까지 퇴소가 불가능하다. 광복의 온몸에서 '싸아'하고 기운이 빠져나갔다. 긴 침묵 끝에 이 씨가 입을 열었다. 보위부에서 광복과 철민을 체포하기 위해 혈안이 되어 있으니 광복도 일단 몸을 피하는 것이 좋겠다고 조언했다. 광복도 지금은 자기가 할 수 있는 일이 없다고 판단하여 그리하겠다고 했다. 광복은 이 씨에게 다시 연락을 취하겠다 하고 그들은 헤어졌다. 광복은 처와 딸들을 위해 자기가 할 수 있는 일은 아무 것도 없다는 무력감에 빠져들었다. 보위사령부 소좌 출신인 그는 수용소의 참상을 너무도 잘 알고 있지만 가족을 그곳에서 탈출시키는 것이 불가능하다는 사실도 누구보다 잘 알았다. 그는 가족과 함께 하겠다는 자신의 욕심이 가족을 고통의 구렁텅이에 빠뜨려 넣었다는 죄책감에 시달렸다. 오랜 번민 끝에 광복은 마음을 다잡았다. 시간이 걸리더라도 가족을 구출하여 이 지옥같은 나라에서 벗어나겠다고 결심했다. 그는 자신에 대한 수색이 잦아질 때까지 우선 몸을 피하고 기회를 보기로 작정하고 개마고원으로 몸을 숨겼다.

경숙과 딸 둘을 태운 보위부 버스는 요덕수용소* 정문을 통과했다. 수용소와 바깥 세상을 가르는 담은 3-4m 정도의 높이였고, 그 위에 2-3m 높이의 전기 철조망이 처져 있다. 담을 따라서 감시탑이 있고, 어깨에 자동보총을 멘 경비병이 감시견과 함께 순찰을 돌았다. 담의 외곽에는 제법 물이 깊어 보이는 해자가 있는데, 물 속에는 못을 촘촘히 박아 놓은 널빤지가 깔려 있다고 한다. 이러한 5중, 6중의 봉쇄 속에서 수용자가 탈출한다는 것은 사실상 불가능하다. 경숙의 딸 둘은 수용소 내 학교 합숙소로 보내졌고, 경숙은 여자 수용시설에 배치되었다. 경숙이 배치된 수용시설에는 약 백여 명의 여자 수감자들이 있었는데, 이들은 체력에 따라 광산, 봉제 공장, 채소 농장, 돼지 농장에서 노역을 하고 있었다. 경숙은 돼지 농장에 배정되었는데, 남자 열 명, 여자 열 명의 수감자가 돼지 약 300 마리를 키웠다. 이 돼지들은 60kg 정도가 되면 수용소 밖으로 이송, 도축된다고 했다. 돼지 농장은 두 명의 감시병이 수감자를 감독, 감시하고 있었다. 중사 계급장을 단 상급자는 중간 키에 30대 초반으로 보이는 호남형이었고, 상급병사(병장) 계급장을 단 다른 병사는 작은 키에 깡마른 체구의 젊은이였다. 돼지농장에서 일하는 여자 일꾼 중 신옥이라는 14세 소녀가 있었다. 신옥은 오전에는 학교에 가고 오후에 농장으로 나와 노역을 했다. 학교 교원도 현역 군인인데 이들은 학생들을 성인 수감자를 대하듯 가혹하게 다뤘다. 김일성은 1972년 "계급의 적들은 3대에 걸쳐 그 씨를 말려야 한다."는 교시를 내려 련좌제를 법제화했으니, 수용소의 교원들에겐 학생들은 교육하고 교화하여야 대상이 아니라, 감시하고 통제하여야 할

* 함경남도 영흥군 요덕면에 위치한 요덕수용소의 정식 명칭은 15호 관리소인데, 완전통제구역과 혁명화구역이 함께 있다. 완전통제구역에는 약 3만 명, 혁명화구역에는 약 1만 5천명이 수용되어 있는 것으로 알려져 있다.

반역자의 씨앗일 뿐이었다. 혁명화구역 학교는 15세 이하 수용자를 대상으로 하는데 정치사상 과목이 주 교육내용이고 국어와 수학 등 노동에 필요한 기초 교육 정도만을 가르친다. 완전통제구역에는 학교가 없다. 수감자는 그곳에서 강제 노동에 시달리다가 죽으면 버려지기 때문에 그곳은 정치사상 교육마저 필요 없는 곳이기 때문이다. 신옥은 요덕수용소에서 태어나 그곳에서 자랐다고 했다. 일곱 살 때부터 어머니와 떨어져 아동 합숙소에서 살았고 그후로는 일년에 대여섯 번 정도 어머니와 만났는데 어머니가 2년 전에 죽었다고 했다. 신옥은 아버지가 누구인지 모른다고 했다. 그녀는 말이 없었고, 가끔 휑한 눈으로 허공을 응시했다. 그런 표정이 감시병에게 걸리면 일을 게을리한다고 가차 없는 매질을 당했는데도 그러한 표정이 고쳐지지 않았다.

　며칠 후 정애와 정희가 경숙을 찾아왔다. 딸들은 수용소 규칙 10개조를 완벽히 암송했다고 상으로 특별히 엄마 면회를 허용 받았다고 했다. 10개조는 1조부터 9조까지는 복종, 감시, 고발에 관한 세부 지침이었고, 제10조는 그러한 지침을 위반했을 경우 즉각 총살형에 처한다는 내용이었다. 며칠 만에 엄마를 만난 딸들의 얼굴에서는 웃음이 사라지고 두려움의 그림자가 드리워져 있었다. 그곳은 기쁨이 죄악인 곳이다. 그곳에서는 사랑, 자비, 가족이라는 단어는 의미가 없는 어휘이다. 여자 수용시설의 부엌에서 딸들을 위해 옥수수 죽을 끓이는 경숙의 심장은 갈갈이 찢어졌다. 딸들은 하루 밤을 엄마와 지내고 아침 일찍 학교 합숙소로 떠났다. 경숙은 누구에게도 내색할 수 없는 아픔을 가슴에 간직한 채 작업장으로 향했다. 돼지 우리는 비좁았다. 돼지는 살만 찌우면 되니 불필요한 운동을 할 수 없도록 일부러 비좁게 만들었다. 점심 무렵 돼지 우리의 구석에서 비명 소리가 들렸다. 경숙은 반사적으로 그곳에 뛰어갔다. 수용소 내에서 무자비하기로 이름난 상급병사가 눈에 핏발을 세우고 신옥을 몽둥이로 때리고 있었다. "이 쌍간나 새끼, 그렇게 말해도 아이 듣는가? 맨날 무시기 멍청한 생각을 하며 게으름 피우니?" 신옥은 이미 머리에서 피를 흘리고 있었다. 경숙은 그 광경을 물끄러미 쳐다볼 수밖에 없었다. 공연히 끼어들다가 매질의 불똥이 자신에게도 튈 것이 분명했기 때문이었다. 그때 중사 계급장을 단 상급자가 끼어 들었다. "적당히 하라우. 그렇게 패다가 죽으면 니가 책임질 거야?"라며 젊은 병사를 나무라면서 경숙을 힐끗 쳐다보았다. 경숙은 '이곳에도 인간미가 조금이라도 남아 있는 사람이 있기는 있구나.' 하는 생각이 들었다. 그날 밤 합숙소에서 경숙은 신옥의 찢어진 머리 가죽을 우물 물로 씻기고 깨끗이 빤 헝겊으로 머리를 싸매 주었다. 이틀이 지났다. 저녁식사 후 반 시간 동안의 휴식 시간에 신옥이 경숙에게 슬그머니 다가왔다. 둘은 수용시설 숙소 입구 상수리 나무 아래에 앉았다. 신옥이 어렵게 입을 열었다. "그제 밤 고마웠씨여." 경숙은 놀랐다. 수용소에서 태어나서 자란 신옥의 입에서 고맙다는 말이 튀어나온 것이 의외였다.' 경숙이 말을 이었다. "누가 나를 돌봐준 게 처음이었씨유. 어머니도 날 내팽겨 쳤씨유." 경숙은 아무 말 없이 신옥을 가볍게 안아 주었다.

돼지 농장의 일꾼은 10개 조로 편성되었는데 남자 한 명과 여자 한 명이 한 조를 이뤄 약 30마리씩 사육을 맡았다. 경숙에게는 우리 청소와 여물을 주는 일이 맡겨졌고, 남자 일꾼은 여물 운반과 돼지 몰이 등 근력이 필요한 일을 하게 했다. 경숙은 처음에는 돼지 오물의 악취가 역겨웠으나 며칠이 지나자 그 냄새에 거의 무감각해졌다. 그녀는 왼손 엄지 손가락의 통증을 참아가며 오물을 치웠다. 고문으로 손톱이 빠진 엄지 손가락이 곪아가는 것 같았다. 경숙은 처음 며칠 동안은 새로운 일에 적응하느라 온 정신을 빼앗겼지만 일이 손에 익어 갈 무렵부터 누군가 자신을 주시하고 있다는 느낌을 받았다. 그녀는 감시병 두 명 중 상급자가 끊임없이 자신을 관찰하고 있음을 느꼈다. 며칠 동안 계속 그의 시선을 의식하면서 경숙은 그가 자신에게 보내는 눈길은 죄수에 대한 감시의 눈길이 아니라 마음에 드는 여자에 대한 호기심인 것 같다는 생각이 들었다. 아니면 단지 욕정을 발산할 대상을 찾는 수컷의 두리번거림일 수도 있다는 생각도 들었다. 그날 저녁 그 감시병은 아무 말없이 경숙에게 검은 비닐 봉지를 슬며시 던져 주고 자리를 떴다. 소독약과 약솜이었다. 경숙은 그가 손톱이 빠진 자신의 엄지 손가락이 곪아가고 있다는 것을 알고 있었다는 사실에 놀랐다. 경숙으로서는 보위부에 잡혀 온 이후 처음으로 받아 본 타인의 호의였다. 또 며칠이 지나자 그는 자신의 이름이 민영기라고 소개하며 경숙에게 말을

• 북한에서는 상대방에게 고맙다는 말을 거의 하지 않는다. 고마움을 인정하는 순간 그것은 언젠가는 갚아야 할 빚으로 남기 때문이다. 고난의 행군 시기에 외부세계와 한국이 엄청난 물량의 인도적 지원을 했지만, 김정일 정권은 단 한번도 그들에게 감사 표현을 한 적이 없다. 그들은 외부세계의 지원을 '보급 투쟁에서 승리해 당당히 쟁취한 전리품'으로 생각했고, 그러한 생각은 지금도 변함이 없다.

걸기 시작했다. 경숙은 영기의 접근이 두렵지 않았고 싫지도 않았다. 그가 자신에게 바라는 것이 단지 육체적인 욕구를 채우고자 하는 것일 지라도 자신을 수용소 내에 여기저기 굴러다니는 나무 토막으로 여기지 않고 사람으로, 여자로 여기는 것이 오히려 낫다는 생각이 들었다. 그녀에게 지금 이곳에서 필요한 것은 자신과 두 딸들을 보호해 줄 수도 있는 바람막이였다. 경숙은 현 상황 하에서는 민영기 중사가 그녀가 필요로 하는 바람막이가 될 수 있다고 생각했다. 그녀는 '정숙한 여자 경숙'이라는 자신의 믿음이 허물어져 가고 있다는 생각이 들었지만 그러한 자신을 힐책하고 싶지 않았다. 그녀는 자신의 마음이 흔들리는 것은 자신과 딸들을 이 지경으로 몰아넣은 남편 광복의 탓이라고 생각하며 스스로를 합리화했다.

태양이 중천에 머물렀다. 몇 시간 산비탈을 내려오다 보니 철민의 온몸은 땀에 젖었다. 그때 최 씨가 산비탈 아래를 가리키며 손가락질했다. "저거 집 아니요?" 통나무 집이었다. 일행은 그 집으로 향했다. 멀리서 콩밭 매는 아낙네의 모습이 보였다. 그녀는 인기척을 느꼈는지 일행 쪽으로 고개를 돌렸다. 일행과 눈이 마주치자 그녀는 황급히 도망쳤다. 그녀의 뒤로 영애와 영석 또래의 사내 아이 둘이 아낙을 쫓아 뛰었다. 철민은 그 통나무 집은 아이들과 부상당한 젊은이가 쉬어갈 수 있는 더 없는 안식처라는 생각이 들어 무작정 그 집으로 향했다. 집은 통나무와 판자를 나무 넝쿨로 엮어 놓았는데 판자가 삭은 것을 보니 오래 전에 지었던 것 같았다. 싸리 나무로 엮은 울타리 문을 열고 마당 안으로 들어서자 역한 냄새가 풍겼다. 돼지 우리에서 암퇘지 한 마리, 수퇘지 한 마리, 새끼 돼지 다섯 마리가 꿀꿀거렸다. 방목하는 염소 세 마리도 눈에 띄었다. 판자로 엮어 만든 방문이 슬며시 열리더니 노인 두 사람이 겁 먹은 표정으로 일행을 바라보다가 아이들이 동행한 것을 보고는 경계심을 푸는 것 같았다. 최 씨가 혜산으로 가는 길에 차가 고장이 나서 길을 헤매다가 여기까지 왔다고 했다. 할머니가 부상당한 명수를 보더니 방으로 들어오라 했다. 방은 비좁았지만 온돌이 있어 부상당한 몸을 치유하기에는 좋을 것 같았다. 명수는 방에 눕자 마자 잠이 들었고 할머니는 아궁이에 장작불을 떼어 구들장을 데웠다. 해질 무렵 사내 아이들의 아버지가 귀가했다. 그의 등짐에는 버섯과 약초가 가득했다. 처음에 경계의 눈빛을 보이던 그도 아이들을 보더니 어느 정도 경계심을 푸는 것 같았다. 그는 삼지연 협동농장에서 일했었는데 분배가 줄어 들어 그것만으로는 도저히 부모와 처자식을 먹여 살릴 수 없어서 3년 전에 이곳으로 도피하여 화전을 일구고 산다고 했다. 간혹 버섯과 약초를 캐어 리명수 읍에 나가 되거리 장사꾼(중간상인)에게 넘기고 생필품을 구입한다고 했다. 지금 살고 있는 통나무 집은 20여년 전 고난의 행군 시절에 그의 부모 즉 함께 있는 노인 두 분이 피신해서 화전을 일구며 살았던 집이라고 했다.

할머니는 손님 접대를 위해 보리밥을 짓기 시작했다. 미옥이 평양 집을 나올 때 가져온 쌀 포대를 할머니에게 내밀었다. 할머니는 쌀 구경한 지 오래 되었다며 밝은 표정을 지으면서 쌀을 씻었다. 그리고는 막 끓기 시작한 보리밥에 씻은 쌀을 한 바가지 부어 넣었다. 미옥은 사내 아이들에게 빵 몇 개를 주었다. 아이들은 빵을 단숨에 모두 먹어 치워 버리고는 더 없냐는 듯이 미옥의 얼굴을 쳐다보았다. 아이들은 단 것을 처음으로 맛보는 것 같았다. 미옥은 아이들에게 사탕 몇 개를 쥐어 주었다. 최 씨가 마당에 천막을 쳤다. 그날 밤 노인 부부는 건넌 방으로 옮겨 아들 부부와 손주들과 함께했고, 안방은 철민 가족의 차지가 되었다. 철민과 최 씨는 다시 한번 마당에 천막을 치고 잠을 청했다. 다음날 아침 철민은 그 집 가족들과 작별하며 아낙의 손에 마오쩌둥 초상이 그려져 있는 붉은 색 백 위안짜리 인민폐 다섯 장을 쥐어 주었다. 아낙의 눈이 휘둥그레 졌다. 명수는 하룻밤 사이에 어느 정도 원기를 회복했다. 철민은 역시 젊음은 다르다고 생각했다. 그는 피가 말라붙은 군복을 벗어 놓고 그 집 아이들 아버지의 낡은 작업복을 얻어 입었다.

별이 되어

명수가 자신이 길잡이를 하겠다고 자청했다. 그는 그 지역에 몇 번 훈련을 나온 적이 있어 길을 안다고 하며, 자신도 중국으로 탈출하겠다고 했다. 산비탈을 타고 맑은 물이 세차게 흘러내렸다. 물은 바위에 부딪히며 무지개를 만들었다. 일행은 냇물을 따라 내려 갔다. 멀리 압록강이 보였다. 강둑에는 순찰을 도는 인민군 병사들이 띄엄띄엄 눈에 뜨였다. 명수는 강폭이 좁은 지역을 안다고 하며 일행을 안내했다. 양안의 강둑은 1-2m 높이였고, 강폭은 족히 20m는 되어 보였다. 수심도 만만치 않아 보였다. 일행은 강에서 약 200m 떨어진 숲 속에 자리를 잡고 어두워질 때까지 기다리기로 했다. 어둠이 찾아왔다. 명수가 앞장서고, 그 뒤에서 미옥이 영애의 손을 잡고, 철민은 영석을 업고, 강을 건너기 시작했다. 최 씨가 맨 뒤에서 따라왔다. 다행히 수심은 어른 키를 넘지 않는 것 같았다. 음력 보름의 달빛이 야속하게도 그들을 환하게 비췄다. 강을 반쯤 지나 수심이 깊어질 무렵 등뒤에서 날카로운 호루라기 소리와 함께 "섯. 섯. 섯."하는 고함소리가 들렸다. 그들은 정신없이 물속을 헤쳐 나갔다. 강바닥이 발바닥에 닿으면 걷고, 수심이 한 길을 넘으면 헤엄치며 앞으로 전진해 나갔다. 그때 총성 한 발이 밤하늘을 갈랐다. 경고 사격인 것 같았다. 그들은 머리를 물속에 처박고 계속 앞으로 돌진했다. 곧이어 자동보총의 연속 사격이 시작되었다. 그들은 총알이 빗발치는 가운데 물 속에서 숨을 참으며 계속 나아갔다. 총소리가 잦아 들었다. 발바닥이 땅에 닿았다. "중국 땅이다." 그들은 강둑을 기어 올라가기 시작했다. 강 건너편에서 그들에게 퍼붓는 욕설이 들려왔으나 인민군들은 더 이상 총을 쏘지는 않았다.

그들은 강둑 위에서 몸을 추슬렀다. "엄마!" 영애가 비명을 질렀다. 미옥이 피를 흘리고 있었다. 강물에 젖은 그녀의 옷이 검붉은 피로 물들고 있었다. 복부 두 곳에서 선혈이 솟고 있었다. 철민은 가방에서 젖은 수건을 꺼내 상처 부위를 지혈한 다음 내의를 찢은 헝겊으로 미옥의 배 전체를 꽉 휘감았다. 미옥이 얕은 신음 소리를 내고 있었다. 철민은 미옥을 둘러 메고 강둑을 내려왔다. "아, 미옥이가 이렇게 가벼웠던가? 여보! 당신 살아야 해. 살아야 해. 애들이 있잖아." 철민은 절규했다. 최 씨는 울고 있는 영애와 영석을 달래가며 철민의 뒤를 따랐다. 명수가 최 씨에게 자신의 자동보총을 물

• 북한 군인들은 "섯, 섯, 섯," 하고 정지 구호를 세 번 외쳤는데도 상대방이 대답이 없거나, 움직일 때에는 즉각 발포하라고 명령을 받고 있다고 한다. 탈북 군관에 의하면, 2008년 금강산 우리 관광객에 대한 총격 피살 사건은 관광객이 정지 신호를 무시하여 벌어진 단순 사고라는 것이 북한군의 주장이라 한다.

속에 빠뜨렸다고 속삭였다. 최 씨는 명수의 철없는 말에 그를 물끄
러미 바라보다가 이제 총이 필요 없을 것이라고 했다. 철민의 등에
업힌 미옥이 무엇인가 웅얼거렸지만 철민은 그 말을 알아들을 수
가 없었다. 곧 오솔길이 나타났다. 퇴비를 가득 실은 소가 끄는 수
레가 보였다. 철민은 소 끄는 농부에게 마을 병원으로 가자고 사정
하며 백 위안 자리 두 장을 손에 쥐어 주었다. 농부는 퇴비를 길 옆
에 버리고 일행을 우차에 태운 후 채찍으로 소의 걸음을 재촉했다.

　동관촌이라는 마을에 도착했다. 멀리 병원 표시의 적십자가 보
였다. 시골 마을 치고는 꽤 큰 병원으로 보였다. 철민은 농부에게
빨리 가자고 재촉했다. 그때 최 씨가 망설이다가 입을 열었다. "총
상 환자를 데려가면 병원에서 공안에 신고할 터인데, 그러면 탈북
자임이 발각될 것이고, 공안은 요즈음 탈북자를 예외없이 조선으
로 넘긴다고 합니다." 철민이 "그러면 어찌하면 좋겠소?" 라고 물었
다. 최 씨가 "조금 작은 개인 병원을 찾아봅시다. 그곳 의사를 잘 구
슬리면 공안에 신고 안하고 넘어 갈 수도 있지 않을까요?"라고 조
심스럽게 대답했다. 철민은 내키지 않았지만 그의 말을 따르는 수
밖에 없었다. 수소문 끝에 겨우 마을 외곽에 있는 작은 의원을 찾
았다. 의사가 한 명 밖에 없을 것 같은 조그마한 의원인데 간판에
"내과, 외과, 소아과, 산부인과"라고 써 있는 것을 보니 전문의가
아닌 일반의가 개업하는 의원인 것 같았으나 어쩔 수 없었다. 백발
이 성성한 의사가 미옥의 상태를 보더니 간호사에게 빨리 수술 준
비를 하라고 재촉했다. 미옥이 깨어났다. 그녀는 울고 있는 아이들
의 손을 양 손으로 잡으며 힘겹게 얘기했다. "미안하구나. 이제 엄

마는 너희들을 보살펴 줄 수가 없을 것 같아…… 그렇지만 엄마는 별이 되어 하늘에서 너희들을 지켜 볼 거야…… 예쁘고 씩씩하게 자라야 해…… 여보, 아이들을 부탁해……" 아이들의 울음보가 터졌다. 그리고 그녀는 수술실로 옮겨졌다. 철민은 대기실에서 아직도 흐느끼는 영애와 영석의 손을 꼬옥 잡고 미옥이 다시 일어나 주기를 기원했다. 아이들이 보고 있어서 울 수는 없었지만 철민은 '다 내 탓이야. 다 내 욕심 때문이야.'라고 속으로 절규했다. 두 시간 후 수술실 문이 열렸다. "최선을 다 했지만 상처가 깊고 출혈이 많아 어쩔 수 없었습니다." 의사가 말했다. 아이들이 다시 울음을 터뜨렸다. 철민은 억장이 무너졌다. 노 의사가 큰 병원에 부탁하여 앰뷸런스를 빌렸다. 그들은 그 앰뷸런스로 미옥의 시신과 함께 옌벤으로 향했다. 화장장에 도착했다. 최 씨의 수완으로 당국에서 발급하는 허가증 없이 화장 절차를 진행할 수 있었다. 미옥의 시신이 불구덩이로 들어갔다. 미옥이 재로 변해 가고 있었다. 철민은 미옥의 영혼마저 태워버린다는 생각에, 아이들 앞이라 참고 참았던 울음을 결국 터뜨렸다. '이 죄를 다 어찌할꼬……'

철민은 미옥의 분골(粉骨)을 흐르는 두만강 물 위에 뿌렸다. 영애와 영석은 한 움큼 흰 철쭉 꽃잎을 작은 두 손에 담았다. 영애는 손바닥을 간지럽히는 촉촉하고 부드러운 꽃잎에서 엄마의 손길을 느꼈다. 영애가 흰 꽃잎 한 움큼을 엄마 위에 뿌리며 "엄마, 잘 가." 하고 작별인사를 하다가 울음을 터뜨렸다. 누나를 따라 꽃잎을 뿌리던 영석도 결국 흐느꼈다. 흰 꽃잎들이 물살에 흩어지며 흘러내렸다. 두 아이의 애절한 울음 소리가 철민의 가슴을 찢었다. 미옥의 육신이 바다로 떠내려 갔다. 천진스럽게 웃는 미옥의 얼굴이 물 안개 속에서 피어올랐다. 색동 족두리를 머리에 쓰고 분홍 저고리와 옥색 치마를 입은 미옥이었다. 혼례 날 수줍어하던 미옥의 모습이다. 양 볼이 발갛게 달아오르면서 미소 짓는 미옥의 순박한 모습이다. 철민은 이 세상을 떠나는 미옥과 엄마 잃은 아이들은 가족과 함께 살고 싶다는 자신의 욕심이 저질러 놓은 애꿎은 희생 제물이라는 생각에 가슴을 쥐어 짰다. 그는 물안개 속에서 흩어지고 있는 미옥의 얼굴을 가슴에 묻으며 그녀를 위해 기도했다. '그래. 미옥아, 당신은 돌아오지 않는 물결을 타고 먼 바다로 가고 있구나. 이제 이 이승의 무거운 짐을 벗어버리고 훨훨 날아가세요. 매미가 허물을 벗듯이 속세의 껍질을 벗어 버리고 새로운 옷으로 갈아 입으세요. 당신의 영혼은 하늘나라로 가지만 그것은 새로운 출발, 새로운 싹을 트이기 위한 휴식이에요. 그곳에서 편히 쉬다가 우리 다시 만나요."

백낙준 소좌가 장 사령관의 집무실에 황급히 들어왔다.

"량강도 보위부의 보고입니다. 그저께 밤 8시경에 성인 남자 3명, 성인 여자 1명, 인민학교 아동으로 보이는 아이 2명이 삼지연시 근처의 압록강 국경을 넘어 도주했다고 합니다. 경비병이 자동보총을 수십 발 발사했는데 명중시키지는 못한 것 같다고 합니다. 여자와 아이들 2명이 있다면 일단 미옥 씨 가족으로 추정해 볼 수 있을 것 같습니다만." 장수일은 긴장했다.

"총 맞은 사람이 없는 것은 확실해?"

"모두 강을 건넌 것은 확실한데 총을 맞았는지 여부는 확인하지 못했습니다."

"삼지연 건너편에 중국 마을이 있어?"

"확인해 보겠습니다."

"량강도 보위부에 연락해서, 국경 건너편에 있는 중국 마을들을 샅샅이 뒤지라고 해. 물론 중국 공안들에게 들키지 않도록 은밀히 움직이라고 해. 일행 중 총 맞은 자가 있을지 모르니까 병원부터 뒤지라고 해. 그리고 옌지에 있는 우리 직할 회사에 연락해서 보위부하고는 별도로 수색하라고 해. 그리고 백 소좌, 너는 지금 당장 옌지로 가서 우리 요원들과 합류하여 현장을 확인하도록 해. 만약 그들이 미옥이 일행이라면 미옥이와 아이들을 안전하게 데려오는 것이 너의 첫번째 임무야. 강철민이 있다면, 잡아와. 여의치 않으면 현장에서 사살해도 무방해."

"예, 알겠습니다. 바로 출발하겠습니다."

백 소좌가 나간 후 장수일은 양 손을 모은 채 미옥과 손주들이 무사하기만을 빌었다.

철민은 최 씨가 단골로 드나든다는 여관에 여장을 푼 다음 날 최 씨에게 쓸만한 중고 밴을 구입하라고 돈을 주면서 그간 생사고락을 함께한 데 대한 고마운 마음을 전했다. 최 씨는 미옥의 죽음이 떠올랐던지 잠시 머뭇거리다가 돈을 받으면서 철민에게 도울 일이 없느냐고 물었다. 철민은 영애와 영석의 위조 중국 여권을 만들어 줄 수 있는 방법이 있겠냐고 물으며 그의 반응을 살폈다. 최 씨는 쉽지는 않겠지만 불가능하지도 않을 것이라 하면서, 남조선에 들어가면 자신의 부탁도 들어달라고 했다. 최 씨는 5년 전 장남이 탈북하여 그를 찾아 옌볜을 드나들다가 거기에 사는 친척들을 통하여 장사를 하게 되었다고 했다. 그는 아들이 우여곡절 끝에 남조선에 정착했다는 말을 들었는데 아직 연락이 닿지 않는다고 했다. 그는 아들의 이름과 생년월일, 자신의 휴대전화 번호를 기재한 쪽지를 철민에게 주면서 남조선에 가면 꼭 아들을 찾아 달라고 간곡히 부탁했다. 또한 아들을 찾으면 자신에게 꼭 연락하라는 말을 전해 달라고 당부했다.

아이들은 점차 아버지와 친밀해졌으나, 그들의 얼굴에는 진한 그림자가 드리워져 있었다. 에이미가 세상을 떠난 후 철민은 미옥, 영애, 영석을 미국으로 데려와 온 가족이 다 함께 살겠다는 꿈을 꾸면서 절망에서 벗어날 수 있었다. 그러나 미옥의 죽음은 철민의 꿈을 산산이 부숴버렸다. 철민에게 김가네 집단의 공포정치는 이제까지 남의 일로 여겨졌었다. 철민은 자신이 김씨 왕조라는 거대한 괴물의 부속품의 하나라는 것을 느끼면서도 부속품이기에 그 체제가 주는 보호막 속에서 주변 일에 신경 쓰지 않으면서 덤덤하게 살아 갈 수 있다고 생각했었다. 그러나 미옥의 죽음으로 그의 삶의 지향이 서서히 바뀌기 시작했다. 그는 안락한 삶을 뛰어 넘는, 삶의 의미를 찾을 수 있는 일을 해야겠다고 다짐했다. 그것이 미옥에게 속죄하는 하나의 방법이 될 수 있다는 생각도 들었다. 철민은 그 일이 무엇인지는 아직 잘 모르겠지만, 그 일을 하기 위해서는 미국보다는 남조선에 가야한다는 생각이 들었다. 아이들의 장래 문제도 그가 한국 행을 결심하게 된 또 다른 이유였다. 미국이 말로는 기회 평등의 나라라고 하지만, 그는 미국 사회에는 겉으로는 잘 드러나지 않지만 뿌리 깊은 인종 차별이 있다는 것을 실감했었다. 그러한 사회에서 영애와 영석이 미국 주류 사회의 일원으로 성장할 수 있을 것인지가 의문이었다. 철민은 결심했다. '그래, 한번 부딪혀 보자. 남조선으로 가자.'

명수가 조심스럽게 철민에게 말을 붙였다. 그는 함흥 교외의 농촌 마을이 고향인데 3개월 전에 입대했다고 했다. 입대 직전 함흥은 굶주림이 전 도시를 휩쓸었다고 했다. 명수는 자신이 겪었던 사연을 철민에게 털어 놓았다. "영하 20도를 오르내리는 추운 날씨였어요. 마을 인민위원장이 갑자기 마을 사람 전체를 학교 운동장에 집합시켰어요. 저는 어머니와 함께 운동장에 갔었죠. 운동장 구석자리에 크고 긴 말뚝 세 개가 설치되어 있었고, 세 명의 사형수가 온몸이 꽁꽁 묶인 채 검은 벙거지를 머리에 뒤집어쓰고 있었어요. 사형을 집행하는 사람들은 죄수들의 가족을 사형 말뚝에서 제일 가까운 앞 줄에 세워 처형장면을 지켜보게 했죠. 인민위원장이 그들의 죄를 낭독했죠. 그 중 한 사람은 전깃줄을 잘라 팔아먹었고, 다른 사람은 협동농장의 돼지를 잡아먹었고, 또 다른 사람은 종자용옥수수를 훔쳐 먹었다는 거예요. 그 사람들은 마을의 전체 인민이 보는 가운데 총살형을 당했고 몸통이 반 토막 나버린 그 시체들은 가마니에 둘둘 말려 어디론가 사라졌어요. 가족들이 시신마저 가져가지 못하게 한 것이죠. 어머니는 그 다음날 마을에서 가깝게 지내던 당원에게 통사정하여 나이 어린 저를 인민군에 입대시켰어요. 그것이 제가 굶어 죽지 않을 수 있는 유일한 방법이라고 판단하신 거죠. 그런데 열흘 전에 어머니가 돌아가셨다는 얘기를 들었어요.

굶어 죽었거나 병들어 죽었겠지요. 어머니의 시체가 길거리에 버려져 있을 것이라는 생각이 갑자기 들었어요. 저는 어머니를 땅 속에 묻어 드리겠다는 생각 하나로 무작정 탈영했죠. 그러다가 저를 쫓던 같은 부대원들의 총에 맞고 쓰러져 있는 것을 아저씨가 구해주신 거예요.”

명수는 눈물을 글썽이며 말을 이어 갔다. “아버지는 제가 걸음마를 할 무렵에 돌아가셨다고 해요. 형과 누나가 한 명씩 있는데 몇 년 전에 뿔뿔이 흩어져 이제는 행방조차 몰라요. 그러니 이제 제가 조선에서 살아야 할 아무런 의미가 없어요. 중국에 머무르려 해도 중국말을 전혀 모르고, 또 요즈음 중국 공안이 탈북 조선인들을 잡으면 무조건 조선으로 넘긴다고 하니 너무 무서워요. 저를 남조선으로 데려가 주세요. 염치없지만 한번 살려주신 목숨 또 한 번 살려 주세요. 제가 살아 있는 한 그 은혜에 보답할 것을 약속할게요.” 철민은 열 일곱 소년의 겁먹은 눈빛에서 공포를 읽었다.

백 소좌로부터 미옥의 죽음을 보고 받은 장수일은 제대로 몸을 가누지 못한 채 창가에 기대어 창 밖을 응시했다. 남쪽에서 돌아온 제비 떼들이 흑룡산 기슭을 뱅뱅 돌고 있었다. 그는 백 소좌에게 “나가 있어.” 라고 낮은 목소리로 말했다. 10년 전에 죽은 아내와 미옥의 얼굴이 파노라마처럼 스쳐 지나갔다. 그는 두 볼에 흐르는 눈물을 닦지 않았다. ‘이제 나에게 남은 것이라곤 영애와 영석이 뿐이다.’ 생각이 손주들에게 미치자 그는 다시 마음을 다 잡았다. 책상에 앉아 한 시간 여를 숙고하던 그는 무엇인가를 결심했다. ‘그래, 1년 내로 끝내자. 그런데 그 일에 착수하기 전에 마무리 지을 일이 있지.' 그는 비서실장 이 대좌를 불렀다. "백낙준 소좌를 군사 재판에 회부시켜. 죄명은 장미옥에 대한 통행증 무단 발급이야. 이 대좌 판단에 따라 다른 죄를 추가하여도 좋아."

탈출

　흰색 중국산 중고 밴을 구입하여 바삐 돌아다니던 최 씨는 밤 늦게 여관으로 돌아와 위조 여권을 만들어 줄 사람을 찾았다고 철민에게 우쭐거렸다. 위조 여권은 분실 여권에 있는 사진을 없애고 그 자리에 새 사진의 얼굴을 교묘한 방법으로 넣는다고 했다. 그는 브로커가 여권 한 매에 2천 달러를 요구했다고 했다. 철민이 고개를 끄덕였다. 철민은 최 씨에게 명수의 여권도 부탁했다. 철민은 영애, 영석, 명수를 사진관에 데려가 여권용 사진을 찍어 최 씨에게 주었다. 이틀 후 철민은 최 씨와 함께 브로커를 만나 6천 달러를 지불하고 위조 중국 여권 3매를 받았다. 그 다음 날 아침 최 씨가 심각한 얼굴로 철민을 찾았다. 그는 보위사령부가 운영하고 있는 옌지 무역회사 직원들이 미옥이 수술했던 동관촌에 있는 의원을 찾아내어 의사에게 미옥의 죽음을 확인했다는 소식을 들었다고 했다. 철민은 자신들에게 총격을 가했던 압록강 국경경비대의 보고를 받고 보위사령부가 미옥 일행을 찾아 나섰을 것이라고 추측했다. 그는 당장 공항으로 향했다. 철민과 영애, 영석 그리고 명수는 최 씨와 작별 인사를 하고 상하이 행 여객기를 탔다. 헤어지기 직전 최 씨는 철민에게 자신의 큰 아들을 꼭 찾아봐 달라고 재차 간곡히 부탁했다. 미국 국적의 철민과 위장 중국 국적의 영애, 영석, 명수는 상하이 주재 대한민국 총영사관에서 입국 비자를 받고 서울 행 대한항공 기에 몸을 실었다. 비행기 안에서 철민은 키드먼 여사에게 큰 빚을 지었다는 생각에 마음이 무거웠다.

경숙은 4개월 동안 정애와 정희를 세 번 만날 수 있었다. 아이들이 야위어 가는 것이 마음 아팠으나 그보다 경숙을 더 고통스럽게 한 것은 아이들의 얼굴에서 웃음이 사라지고 겁에 질려 있는 표정이었다. 신옥의 멍한 표정은 고쳐지지 않았고, 세상만사에 관심이 없다는 듯이 처신하는 그녀는 여자 숙소에서 없는 존재처럼 취급당했다. 경숙은 그러한 신옥을 애틋한 마음으로 보살폈다. 그러한 마음이 전해졌던지 신옥도 가끔 경숙에게 속 마음을 털어 놓곤 했다. 어느 날 신옥은 혼자 가슴앓이를 하던 그녀의 비밀을 경숙에게 털어 놓았다. 신옥의 엄마는 죄수 중에서 발탁되어 농장 관리인으로 일했었는데 농장을 감시하는 임무도 있고 해서 농장 한가운데에 지어놓은 오두막 집에서 혼자 살았다고 했다. 2년 전 봄에 신옥은 몇 달 만에 엄마의 집을 찾았는데 문에 들어서려고 하는 순간 웅글은 남자 목소리가 나서 문 뒤에 몸을 숨기고 둘의 대화를 엿들었다. 놀랍게도 엄마와 사내는 수용소를 탈출하는 계획을 의논하고 있었다. 더욱 놀랐던 것은 사내의 얼굴이 자신과 매우 닮았다는 사실이었다. 신옥은 놀란 가슴을 진정시키면서 학교 합숙소로 되돌아갔다. 가는 길에 그녀의 놀라움은 분노로 변했다. 자기를 버리고 사내와 단둘이 도망치려 하는 엄마를 도저히 용서할 수 없었다. 만일 그 남자가 자기 아버지라면 더 더욱 용서할 수 없었다. 딸을 버리고 자기네들만 내빼겠다고 하는 놈, 년들은 이 세상에서 사라져야한다고 생각했다. 그녀는 담임 선생에게 엿들은 말을 그대로 고했다. 엄마와 사내는 3일 동안 고문을 당한 후 수백명이 보는 앞에서 총살형에 처해졌다. 신옥은 검은 천으로 눈을 가린 채 온몸에 피를 흘리며 파르르 떨며 죽어 가던 엄마의 마지막 모습이 머리 속에서 지워지지 않는다고 말하다가 결국 울음을 터뜨렸다. 그녀의 통곡은 에미를 찾아 애처롭게 울부짖는 새끼 짐승의 애처로운 울음 소리와 같았다.

요덕수용소에 여름이 찾아왔다. 괴괴한 그믐 달빛에 의지하여 두 사람은 옥수수 밭을 지나 떡갈나무 숲으로 들어 갔다. 구름 한점 없고 공해의 흔적이 전혀 없는 청정 공기이다 보니 별빛이 달빛보다 더 밝았다. 경숙과 영기는 지난 몇달 동안 남들의 눈을 피할수 있는 곳이라면 옥수수 밭, 오두막, 숲 속을 가리지 않고 그들만의 장소를 찾아 헤맸다. 그들은 떡갈나무 잎을 모아 바닥에 깔고 한 꺼풀 밖에 안되는 허물을 벗고 몸을 섞었다. 그들은 어느새 서로의 몸에 익숙해졌다. 거친 숨소리가 잦아 들자 경숙이 입을 열었다. "이제 때가 되지 않았나요? 더 이상 이곳에서 견디기 힘들어요. 저도 저이지만 아이들이 나날이 여위어 져 가는 것을 보면 가슴이 메어지는 것 같아요." 영기가 경숙을 지그시 바라보며 무엇인가를 결심한 듯한 표정을 지으며 입을 열었다. "그렇지 않아도 계획을 세워 놓았어. 닷새 후 그러니까 9·9절* 밤에 탈출해. 그날은 경축일이어서 학교에서도 아이들의 부모 방문을 허용하기로 했다 하더군. 오후에 아이들을 당신의 숙소로 보낼게. 또, 그날은 체육대회가 있어서 관리소가 다른 때 보다 어수선해질 것이야. 밤 11시경에 애들과 함께 후문으로 가. 내가 철문을 열어 놓을게." 경숙이 깜짝 놀라며 물었다. "보초병이 있는데 어떻게 문을 열어 놓는다는 말이예요?" "내가 알아서 할 테니까 걱정 마. 그리고 탈출 후 몸을 숨길 장소를 알려 주겠소. 그곳에서 한달 정도 머물도록 해. 한 달 후면 내가 군에서 제대하니까 그때 그리로 찾아 갈게. 우리 여생을 함께 보냅시다. 내가 정애, 정희의 좋은 아버지가 되어 주겠소." 경숙은 말문이 막혔다. 그러나 그때, 그곳에서는 경숙에게 영기가 유일한 희망이었기 때문에 그녀로서는 영기의 계획에 자신과 아이들의 목숨을 맡길 수밖에 없었다. 영기는 5년 전 결혼했는데 결혼 후 일년 지나지 않아 아내가 폐결핵으로 세상을 떠났다고 했다. 그는 홀애비로 지내던 차에 수용소에 들어온 경숙에게 첫 눈에 반해 그녀를 유혹하고, 유인하여 남들의 눈을 피해가며 그녀와 성관계를 맺어 왔다. 그들의 관계가 지속되면서 영기는 경숙을 마음 속 깊이 사랑하게 되었다. 그는 경숙을 영원히 차지하기 위해 위험을 감수하겠다고 결심했다. 경숙도 자신에게 접근해 오는 그가 싫지 않았다.

그는 수용소 내에서 그녀를 사람으로 대접해 주는 유일한 인물이었고, 그가 자신을 진실로 사랑하고 있다고 느꼈기 때문이었다.

9월 초순 개마고원은 침엽수로 울창했다. 광복은 산에 들어온 지 4개월이 넘었으니 자신에 대한 수배령이 흐지부지되었을 것으로 판단했다. 산사람이 다 되어버린 광복은 가위로 수염을 깎고 산에 들어올 때 사두었던 깔끔한 옷을 챙겨 입었다. 바지가 헐거웠다. 제대로 먹지 못했더니 많이 여윈 것 같았다. 광복은 이른 아침에 그동안 몸을 숨겼던 움막집을 떠났다. 대낮인데도 함흥시의 풍경은 을씨년스러웠다. 잿빛 거리에는 인적이 드물었고, 공장의 굴뚝에서도 연기 한 줄기 나오지 않았다. 성천강변에는 간혹 널브러져 있는 시체들이 눈에 띄었다. 광복은 대기근이 심각하다는 것을 직감했다. 광복은 늦은 밤에야 이 씨의 집에 도착했다. 광복은 이 씨에게 어느 정도의 신뢰를 가지고 있었지만 그를 전적으로 믿지는 않았다. 보위부에서 잔뼈가 굵은 이 씨이기에 별로 죄책감을 느끼지 않고 자신을 배신할 수도 있을 것이라고 생각했다. 그러나 자신이 이 씨의 약점을 많이 쥐고 있어서 그가 쉽사리 배신할 수는 없을 것이라는 생각도 들었다. 광복은 이 씨와의 관계는 철저히 돈과 약점에 기반을 두어야 한다고 다짐했다. 광복이 이 씨의 집 문을 두드렸다. 현관문 열리는 소리가 들렸다. 광복은 일단 담장에 몸을 붙였다가 두리번거리는 이 씨를 보고 "이 동무, 나요."라며 그를 불렀다. 이 씨는 흠칫 놀라는 표정을 짓고는 광복에게 다가와 걷자고 했다. 이 씨는 보위부가 광복이 이미 조선에서 탈출한 것으로 판단하여 광복의 수배령을 거둬들였다고 알려주었다. 광복이 이 씨에게 자기가 목격했던 함흥 시내의 살벌한 풍경에 대해 말을 꺼내며 상황이 어떠냐고 물었다. 이 씨는 낮은 목소리로 현 상황을 설명했다. 작년에 알곡 생산이 형편없어서 연초부터 기근이 시작되었는데, 봄 가뭄이 심하여 보리, 밀, 감자, 고구마 농사도 다 망쳐 고난의 행군 시절 못지 않은 대기근이 전국을 휩쓸고 있다고 했다. 게다가 6, 7월에 계속된 장마 비로 인해 옥수수, 수수의 가을걷이도 최악일 것으로 예상된다고 했다. 특히 함흥은 외부로부터 농작물 공급이 안 되어 고난의 행군 때와 마찬가지로 인민들은 허리띠를 졸라매며 죽지못해 살아가고 있다고 했다. 그는 더욱 화가 치미는 것은 단동-신의주 철도로 들어오는 중국으로부터의 긴급 수입 물자에 곡식 이외에 평양 고위층을 위한 담배와 사치품이 들어 있다고 하며 언성을 높였다. 그 수입 곡식 마저도 모두 평양으로만 공급되기 때문에 다른 지역에서는 배급은커녕 장마당에서도 곡식을 찾아볼 수 없다고 흥분했다. 광복은 그 정도라면 국가의 보안 체계도 흔들리고 있을 것이라고 짐작했다. 광복이 입을 열었다. 4개월이 지났고 자신에 대한 수배도 해제되었으니 경숙과 딸들을 석방시키거나 탈출시키는 방법이 없겠냐고 물었다. 이 씨는 얼마간 뜸을 들인 후 보위부 지도원들도 3달 동안 급여를 받지 못하여 돈이 되는 일이라면 무엇이든지 저지르고 있다고 운을 뗐다. 광복이 이 씨에게 단도직입적으로 미화 8천 달러가 준비되어 있으니 그 돈으로 방법을 찾아보자고 제안했다. 이 씨의 눈동자가 흔들렸다. 이 씨는 평소 같으면 쉽지 않겠지만 상황이 상황이니만큼 가능한 방법이 있을 것도 같다고 했다. 그는 또 자신이 시 보위부의 부책임자가 되었다고 멋

적게 말했다. 둘은 사흘 후 저녁 여덟 시에 지난 번 만났던 시 교외의 버드나무 아래에서 다시 만나기로 하고 헤어졌다.

사흘 후 광복은 그 버드나무 아래에서 이 씨를 만났다. 이 씨가 일이 잘 풀리고 있다고 했다. 이 씨는 시 보위부 책임자를 꼬드겨 경숙과 딸을 요덕수용소에서 빼내어 준다면 3천 달러를 주겠다고 제안하여 그로부터 적극 협조하겠다는 언질을 받았다고 했다. 곧 이어 이 씨는 다른 보위원들의 입막음을 위해 돈이 더 필요하다고 했다. 광복은 돈이 더는 없으니 그것으로 해결해 보라고 간청했다. 이 씨는 난감하다는 표정을 지으면서 선금 4천 달러를 주면 닷새 후 저녁 여덟 시경에 그 버드나무 아래로 경숙과 딸들을 데려오겠다고 했다. 광복은 실로 꿰매 놓았던 점퍼 호주머니의 실밥을 풀어 철민에게 꾸었던 만 달러 뭉치를 꺼내어, 뒤로 돌아서서 4천 달러를 세어 이 씨에게 건네 주었다. 광복은 "만일 일을 그르친다면 당신과 당신 가족의 안위를 걱정해야 할 것이야."라고 이 씨를 협박하는 것도 잊지 않았다. 이 씨는 아무런 대꾸도 않고, 자신을 믿어 달라는 듯이 닷새 후 여덟 시에 이 장소로 경숙과 딸들을 데려오겠다는 약속을 반복했다.

닷새 후 광복은 약속 시간보다 일찍 그 버드나무 아래에 도착하여 주위를 살피면서 근처 수풀 속에 몸을 숨겼다. 조금 있으면 경숙과 딸들이 올 것이라고 생각하니 설레기도 했지만 그 보다 일이 잘못되었으면 어쩌나 하는 불안한 마음에 긴장을 늦추지 않았다. 여덟 시가 조금 지나 차량의 헤드라이트 불빛이 보였다. 광복은 마음을 졸이며 차량이 오는 방향과 그 주변을 살폈다. 서서히 다가오는 그 차량 이외에 별다른 기척은 없었다. 보위부 승용차였고, 운전석에 이 씨의 얼굴이 보였다. 그러나 차안에 다른 이의 기척은 없었다. 승용차가 정차하며 이 씨가 차에서 내렸다. 그가 상기된 표정으로 광복에게 말했다. "일이 이상하게 돌아 가고 있소. 김 동무 가족을 빼내려고 나흘 전 요덕관리소를 담당하는 보위 지도원에게 경숙과 애들의 동태를 살펴보라고 지시했는데 어제 연락이 왔소. 그저께 그러니까 9·9절 밤에 김 동무의 처와 딸들이 관리소에서 탈출했다는 거야." 광복은 기가 막혔다. "아니, 어떻게 그게 가능하단 말이오?" "관리소 내부에 도와준 자가 있었던 것 같소. 수용소 담을 넘는 것은 불가능하니 누군가가 철문을 열어주었다고 볼 수밖에 없소. 관리소에서 병사를 풀어 수색하고 있는데 이틀 동안 행방이 묘연하다고 하오. 수용소 밖으로 나와서도 아이 둘을 데리고 연기처럼 사라지는 것이 불가능하니 누군가가 도와주고 있는 것이 틀림없소." 이 씨의 설명에 광복이 다시 물었다. "그럼 이제 어찌 해야겠소?" 이 씨가 잠시 숨을 고르다가 대답했다. "김 동무 가족을 구해 주기로 한 약속을 지키겠소. 우리가 직접 찾아 나섭시다. 시 보위부 책임자에게는 며칠 다녀오겠다고 이미 허락을 받았소. 그에게 이미 천달러를 주었고, 일이 성사되면 2천 달러를 더 주기로 약속했소. 내일 아침 이곳에서 만납시다. 물론 김 동무도 저에게 한 약속을 지키시오." 그는 광복이 잔금 4천 달러를 주어야 하는 것을 재확인했다. "가족을 찾기만 한다면 물론 약속을 지킬 것이오." 앞 길이 꽉 막혔던 광복으로서는 이 씨의 제안이 하늘에서 동아줄이 내려온 것처럼 느껴졌다.

다음날 광복과 이 씨는 보위부 차량으로 요덕읍으로 향했다. 함흥에서 서쪽으로 가다가 산길을 따라 남쪽으로 달려 두어 시간 만에 요덕읍에 도착했다. 미리 연락을 받은 현지 보위 지도원이 이 씨와 광복을 영접했다. 이 씨는 그에게 광복을 평양에서 온 보위부 간부라고 소개했다. 현지 보위 지도원은 이 씨에게 수용소 자체 수색과 자신이 조사한 바에 의하면, 그들이 읍내로 들어온 흔적을 전혀 발견하지 못했으므로 깊은 산속으로 도주한 것으로 판단된다고 보고했다. 그는 수용소 탈출 흔적을 전혀 남기지 않은 것을 보면 내부 조력자가 있었던 것으로 보인다고 했다. 이 씨는 현지 보위 지도원에게 자신이 직접 조사할 터이니 수용소로 안내하라고 했다. 수용소 소장은 보위부 요원 세 명이 들이 닥치자 자못 긴장하는 표정이었다. 경계가 뚫린 것에 대한 책임 추궁이 두려웠던 것이었다. 이 씨는 죄수의 탈출에 대한 책임을 물으려는 것이 아니고, 그들을 찾아 평양으로 이송하는 것이 그들이 찾아온 목적이라 하며 소장을 안심시켰다. 그는 평양에서 그들을 소환한 이유는 자신도 알지 못한다고 소장이 묻지도 않은 말을 덧붙였다. 이 씨는 탈출 흔적이 없다면 내부에서 누군가 철문을 열어주었을 터인데 혐의점이 있는 자가 없냐고 물었다. 소장은 경숙을 주로 접촉하는 자는 돼지 농장의 감시병 두 명이기 때문에 그들에게 혐의점을 두고 있는데 그들이 딱 잡아 떼고 있고, 그들 중 누군가가 도왔다는 증거가 전혀 없으므로 내부 조사는 답보 상태이고, 병력을 풀어 요덕 읍내를 샅샅이 뒤졌는데 이렇다 할 흔적을 발견하지 못했다고 했다. 이 씨는 짐짓 심각한 표정을 지으면서 소장에게 자신이 직접 신문할 터이니 탈출 조력자로 의심되는 감시병 두 명을 소장실로 불러 달라고 했다.

먼저 최철식 상급병사가 소환되었다. 소장은 자신이 동석하는 것을 이 씨가 꺼리고 있다는 것을 알겠다는 듯이 슬며시 자리를 비켰다. 이 씨는 현지 보위 지도원도 내보내고 심문을 시작했다. 철식은 자신의 근무시간인 밤 10시에서 자정까지 초소 근처에 아무도 얼씬거리지 않았으며, 자정에 근무 교대를 할 때 교대자와 함께 철문이 잠겨 있는 것을 분명히 확인했다고 했다. 그의 숨결에서 중국산 백주 냄새가 풍겼다. "동무, 그날 초소 근무 중 술을 마셨지?" 철식이 펄쩍 뛰며 부인했다. 광복은 그의 말투와 몸짓이 지나치게 과장되어 있다고 느끼면서 도를 넘는 그의 반발에 그가 무엇인가를 숨기고 있음을 직감했다. "초소 근처 옥수수 밭에서 백주 빈 병이 발견되었어. 누구와 함께 술을 마셨지? 그날의 상황을 솔직히 말하면 술 마신 것을 문제 삼지 않겠어. 그러나 계속 거짓말을 하면 너의 상부에 보고하는 것은 물론이고 보위부 차원에서도 조치를 취할 것이야." 백주 빈 병이 발견되었다는 말은 이 씨가 넘겨 짚은 말이었으나 광복이 보기에 철식은 거기에 걸려 든 것 같았다. 이 씨가 유도 심문을 계속하며 그를 협박했다. 철식은 계속 부인했다. 이 씨의 협박과 회유가 계속되었다. "지금부터 관리소 감시병과 초병을 모두 신문할 거야. 만일 네가 거짓말한 것으로 판명되면 네가 수감자를 탈출시켰던 것으로 간주할 것이야. 근무 중 술 마신 것쯤이야 눈 감아 줄 수 있지만, 사실 여부에 관계없이 보위부 차원에서 네가 수감자를 탈출시켰다고 일단 판정하게 되면 그때의 후과야 짐작이 가겠지? 자, 선택해." 철식은 보위부 놈들은 생사람도 때려잡는다고 들어왔다. 자신이 부인한다 하더라도 그들은 자기들의 책임을 면하기 위해 누군가를 희생양으로 삼을 것이고, 그 희생양이 바로 자기가 될 것이라는 생각이 들었다. 그는 일단 몇 번이고 부인하다가 위협과 회유에 굴복하여 결국 이실직고를 택했다. 이 씨는 최철식에게 지금 자신들에게 한 말을 누구에게도 발설하지 말라고 주의를 주었다.

몇 가지 추가 질문과 답변이 오간 후 이 씨는 그를 내보내고 민영기 중사를 불렀다. 이 씨는 몇 가지 요식적인 질문을 한 후 단도직입적으로 본론에 들어갔다. "최철식이가 그날의 상황을 낱낱이 불었다. 너는 왜 근무자 초소에 술을 가지고 가서, 근무자를 초소 밖 의자로 꾀어 내어 술 취하게 만든 것이야?" 영기의 얼굴에 잠시 당황하는 기색이 스쳐갔으나 그는 못내 태연한 표정을 지었다. 그는 9·9절 행사용으로 나온 술이 남아서 같은 농장에 배속되어 있는 하급자를 격려하기 위해서 그를 찾아 갔다고 했다. 이 씨는 "근무자에게 술을 마시게 한 것도 문제지만, 근무 중인 자를 초소 밖으로 꾀어 나간 데에는 숨은 의도가 있는 것이 분명해. 솔직히 말하면 너의 죄를 덮어줄 수도 있지만, 거짓말을 한다면…… 그 이후의 일은 짐작할 수 있겠지." 하면서 그를 위협했다. 영기는 "실내 공기가 탁하여 신선한 공기를 쐬러 밖으로 나간 겁니다. 다른 뜻은 없었어요."라고 잡아 떼었다. 그때 이 씨가 위압적인 목소리로 다시 영기를 위협했다. "술 마시는 도중 네 놈이 화장실에 간다고 핑계를 대며 초소 안으로 두 번 들락날락거렸다고 최철식이 자백했어. 너는 화장실에 첫 번째로 갔을 때 철문을 열어 놓고, 탈주자가 도주할 수 있는 충분한 시간을 준 다음 다시 초소 안으로 들어가 문을 잠가 놓았지? 사실대로 불어!" 영기가 철문 열쇠는 항상 근무자가 휴대하고 있다고 하자, 이 씨는 "철식이가 네 놈이 예비 열쇠를 보관하고 있다고 이미 진술했어. 또한 그는 지난 몇 달 동안 네 놈이 낮 시간에도 경숙에게 추근대는 것을 자주 보았다고 불었단 말이야. 너, 그 여자하고 붙어먹었지?"라고 했다. 그 순간 이 씨는 광복 앞에서 자기가 말실수를 했다고 느끼면서도, 태연한 표정을 지으며 영기를 몰아붙였다. 영기의 얼굴이 창백해졌다. 이 씨는 광복을 가리키며 영기에게 말했다. "이 분은 평양 보위부에서 오신 분이야. 국가안전보위부에서 그 여자를 찾고 있어. 이유는 우리도 몰라. 우리의 임무는 그 여자를 찾는 것이지 탈출을 도운 자를 색출해 내는 것이 아니야. 평양 보위부 간부가 한낱 관리소 탈출범을 잡으러 이곳까지 올 일이 없지 않겠나? 우리는 네가 그 여자와 애들을 탈출시켰다고 이미 결론을 내렸어. 왜 그들을 탈출시켰는지는 묻지 않겠어. 그 여자를 어디에 숨겨 놓았는지만 말해. 그 여자를 찾게 되면 우리는 너의 죄를 눈감아 주겠어. 약속하지. 그러나 만약 뻔한 사실을 끝까지 부인한다면, 분명히 말하지만 너는 제일 험한 관리소의 완전통제구역으로 보내질 것이야. 너도 알겠지만 관리소에 보내는 것은 완전히 우리에게 달렸어." 영기가 고개를 떨구었다. 이 씨는 그의 표정에서 그의 마음이 흔들리고 있음을 간파했다. 이 씨는 영기에게 생각할 시간을 주기 위해 더 이상 추궁하지 않고 참을성 있게 기다렸다. 영기는 그들에게는 사실 여부가 중요하지 않다는 생각이 들었다. 그는 자신이 끝까지 부인한다 하더라도 이 보위부 놈들은 자신들이 경숙을 데려오지 못한 책임을 면하기 위해 자기를 탈주범을 도운 자로 만들 것이라고 생각했다. 영기는 자신이 살아나갈 수 있는 유일한 방법은 경숙을 포기하고, 이실직고하는 수밖에 없다는 결론에 도달했다. 영기가 마침내 입을 열었다. "사실대로 말하면 이 일을 덮어 주시겠다는 약속을 믿어도 되겠습니까?" 광복의 가슴이 뛰었다. 이 씨가 사나이 대 사나이의 약속이라고 영기에게 다짐했다. 영기는 아까 이 씨가 말한 대로 자신이 예비 키로 철문을 열어 주고, 그들이 탈출한 다음 다시 그 문을 잠궜다고 자백했다. 또 수용소 북쪽으로 약 10km 떨어진 깊은 산 속의 움막에 그들의 은신처를 마련해 놓았다고 했다. 그는 그 움막집은 요덕수용소 경비병이 일년 전에 탈영하여 몸을 숨기고 있던 곳인데, 그가 약초를 팔러 요덕읍에 나왔다가 체포되어 처형당하여 빈 집이 된 곳이라고 했다. 그는 자신이 그 탈영병을 체포하고 그가 살던 현장을 확인했기 때문에 그 장소를 알게 되었다고 했다. 그는 그곳에 식량을 미리 가져다 놓았고, 경숙에게 한 달 후 데리러 가기로 약속하고, 움막으로 가는 약도를 그려주었다고 진술했다.

　이 씨와 광복은 영기가 그려준 움막 약도를 갖고 수용소를 나왔다. 수용소장에게는 자신들이 신문한 두 감시병에게서 뚜렷한 혐의점을 발견하지 못했다고 했다. 수용소장은 "그것 보십시오. 우리 병사들의 군기는 제가 확실히 잡아 놓고 있습니다."라고 떠벌이면서 만면에 득의의 웃음을 지었다. 수용소 주변은 수목이 거의 없었고 돌과 바위 틈에 갈대와 잡초만이 무성하게 자라고 있는 황무지였다. 이 씨가 운전하는 보위부 차량이 산 쪽을 향했다. 곧 길이 끊어졌다. 이 씨와 광복은 산비탈에 차를 세워두고 숲 속으로 들어갔다. 산세가 가팔라지면서 짙은 녹색의 침엽수림이 나타났다. 막바지 기승을 부리는 더위 속에서 땀을 흘려가며 둘은 어설프게 그려진 약도에 의존하여 길도 없는 산 속에서 움막집을 찾아 헤맸다. 광복은 짝을 찾는 산새의 울음소리가 자신의 처지를 비웃는 것처럼 들렸다. 황혼이 깃들 무렵 광복이 이 씨에게 "저기 좀 보게. 개울 옆 잣나무 숲 속에 뭔가 보이는 것 같지 않나?" 나뭇가지로 엉성하게 엮어 놓은 움막이 보였다. 둘은 흥분을 감추면서 그리로 접근했다. "아!"하는 탄식이 광복의 입에서 절로 흘러나왔다. 꿈에도 그리던 그들이었다. 그러나 그들의 몰골과 비참한 행색에 광복의 가슴이 메어졌다. 그들이 시냇가에 쭈그리고 앉아 도란거리는 소리가 들렸다. 광복과 이 씨가 다가오는 기척을 눈치채자 그들은 공포에 몸을 떨면서 모든 것을 포기했다는 듯이 꿈쩍도 하지 않았다. 그들은 다가오는 두 남자를 외면하면서 서로가 서로를 부둥켜안았다. 셋이 한 몸이 되었다. 광복이 그들에게 다가 갔다. 그리고는 울먹이는 소리로 "여보, 나요. 얘들아, 아버지다."라고 나지막하게 말했다. 경숙은 놀란 표정으로 멍하니 광복을 쳐다보았다. 아이들은 엄마의 놀란 표정을 보고는 광복에게 눈을 돌렸다. 아이들은 어렴풋한 기억 속의 아버지 모습을 기억해 내려는 듯이 공포에 질린 눈빛으로 광복을 물끄러미 바라보았다. 이 씨는 눈을 돌렸다. 가슴 아픈 가족 상봉 장면을 차마 보지 못하겠다는 듯이. 서산에 걸린 태양이 침엽수 사이로 그 마지막 잔광을 그들에게 비추었다.

　이 씨의 보위부 차량이 함흥역에 도착했다. 광복과 경숙 그리고 정애와 정숙이 차에서 내렸다. 역장을 만나고 온 이 씨가 광복에게 열차표 네 장을 내밀었다. "라진까지 가는 열차표요. 내일 아침 9시에 출발한다 하오. 열차 안에서 별 검문은 없을 것 같소. 그곳에서 러시아 쪽으로 넘어 가는 것이 나을 것이요. 중국 쪽은 난민의 유입을 막으려고 중국 국경경비대가 비상경계령을 내리고 경비를 강화했다 하오." 광복은 이 씨에게 잔금 4천 달러를 주었고, 그것과는 별도로 100달러짜리 지폐 다섯 장을 이 씨의 손에 쥐어 주면서 참고 참았던 말 한마디를 그에게 건넸다. "통일이 되면 꼭 이 동지를 찾아 오겠소. 이 은혜는 결코 잊지 않을 것이요." 둘은 굳은 악수를 나누었다. 이 씨는 한번도 뒤를 돌아보지 않고 총총 걸음으로 사라졌다.

함흥역은 그야말로 아비규환이었다. 굶주림에 지친 사람들이 중국이나 러시아 국경을 넘으려고 북행 열차를 기다리고 있었다. 그들은 벽에 기대거나 바닥에 누워 축 늘어져 있었으며 간혹 움직이지 않는 사람들도 눈에 띄었다. 광복은 움직임이 없는 자들은 이미 죽었을 것이라고 짐작했다. 광복은 가족을 찾은 이후 수용소의 생활에 대해 경숙에게 한 마디도 묻지 않았다. 그들이 겪은 고통을 들을 용기가 나지 않았기 때문이었다. 아니 그 보다 경숙이 영기의 관계를 고백할까 봐 두려웠다. 광복은 스스로 다짐했다. 모든 것을 덮어 두자고. 광복의 침묵이 경숙의 마음을 더욱 어지럽혔다. 경숙은 광복이 묻지도 않은 수용소에서의 생활을 얘기했다. 수용소에서의 기근은 바깥 세상보다 더욱 심각했다. 죄수들은 정권으로부터 버림받은, 아니 정권이 의도적으로 절멸시키고자 하는 사람들이니 그들에게는 생명을 부지할 최소한의 먹거리마저 주어 지지 않았다. 소출한 농작물은 대부분 바깥 세상을 위한 것이었는데 바깥 세상이 어려워지니 반출량은 더욱 늘어났고, 수형자들은 하루에 옥수수 죽 두 그릇 정도로 연명했다. 수형자들은 영양실조로 면역력이 떨어져서 가벼운 병도 이겨내지 못하고 죽어 갔다고 했다. 그러나 경숙은 영기와의 관계에 대해서는 침묵했다.

역 구내가 웅성거리기 시작했다. 아침 9시에 온다던 열차가 정오가 지나서야 느릿느릿 역으로 들어오고 있었다. 열차의 문이 열린 채 사람들이 매달려 있었다. 사람들이 열차로 몰려들기 시작했다. 광복도 정희를 업고 고사리와 같이 여윈 정애의 손을 꼭 잡은 채 열차 문을 향해 뛰었다. 함흥역에서 내리려는 승객들과 열차에 올라타려는 사람들이 엉겨서 수라장이 되었다. 광복은 허깨비처럼 가벼워진 경숙의 몸을 들어 올려 열차에 꾸겨 넣었다. 곧이어 정애를 경숙에게 넘기면서 정희를 업은 채 열차에 몸을 실었다. 열차 안은 퀴퀴한 오물 냄새로 진동했다. 여기저기에서 축 늘어진 육신들이 꿈틀거렸다. 열차의 출발 기적 소리가 광복에게는 타지 못한 사람들에게 보내는 야유처럼 들렸다. 경숙과 아이들이 이내 곯아 떨어졌다. 쌓였던 긴장이 광복의 손길을 느끼면서 풀려 가고 있었나 보다. 광복은 이 씨가 왜 열차 내에서 검문이 없을 것이라고 했는지 이해되었다. 검문은 물론이고 열차표를 검사할 수도 없는 무질서한 상황이었다. 광복은 라진 도착 후 러시아 국경을 통과할 방법을 궁리하다가 잠에 빠져 들었다.

광복은 기적 소리에 잠에서 깨어났다. 열차의 문틈 사이로 들어

온 석양에 눈이 부셨다. 김책시에 도착했다는 열차 내 방송이 나왔다. 승객이 오르내리느라 또 한번의 소란이 있었고, 어둠이 짙어지면서 열차가 다시 출발했다. 한밤에 도착한 청진역에서도 다시 한번 비슷한 소동이 일었고, 열차는 다음 날 아침 라진에 도착했다. 북조선에서 자유무역지대라고 선전하는 라진-선봉 경제특구는 높이 2m의 철조망으로 사방이 둘러싸여 마치 섬과 같았다. 시가에는 문을 연 상점과 식당이 눈에 띄었다. 함흥 시내의 상황보다는 많이 나아 보였다. 광복은 우선 옷 가게에서 넷의 옷을 사고 목욕탕을 찾아 묵은 때를 벗긴 후 식당을 찾았다. 모든 결제는 달러, 위안화, 루불화로만 가능했다. 광복 가족은 걸어서 선봉지역을 통과하여 러시아 하산 쪽의 국경선에 이르렀다. 이전 탈주자들이 뚫어 놓은 것으로 보이는 철조망이 아직 복구되지 않은 채로 방치된 곳이 몇 군데 눈에 띄었다. 경비병들이 순찰하는 모습이 간혹 눈에 들어왔으나 경계는 예상보다 허술했다. 대기근으로 국경 경비대의 기강마저 무너지고 있는 것으로 짐작되었다. 철조망 너머 국경을 가르고 있는 두만강은 가뭄으로 강폭이 좁아졌으나 그래도 족히 30m는 되어 보였다. 광복은 그 정도 거리라면 자신과 경숙에게는 별 문제가 안될 것이라고 생각했다. 광복은 어린 시절부터 성천강에서 수영을 익혔고, 함흥 교외 바닷가 마전이 고향인 경숙의 수영 실력은 광복을 능가했기 때문이었다.

밤이 으슥해졌다. 광복은 낮에 보아 두었던 허술한 철조망으로 다가갔다. 철조망을 보자 정희와 정애가 몸을 떨었다. 경숙이 광복에게 나지막하게 말했다. "수용소에서 철조망 근처로 가면 총살이라고 교육받아 그러는 것 같아요." 멀리서 서치라이트 불빛이 간헐적으로 철조망을 비췄으나 전력난으로 전압이 낮아진 탓인지 빛이 희미했다. 광복이 경숙과 아이들에게 말했다. "자, 이게 마지막 고비야. 우리는 모두 한 몸이야. 한 몸처럼 움직이자. 힘 내!" 아이들이 굳은 표정으로 고개를 끄덕였다. 경숙이 먼저 철조망을 비집고 통과했고, 광복은 철조망 사이로 정희와 정애를 경숙에게 넘긴 후 어렵지 않게 철조망을 통과했다. 가뭄 탓에 바닥이 드러난 강의 모래사장은 제법 멀리까지 펼쳐져 있었다. 모래사장을 걸어 강물 쪽으로 나아갔다. 발 아래 강물이 찰랑거리기 시작할 때 호루라기 소리와 함께 광복 쪽으로 플래시 불빛이 비춰 졌다. 인민군 두 명이 "섯, 섯, 섯"하고 고함을 쳤다. 광복은 업고 있던 정희를 경숙에게 넘겨주며 "수영 잘 하지. 정희를 업고 먼저 강을 건너." 하고, 정애를 모래 바닥에 눕히고는 자신은 발목까지 물이 차오른 강바닥에 엎드리면서 점퍼 위주머니에서 권총을 꺼내 사격 자세를 취했다. 뒤를 돌아보니 초승의 달빛 아래 강물에 뛰어드는 경숙의 실루엣이 보였다. 불빛 쪽에서 한 방의 총성이 울림과 동시에 광복이 응사했다. 십여 발의 총탄이 오고 갔다. 병사 두 명이 모래사장으로 고꾸라지는 것이 달빛 아래 보였다. 김정은의 병사들이 김일성의 자필이 새겨진 '백두산 권총'에 쓰러졌다. 병사가 비추었던 플래시 불빛이 광복이 사격하는 데 좋은 표적이 되었다. 광복도 정애를 배 위에 올려 놓고 배영으로 헤엄치기 시작했다. 광복의 등뒤에서 서치라이트 불빛이 따라왔다. 멀리서 총성이 다시 들려왔다. 경숙과 정희가 이미 반대편 강둑에 도착하여 광복에게 빨리 오라고 소리쳤다. 광복도 러시아 땅 모래사장에 도착했다. 총성이 멈췄다. 넷은 부둥켜 안고 안도와 환희의 울음을 터뜨렸다. 한 가족은 태어나고 자랐던 고향을 등진 채 어디로 뻗어 있는지 알 수 없는 낯 설은 밤길을 걷기 시작했다.

하산 여인숙에서 몸을 추스른 광복 가족은 택시로 블라디보스톡으로 향했다. 그들은 호텔에서 일박 후 주 블라디보스톡 대한민국 총영사관을 찾아갔다. 미국 시민권자인 광복은 총영사에게 탈북 경위를 설명한 후 처와 딸 둘의 대한민국으로의 귀순 의사를 밝혔고, 닷새 후 한국 정부로부터 그들의 귀순 허가가 나왔다. 광복은 민항기로 한국으로 반입할 수 없는 '백두산 권총'을 총영사에게 인계했다. 광복 가족은 총영사관에 파견 나와 있는 국가정보원 소속 영사의 인솔 하에 인천공항 행 대한항공기에 몸을 실었다.

4장

———

한국

정착

　창문을 열었다. 정원의 나무 잎새가 봄볕에 초록으로 옷을 갈아입기 시작했다. 라일락 향기가 코끝에 스며들었다. 그때 현관문에서 차임벨이 울렸다. 철민은 '이 시간에 누구일까? 아직 영애와 영석이 학교에서 돌아올 시간이 멀었는데……' 라고 생각을 하며, 자그마한 마당을 지나 현관으로 다가갔다. 누구냐는 철민의 물음에 "저예요."라는 귀에 익은 여자 목소리가 귓전에 울렸다. 철민에게 '혹시' 하는 기대가 스쳐갔다. 현관문을 열었다. 헬렌이 활짝 웃고 있었다. 철민은 쿵쾅거리는 심장을 진정시키면서 헬렌을 집안으로 맞아들였다. 응접실 소파에 앉자마자 헬렌이 가벼운 미소를 보내면서 "어떻게 연락 한 번 안할 수 있어요?"라며 철민에게 눈을 살짝 치켜 올렸다. 철민은 미소를 머금으며 "헬렌을 미치도록 보고 싶었지만 참았죠."라고 말했다. 헬렌은 철민의 의외의 대답이 농 치는 것이라는 생각이 들었지만, 시치미를 떼며 "제가 좋으면 좋다고 얘기하세요. 저를 보고 싶으면 언제라도 얘기하세요. 기꺼이 만나 드릴께요."라고 농담조로 대답했다. 둘은 함께 한바탕 큰 웃음을 터뜨렸다. 그리고 둘은 지난 일년간의 세월을 얘기했다. 철민이 북한에서의 탈출 과정을 얘기하다가 압록강 상류를 도강하던 장면이 떠 올라 잠시 침묵했다. 헬렌이 철민의 눈을 찬찬히 들여다보았다. 그의 눈가가 축축해지고 있었다. 철민은 "미옥이 세상을 떠났어요."라고 말하면서 헬렌을 바라보았다. 뜻밖에 헬렌에게 놀라는 표정이 없었다. 그녀는 나지막한 목소리로 "알고 있어요."라고 말했다. 그녀는 키드먼 여사로부터 미옥의 죽음을 알게 되었다고 했다. 키드먼 여사는 북한에 있는 '드림NK'의 정보원을 통하여 철민의 행적과 미옥의 죽음을 알게 되었다고 했다. 헬렌은 철민이 입북한 다음 얼마 후 그의 안부를 확인하기 위해 사라 키드먼 여사를 찾아 갔고, 그녀와의 만남이 몇 번 지속되면서 자신이 서서히 변해 갔다고 했다. 헬렌은 한국 사회, 특히 한반도의 분단 상황이나 북한 주민의 삶에 대해 기자의 시각으로만 파악하고 있었을 뿐, 대부분의 한국계 미국인과 마찬가지로 북한에 대해 각별한 감정과 관심을 가지고 있지는 않았다고 했다. 그러던 중 철민의 북한에서의 행적 특히 미옥의 죽음은 그녀에게 충격으로 다가왔다고 했다. 그 후 그녀는 키드먼 여사의 대의에 동참하기로 결심하여 '드림NK'의 회원이 되었다고 했다.

숙연한 분위기를 바꾸려는 듯 헬렌이 핸드백을 열고 누런 종이 봉투를 철민에게 내밀었다. "철민 씨가 저에게 맡긴 유언장이예요. 이제 살아서 돌아오셨으니 저에게 필요 없는 물건이 되었네요." 라며 봉투를 철민에게 건넸다. 철민은 "그동안 부담을 주어서 미안해요. 그런데 내가 미국을 떠난 지 일년이 넘었고, 그동안 연락 한번 안 했으니 헬렌이 내 재산의 소유권을 주장해도 어쩔 수 없었는데, 그냥 이렇게 포기하는 거예요?"라고 물었다. 헬렌이 눈을 흘기며 누런 봉투를 다시 뺐었다. 그리고는 "아! 이젠 철민 씨의 전 재산이 내 것이 되었네요. 그러면 내 마음대로 처분할게요." 하더니, 말보로 담배에 불을 붙었다. 그리고는 그 라이터 불로 누런 봉투를 태웠다. 유언장이 흰 연기를 내며 재로 사라지고 있었다. 둘은 서로를 쳐다보며 또 한바탕 웃었다. 지난 일년 동안 침울했던 철민의 마음이 헬렌이 뿜는 담배 연기에 녹아 허공으로 흩어져 갔다.

둘은 집 마당에 있는 간이 탁자로 자리를 옮겼다. 철민이 내린 커피의 향취와 라일락 향기가 어우러진 봄바람이 코 끝을 간지럽혔다. 헬렌이 "집이 아담하네요. 크지는 않지만 정원도 있고. 철민 씨 소유예요? 세든 거예요? 제법 값이 나갈 텐데……" "서울에 와서 바로 샀어요. 애들이 아파트 보다는 단독주택이 좋다고 해서 서울 근교로 나왔지요. 이곳은 생활 여건도 괜찮지만 공기가 맑은 것이 제일 맘에 들어요. 사실 체이스 맨해턴 뱅크에 예치되었던 돈을 인터넷 뱅킹으로 거의 다 찾았어요. 아직 잔액이 조금 남아 있기는 하지만……" 철민이 멋쩍은 표정을 지으며 말했다. 헬렌은 철민에게 눈을 흘겼다. 철민은 그 표정이 귀엽다고 느꼈다. 철민이 물었다. "저를 어떻게 찾아 냈나요?" 헬렌이 답했다. "저 아직 로스앤젤레스 타임즈 기자예요. 서울에 있는 미국대사관을 통하여 '제임스 리'를 수소문했죠. 어렵지 않게 주소를 얻었어요."

그때 현관문이 열리는 소리가 나더니 영애와 영석이 낭랑하고 큰 목소리로 "학교 다녀왔습니다."라고 외쳤다. "오늘 학교에서 기분 좋은 일이 있었나 보군. 이젠 목소리만 들어도 아이들 기분을 알겠다니까." 철민의 입가에 잔잔한 미소가 떠올랐다." 헬렌은 그의 미소를 보며 '이 남자 보기보다 정이 많구나.'라는 생각이 들었다. 아이들은 그들에게 밝은 웃음을 보내는 낯선 젊은 여자의 모습에 놀라는 표정을 지었다. 헬렌은 아이들의 귀엽고 천진난만한 표정에서 철민이 아이들에게 쏟아 부어 온 사랑과 정성을 느꼈다. 아이들도 그들에게 부드러운 미소를 보내는 예쁜 젊은 여자가 싫지는 않다는 듯이 헬렌과 말을 섞었다. 영애는 3학년, 영석은 일학년이라고 했다. 철민이 직접 준비한 저녁 식사를 마칠 무렵 헬렌이 환한 얼굴로 "저 지난 주에 서울로 이사 왔어요. 저 이제는 로스앤젤레스 타임즈의 한국 특파원이랍니다."라고 말했다. "아, 잘 되었네요."라고 말하는 철민의 얼굴에 놀라움과 우려의 기색이 스쳐 지나갔다. 헬렌은 그 순간을 놓치지 않았다. 아이들이 2층 자기들 방으로 올라간 지 오래였다. 잠시 말이 없던 헬렌은 내일 아침 일찍 할일이 있다면서 철민에게 작별 인사를 하고는 자리에서 일어섰다. 철민은 문 앞에서 헬렌을 전송하면서 또 만나자고 말을 건넸다. 헬렌은 대꾸없이 가벼운 눈인사를 하고는 급히 차에 올랐다. 헬렌의 자줏빛 소형 스포츠카가 한적한 마을의 골목길에서 굉음을 울리며 출발했다. 차에 오를 때 달빛에 비친 헬렌의 쓸쓸한 표정이 철민을 아프게 했다. 철민은 골목길을 걷고 또 걸었다. 담벼락에 몸을 기댄 채 아무렇지도 않게 피어난 봄꽃의 진한 향기가 철민의 코 끝을 자극했다. "나도 헬렌 생각을 많이 했어. 그렇지만 내가 어떻게 헬렌에게 다가갈 수 있겠어?" 철민이 중얼거렸다. 길섶에 흐드러지게 피어난 목련의 우유 빛 꽃 잎새가 바람에 날려 길바닥에 흩어졌다.

신호등 빨간 불에 멈춰 서 있던 헬렌은 운전석 백미러에 비친 자기 모습을 보았다. 너무 울어서 화장이 다 지워진 얼굴이었다. 헬렌은 스스로에게 말을 걸었다. "내가 서울로 이사 왔다고 하면 펄쩍 뛰면서 반가와 해야지. 남의 말 하듯이 '잘 되었네요.'가 뭐야?" 그러나 그녀는 곧 손등으로 눈물을 닦으며 백미러를 보면서 '그렇지만 괜찮아. 너는 예쁘고 착한 여자잖아. 그리고 아직 시간이 많이 남아있어.'라고 스스로를 위로했다.

광복의 가족은 인천공항에서 국가정보원 여직원의 영접을 받았다. 그녀는 국정원 직원에 대한 일반인의 편견과 달리 부드러운 미소로 광복 가족을 맞았다. 블라디보스톡에서부터 광복 가족을 인솔한 국정원 파견관은 그녀와 구면인 듯 서로 반갑게 인사를 나누었다. 일행은 검은색 밴에 올랐다. 밴은 인천대교를 지나 외곽순환도로를 달렸다. 차 안에서 경숙과 정애, 정희는 평생 보지도 듣지도 못했던 웅장한 철교와 차체가 전혀 흔들리지 않고 질주하는 매끈한 아스팔트 포장도로에 놀라면서도 그 놀라움을 겉으로 나타내지는 않았다. 곧게 뻗은 고속도로 위에는 차량의 물결이 줄을 이었다. 그 많은 교통량 속에서도 차들은 빠른 속도로 질주했다. 멀리 불빛 번쩍이는 서울의 야경은 경숙에게 '저 속에 살면 어떨까?' 하는 호기심을 불러 일으켰다. 경숙은 '이것이 미 제국주의자의 앞잡이이며 노예라고 귀에 옹이 박히도록 들어온 남조선의 모습인가?

이 모든 신기함이 사실이라면 앞잡이도 좋고 노예의 나라라도 괜찮다.'라는 생각이 들었다. 그들은 국정원의 독채 안가에서 한 달 동안 정부기관 합동 신문을 받았다. 신문은 그들의 탈북 과정, 요덕 수용소의 실태, 대기근 현황 등 북한의 최근 실상에 초점이 맞춰졌다. 한달 후 그들은 하나원에 입소하여 3개월간의 사회 적응 교육을 받았다. 미국 시민권자인 광복은 하나원에 입소할 의무가 없었으나, 광복은 가족과 함께 지내기 위해 자진하여 하나원에서의 생활을 택했다.

하나원을 나올 때 정부는 광복 가족에게 월 30만 원이라는 파격적인 임대료로 아파트를 제공했다. 국정원 인근에 자리한 임대아파트는 신축 건물로 깨끗했고, 침실도 3개나 되었다. 도심에서 벗어난 탓인지 공기도 맑고 주거 환경도 좋았다. 정애와 정희는 나이에 맞게 각각 초등학교 5학년, 3학년에 편입학했다. 그러나 그들이 한국이라는 자본주의 사회에 적응하는 것은 만만치 않았다. 두 달도 채 못되어 광복은 거의 빈털터리가 되어 갔다. 광복이 탈북 후 중국과 미국에서 힘겹게 일하여 저축했던 돈은 북한에 잠입해 들어가면서 몽땅 써 버렸다. 하나원에서 퇴소할 때 정부가 정착금 조로 일인당 400만 원, 합계 1,600만 원을 지급했고, 국정원은 광복과 경숙이 신문과정에서 제공한 정보의 질을 판단하여 약간의 사례금을 지급했다. 그러나 이러한 돈도 기본적인 가재도구와 옷 가지를 구입하고 생활비에 쓰다 보니 곧 거의 바닥이 났다. 경숙은 사회에 나온 지 두 달 후 여느 탈북 여인들처럼 식당에서 궂은 일을 하는 일자리를 얻었지만, 광복에게는 궂은 일조차 돌아오지 않았다.

일 자리를 찾는 과정에서 광복은 한국사회에서 탈북자들이 겪는 멸시와 차별을 뼈저리게 경험하면서 수십 번 좌절했다. 이력서나 자기 소개서를 제출하면 면접을 보자고 연락이 오는 데는 한 군데도 없었고, 어쩌다 서류 전형 없이 면접을 보게 되면 그를 기다리는 것은 면접자의 싸늘한 응대뿐이었다. 북한에서의 경력은 전혀 고려의 대상이 아니었고, 억센 억양의 함경도 사투리가 항상 화근의 발단이 되었다. 면접자들은 "조선족이오? 옌볜에서 왔소?" 등 광복의 과거를 꼬치꼬치 캐물었고, 광복은 그들의 그러한 태도가 역겨워 퉁명스럽게 대응했으니 취업이 될 리가 없었다. 중국이나 미국에서 겪어보지 못했던 차별을 당하면서, 광복은 "우리 민족끼리"라고 위선의 나팔을 불어 대는 자들의 정체를 어렴풋이나마 느끼기 시작했고, 일반 시민의 탈북자에 대한 편견과 멸시를 절감했다.

어느날 학교에서 돌아온 정애와 정희가 울먹였다. 둘의 얼굴에는 생채기가 나 있었다. 경숙은 놀래서 무슨 일이 있었냐고 물었다. 정희가 말했다. 마지막 수업은 반 학생들이 자기 할아버지와 할머니에 대해 발표하는 시간이었다고 했다. 정희는 할머니, 할아버지가 얼마나 자기를 사랑했는지를 자랑스럽게 얘기했다. 정희가 호감을 갖고 있던 한 남자 아이가 할아버지가 무슨 일을 하셨냐고 물었다. 정희는 자랑스럽게 마을 인민위원장이었다고 말했다. 누군가가 인민위원장이 무엇이었냐고 물었다. 정희가 그 마을에서 제일 높은 사람이라고 했다. 그때 한 학생이 소리쳤다. "북한 애다." 학급 전체가 웅성거렸다. 선생님이 정희는 그만 하여도 된다면서, 그 다음 학생이 나와 발표하라고 했다. 학교가 끝나고 정희와 언니 정애가 함께 집으로 돌아올 때 골목길에서 남녀 아이들 대여섯 명이 그들을 막아섰다. 덩치가 큰 남학생이 "야이 빨갱이들아. 니네들이 우리한테 핵무기를 쏜다고 했지. 니네 나라로 꺼져 버려. 내일부터 학교에 오면 죽어."라고 하며 주먹을 휘둘렀다. 정애가 동생을 감쌌다. 다른 학생들도 둘을 때리고 할퀴었다. 둘은 우는 얼굴을 보이는 것이 창피하여 큰길을 피해 골목길로 집으로 돌아왔다. 정희의 울음 섞인 얘기를 듣던 경숙은 가슴이 미어지는 아픔을 느꼈으나 침착하게 말했다. "너희 외할머니와 외할아버지가 너희들을 얼마나 사랑하시는 지를 너희는 잘 알지? 그것으로 충분한 거야. 너희는 잘못한 것이 없어. 내일 학교에 가면 아무 일도 없었다는 듯이 태연하고 의젓하게 행동해야 해. 너희를 괴롭히고 놀리는 애들이 원하는 것은 바로 너희가 괴로워하는 거야. 그런 아이들은 무시해 버려. 그러면 그들이 제풀에 꺾여 버릴 거야. 친구는 '다르니까 친구인 거야.' 그것을 모르는 아이들과는 상대할 필요가 없어. 무시해 버려. 그 아이들 말고도 너희와 친구가 될 아이들도 많아." 경숙이 아이들에게 했던 말은 사실 자신이 비슷한 경험을 겪으면서 스스로에게 되뇌었던 말이었다.

광복은 사라 키드먼 여사에게 연락했다. 그는 먼저 북한에서 '월드비전' 대표단을 이탈하여 개인 행동을 한 데 대해 사과했다. 키드먼 여사는 광복과 철민의 일탈로 '월드비전'이 북한 당국으로부터 큰 곤경을 치렀고, '드림NK'는 '월드비전'에 신뢰를 잃었다고 했다. 그녀는 우여곡절 끝에 사태는 수습되었고, '월드비전'의 대북 식량 지원은 당초 계획대로 이루어졌다고 했다. 북한은 대외원조 덕분에 고난의 행군 때와 같은 주민의 대규모 아사는 모면했지만, 전 해의 벼 생산이 대 흉작이어서 금년에도 식량 위기가 또 발생할 것이 확실시 된다고 덧붙였다. 그녀는 광복과 철민이 자신에 대한 신의를 저버리는 행동을 했지만, 가족들이 노스 코리아에서 탈출하여 자유의 품에 안기게 된 일은 축하하지 않을 수 없다고 했다. 광복은 다시 한번 사죄를 하면서, 키드먼 여사와 '드림NK'에 진 빚을 갚기 위해서 자기가 할 일이 없겠냐고 물었다. 키드먼 여사는 그렇다면 서울에 있는 '자유북한'의 문대화 대령을 접촉해 보라고 일러주며 자신이 미리 문 대령에게 광복을 소개해 놓겠다고 했다. 키드먼 여사는 문 대령이 '자유북한'을 창설할 당시부터 그와 협력하여 왔다고 부연했다. 그러던 중 사라 키드먼 여사의 연락을 받은 문대화 대령이 먼저 광복을 찾았다. 마땅한 일자리가 없어 좌절 속에서 헤매던 광복에게 문 대령의 호출은 한 줄기 빛이었다.

역사와의 승부

　'자유북한' 사무실은 충무로 대로변에 위치한 상가 2층 구석에 자리 잡고 있었다. 한국 최초의 주상복합 건물로서 1970년대까지 서울의 명물로 자리 잡았던 그 상가는 개발 연대의 영욕을 뒤로 하고 허름한 상가 건물로 명맥을 유지하고 있었다. 철민이 '자유북한' 사무실의 현관 철제 문을 열었다. "철민 씨. 잘 왔네. 이 자식들 하는 짓 좀 봐." 문대화는 컴퓨터에서 유튜브 영상을 보면서 울분을 터뜨렸다. 그는 10여 년 전에 사단법인 '자유북한'이라는 시민단체를 설립하여 지금까지 운영하여 온 예비역 해병 대령이다. 이 단체는 북한 주민의 인권 개선을 국내외에 촉구하기 위해 북한 정권의 인권유린 사례를 수집, 정리하는 것을 주 목적으로 하고 있다. '자유북한'이 수집, 정리한 자료는 훗날 대한민국 주도로 한반도가 통일된다면 그간 북한에서 김씨 일가가 저지른 인권유린 상황을 폭로하고, 김씨 왕조에 부역한 핵심 하수인들을 정죄하는 근거로 활용

될 것이다. 탈북민들과 접촉하다 보니, 이 단체는 그들이 새로운 터전에서 정착할 수 있도록 도와주는 일을 자연스럽게 병행하고 있었다. 문대화는 서부전선에 주둔하고 있는 해병 제2사단의 연대장으로 근무하던 중 불의의 사고를 당해 왼쪽 다리를 잃은 후 예편했다고 한다. 문대화는 자신의 사고에 대해 말을 아꼈지만 대 간첩 작전을 진두 지휘하다가 지뢰를 밟았다는 소문이 있었다. 그는 '자유북한'이라는 단체의 이사장 직책보다 문 대령이라는 호칭을 좋아했다.

문 대령 책상 위의 컴퓨터 화면에는 어제 광화문 광장과 시청 앞에서 열린 군중집회 장면이 보였다. 촛불집회와 태극기집회가 열렸던 바로 그곳이었다. 군중들이 외쳐대는 구호와 이들이 흔들어 대는 붉은 깃발만 보면, 그곳은 서울 한복판이 아니라 분명히 평양이었다. '우린 신세계를 열어 간다. 통일 선봉대', '평화협정 체결하고, 미국 놈들 몰아내자', '국가보안법 폐지하고, 양심수 석방하라', '한미동맹 폐기하라', '전쟁 선동 사드 강요, 미국 놈들 물러가라'. 통일 선봉대는 신세계를 열겠다며 수십 년간 북한 정권이 주장해 온 내용과 완전히 동일한 내용의 구호를 외쳐댔다. 그들은 그 신세계가 무엇인지를, 그들이 선봉에 서고자 하는 통일이 어떠한 통일인지를 스스로 밝혔다. 붉은 깃발에 북한 글씨체로 휘갈겨 쓴 구호에 철민은 경악했다. '이것이 대한민국의 오늘인가?' 철민은 시위대가 외쳐대는 구호에 놀라기도 했지만, 그보다 실정법을 정면으로 위반하는 시위를 방관하고 있는 정부의 의도가 의심스러웠다. 무엇인가를 골똘히 생각하던 문 대령이 마침내 입을 열었다. "철민 씨, 이제 우리 '자유북한'의 활동 방향을 좀 바꿔야 될 때가 온 것 같소. 저들이 움직이기 시작했어. 우리도 이제까지의 소극적 활동에서 벗어나 좀더 세게 나가야겠어. 이번 토요일 오후에 이사회를 열어 논의해 봅시다."

이사회 시작 30분 전에 사무실에 도착한 철민은 이사장 방의 문을 열고 들어서면서 자신의 눈을 의심했다. 문 대령 옆에 광복이 앉아 있었다. 광복도 놀란 표정으로 철민을 바라보았다. 일년 전 함흥 신흥관 호텔에서 헤어져 생사의 갈림길을 헤맸던 두 사람은 그렇게 다시 만났다. 문 대령이 입을 열었다. "당신 두 사람이 생사의 고비를 함께 넘었다는 사실을 사라로부터 들어 잘 알고 있소. 문 대령은 "오늘 당신들의 극적 상봉을 위해 나는 이제까지 입을 다물었지."라고 말하며, 아이 같은 천진하고도 짓궂은 표정을 지었다. 문 대령은 철민에게 사라의 소개로 광복이 '자유북한'의 행정 일을 맡게 되었다고 했다.

곧이어 이사 전원이 참석한 가운데 이사회가 시작되었다. 이사회는 문대화 이사장 외에 사라 키드먼 여사의 추천으로 이사가 된 철민, 그리고 기업인 두 명과 전직 외교관, 전직 국가정보원 간부, 대학 교수 등 총 7명으로 구성되었다. 기업인 중 한 명은 6·25 전쟁 때 이북에 부모를 남겨두고 여덟 살 나이에 형의 손에 이끌려 남으로 피난 나와 어렵게 자수성가한 대기업 총수였다. 다른 한 명은 전쟁 중 부친이 납북되어 홀어머니를 모시고 온갖 고생을 다해 가면서 부를 일군 여든이 넘은 노인이었는데 최근 간암 말기 판정을 받아 심신이 지쳐 있다고 했다. 이들은 문 대령이 10여 년 전 '자유북한'을 시작할 때 자금을 지원한 창립 멤버였다. 전직 외교관과 국정원 간부 출신은 둘 다 약 3년 전 퇴직했는데 재직 당시 보고 들은 각종 정보로 국가 안보가 위태로운 상황에 이르렀다고 판단하여 한 장의 벽돌을 쌓는 심정으로 2년 전에 '자유북한'에 합류했다. 대학교수는 국제정치학 전공인데 10여 년간 북한문제에 천착하여 온 사람이었다. 문 대령은 이사들에게 광복을 소개하면서 사무국장인 그가 앞으로 재단의 활동에 큰 힘이 될 것이라고 했고, 이사들은 그의 재단 합류를 환영했다. 또한 이사들은 광복이 재단 사무국을 대표하여 이사회에 참석하는데 대해 만장일치로 합의했다.

문 대령이 입을 열었다. "김정은이 '핵무기는 통일의 보검'이라고 하며 핵무기로 만반의 결전 준비를 갖추어 나가겠다고 선언한 마당에 우리 국군 통수권자라는 자는 남의 집 얘기를 하듯 '전쟁이 일어나서는 안된다'라는 한가한 소리나 하고 있고, 일반 시민들은 "설마 정은이가 전쟁을 일으키겠어." 라고 안이한 마음 가짐을 갖고 있는 것이 오늘 우리의 현실입니다. 저도 김정은이 쉽사리 전쟁을 일으키지는 못할 것이라고 생각합니다. 북한의 경제력과 군사력으로는 전쟁을 하여 남한을 이길 수 없다는 것을 누구보다도 그가 잘 알고 있을 것입니다. 또한 섣불리 핵무기를 사용할 수도 없을 것입니다. 핵무기를 사용하는 날이 자신의 마지막 날임을 그도 잘 알고 있을 것이기 때문입니다. 그러나 그들이 단 한 발로 서울을 초토화시킬 수 있는 핵무기를 손에 쥐고 흔들어 대면서 으름장을 놓는 상황을 방치한 채 살아 갈 수는 없습니다. 핵무기를 머리에 이고 살아 갈 수는 없다는 말입니다. 지금 이 정부는 믿을 수 없고, 시민들은 골치 아픈 일에 신경을 쓰기 싫다는 듯이 안보문제에 대해 외면하고 있으니, 누군가는 움직여야 한다고 생각합니다. 어찌하면 좋겠는지 여러분의 의견을 듣고 싶습니다. 먼저, 철민 씨. 북한에서 외교관 생활을 했고 최근에 넘어왔으니 북한 정권의 대남 전략을 좀 들어 봅시다."

철민은 망설였다. 가급적 말을 아끼고 싶어 그는 "저야 외무성에서 실무자 급으로 있었으니 그들 고위층의 속내를 어찌 알겠습니까?"라고 했다. 문 대령이 "아니, 그래도 우리들 중에서는 그 놈들 속내를 제일 잘 알 거 아니오. 좀 얘기해 보소."라고 하며 언성을 높였다. 대기업 총수인 김석현 회장이 "우리 문 대령, 그 성질 또 나왔구려. 김 이사. 저 양반 좀 달래 줍시다. 어디 김 이사 생각을 좀 들어 봅시다."라고 말하며 분위기를 누그러뜨렸다. 철민이 문 대령의 '욱'하는 성깔에 당황했지만, 자신이 이들 앞에서 불필요하게 겸양을 떨고 있다는 생각이 들면서 곧 입을 열었다. "알겠습니다. 말씀 드리지요. 그런데 제가 드리는 말씀은 뭐 특별한 것은 아니고 북한 정부, 당, 군에서 일하는 사람들 사이에서는 공공연히 떠도는 얘기입니다. 그들의 대남 전략은 크게 두 가지라 할 수 있습니다. 첫째는 무력 침공입니다. 그들도 장기전으로는 승산이 없다는 것을 잘 알고 있습니다. 그들이 노리는 것은 속전속결입니다. 즉, 기회가 오면 무력 침공을 감행하여 단숨에 전쟁을 끝내겠다는 것이지요. 그들의 전략은 자유민주주의와 시장경제의 약점을 파고 드는 것입니다. 그들은 '단숨에 남조선에 치명적인 타격을 입혀 인명 피해를 극대화하고 경제를 망가뜨린다. 그러면서 핵무기로 위협을 극대화한다. 인명과 여론을 중시하는 한국이나 미국은 서둘러 전쟁을 봉합하려 할 것이다. 그때 우리의 요구사항을 관철하는 것이다.'라고 생각하고 있습니다. 그들은 그 순간을 위해 수십 년간 핵무기를 개발하여 왔습니다. 그들의 두번째 전략은 남조선 사회를 자중지란에 빠뜨리는 것입니다. 그들은 지금 이 순간 그 기회가 오고 있다고 판단하여 두번째 전략을 실천으로 옮기기 시작한 것으로 보입니다. 전쟁이 일어나면 한국 사회에서 그들을 추종하는 무리들이 '우리는 평화를 원한다. 북의 요구를 들어주자. 아니면 핵폭탄을 맞고 괴멸당할 것이냐?' 하면서 선동할 것입니다. 며칠 전 벌어진 대규모 시위가 그 신호탄인 것으로 보입니다."

문 대령이 철민의 설명에 만족한 듯한 표정을 지으며 "그것 보시오. 적은 승냥이처럼 사냥감을 노리는데, 국군통수권자라는 자는 그 승냥이의 비위를 맞추는데 급급하고, 관군은 그 윗선의 눈치만 보고 있고, 백성은 먹방과 게임에 빠져 즐기는 데에만 정신이 팔려 있는 것이 오늘 우리 사회의 모습입니다. 이제 우리라도 의병이 되어야 합니다. '최종 해법'은 김씨 왕조를 무너뜨리는 것입니다. 그리하여 우리의 안보를 지키고, 학정에 신음하는 북한 동포를 구하는 것입니다. 우리라도 북쪽의 레짐 체인지(regime change)를 위해 구체적인 활동을 개시하여야 합니다."라고 말했다.

잠시 침묵이 흘렀다. 모두들 문 대령의 생각이 얼마나 위험한 발상인지를 잘 알고 있기 때문이었다. 최영복 교수가 입을 열었다. "지금 문 대령님이 말씀하신 북한 정권 교체를 위해 우리가 무엇인가를 해야 한다는 생각은 북한을 자극하여 무력충돌을 야기시킬 수도 있는 매우 위험한 생각입니다. 그리고 우리 '자유북한'의 설립 목적에도 맞지 않습니다. 우리 모임의 기본적 목표는 북한정권의 인권 유린 상황을 전 세계에 알려 북한 정권에 압력을 가함으로써 북한 주민의 인권을 개선하자는 데에 있습니다. 우리는 투사가 아닙니다. 그리고, 북한 정권 교체는 우리 힘으로 가능하지도 않을 겁니다."라고 말했다. 문 대령의 표정이 또 다시 일그러졌다.

그때 광복이 끼어 들었다. "북한의 정권교체가 아주 불가능한 일만은 아닙니다. 96년 고난의 행군 당시 함흥에서 군사 쿠데타 모의가 있었습니다. 소위 6군단 쿠데타 모의 사건이었죠. 당시 김일성이 죽고 난 후 김정일에게로 권력이 넘어가는 와중에 권력구조에 허점이 보였고, 극도의 식량난이 군사 쿠데타 모의를 촉발시켰습니다. 주모자 중 한 명의 배신으로 쿠데타가 불발되었고 6군단이 해체되었지만, 그런 일이 다시 벌어지지 말라는 법도 없습니다. 지금 북한은 대기근이 전 국토를 휩쓸고 있습니다. 주민들은 굶어 죽으나 맞아 죽으나 마찬가지라는 자포자기 상태에 놓여 있습니다. 제가 북에 들어가서 상황을 살펴보고 그 방법을 찾아보겠습니다."

국정원 출신 박정민이 말했다. "북한으로 잠입하여 그 사회에 쿠데타나 민중 봉기를 유도한다는 것은 실현 가능하지 않을 것입니다. 아시다시피 그 정권의 정교한 감시망과 무자비한 처벌 시스템으로 인해 북한 주민이나 군부가 마음 속의 저항을 조직화하여 행동으로 옮길 가능성은 전무하다고 생각합니다. 음모가 실패하는 경우에는 자신은 물론이고 자식, 손자, 일가 친척, 친구마저 무자비하게 처벌받게 되니 누가 그러한 희생을 감수하고 용기를 낼 수 있겠습니까?"

　원로 기업인 정상화가 힘겨운 목소리로 말을 꺼냈다. "여러분들도 아시다시피 내가 요즈음 건강이 안 좋습니다. 이게 내가 참석하는 마지막 이사회일지도 모르겠네요. 십여 년 전에 문 대령이 이 단체를 만들자고 했을 때 나는 군말 없이 뛰어 들었소. 그때 내 나이가 칠십이었지. 왜 그랬겠소? 인민군에 끌려간 아버지 때문이었어. 나는 아직도 그날을 생생히 기억하고 있어. 전쟁 났을 때 나는 국민학교 6학년이었어. 우리 집은 돈암동에 있었는데 미처 피난을 못 갔지. 내 아래로 여동생 넷이 다닥다닥 붙어 있었으니 아버지, 어머니가 그 어린 것들을 데리고 피난 갈 엄두를 못 냈던 거지. 9월 27일, 그러니까 서울 수복 전날밤에 인민군 놈들이 우리 집에 들이닥쳐 아버지를 끌고 갔어. 아버지가 경성전기 기술자였으니까 그 놈들에게도 쓸모 있는 사람이었겠지. 어머니가 안된다고, 봐달라고 애걸복걸하며 새파란 젊은 놈의 바짓가랑이를 잡고 늘어졌는데, 하사 계급장을 단 그 놈이 따발총 개머리판으로 어머니를 두들겨 패고는 아버지를 트럭에 실었어. 트럭의 화물 적재칸에서 실려 끌려가면서도 저희에 대한 걱정으로 가득 찼던 아버지의 그때 그 마지막 눈빛을 나는 평생 잊을 수가 없었어. 어머니는 그때 개머리판에 맞은 후유증으로 오른쪽 눈이 멀었어. 평생을 애꾸로 사신 거지."

　정상화는 여기서 말을 멈추고 잠시 호흡을 가다듬었다. "그리고 정말 개고생을 했어. 통일이 되어 아버지를 만나면 '제가 아버지 없이도 동생들을 이렇게 잘 키웠습니다.'하고 말하고 싶은 일념으로 그 어려운 고비들을 넘길 수 있었어. 그리고 몇 십년이 흘렀지. 아버지가 돌아가셨다고 생각하면서부터 나는 그들에 대한 복수심을 불태우며 살았어. 그러다가 문 대령이 북한 주민들을 돕는 일을 하자고 해서 '그래, 이제는 복수심을 접고 좋은 일을 하자.'고 마음을 고쳐먹고 이 일에 뛰어든 거야. 나는 사상이니 정책이니 그런 거 잘 몰라. 내가 원하는 것은 통일을 해서 북에 있는 우리 동포들을 구하자는 거야. 그게 다야."

분위기가 숙연해졌다. 문 대령이 "오늘은 여기까지 합시다. 좋은 의견들을 내주신 데 대해 감사드립니다. 하루 아침에 해결될 문제가 아니니 좀더 생각한 후에 다시 만나 우리가 갈 길에 대해 얘기해 봅시다."라고 말하며 이사회를 종료했다.

이사회가 끝난 후 문 대령은 철민과 광복에게 긴히 할 얘기가 있으니 근처 맥주집으로 가자고 했다. 광복이 문 대령의 휠체어를 밀었다. 일행은 어두침침한 복도를 지나 엘리베이터에 탔다. 오래된 건물이라 휠체어 한 대가 들어오니 엘리베이터에 공간이 거의 없었다. 옆의 사람들이 엘리베이터 벽에 몸을 기대며 휠체어 탄 사람의 불편을 덜어주려고 애쓰는 모습을 보면서 철민은 장애인이 죄인 취급을 받는 북한 사회의 모습이 떠올랐다. 문 대령 일행이 들어오자 맥주집 사장은 만면에 웃음을 띠며 그들을 구석 방으로 안내했다. 문 대령이 "십년 이상 다니다 보니 그래도 단골 대우를 해주는군." 하며 히쭉 웃었다.

생맥주가 몇 순배 돌아가자 둘의 얼굴을 찬찬히 바라보는 문 대령의 눈빛이 예사롭지 않게 변해 갔다. 문 대령은 목소리를 낮추었다. "얘기가 좀 길어 지겠지만 잘 들어주기 바라오. 이제 우리 '역사와 승부'해 봅시다. 며칠 전 광화문과 시청 앞에서 벌어진 친북시위에서 나타났듯이 김일성 장학생들이 우리 사회의 각계각층에 광범위하게 포진하고 있소. 땅 속 깊이 숨어서 암약하던 그들이 이제 지상으로 올라와 활개를 치기 시작한 것이지. 그들의 저의를 알고 있을듯한 정치인과 정부, 심지어 언론도 무엇을 두려워하는 것인지 이들의 준동을 방관하고 있소. 아니 그들 중 이미 표면에 올라와 권력은 잡은 자들은 오히려 이들의 움직임을 부추기고 있지. 시민들은 핵무기를 가진 김정은 정권을 내심 두려워하면서도 애써 그들의 정체를 외면하면서 거짓 평화의 단물에 도취되어 있지. 그러니 이제 뜻 있는 민초들이 의병이 되어 일어설 수밖에 없어. 우리들이라도 그 무리들에 대항하는 시민운동의 불길을 당깁시다. 더나아가 우리가 저들의 뒷배인 김씨 왕조를 무너뜨리는 마중물이 되자는 것이야. 우리 민족의 신체적, 정신적 건강을 지키기 위해서는 온몸에 퍼져 있는 암세포를 제거하는 것이 유일한 해법이 아니겠소? 이런 얘기를 하면 많은 사람들이 '그럼, 전쟁을 하자는 것이냐?'하고 묻곤 하지. 나는 지난 20여 년 동안 그런 반문, 아니 힐난을 수십 번 들어왔어. 그 말은 소위 평화와 인권을 존중한다고 나팔을 불어 대면서, "까불면 불바다를 만들어 놓겠다."고 대놓고 위협하는 북 정권에 대해서는 찍 소리도 못하는 그런 자들이 만들어 낸 레토릭(rhetoric)이란 말이요. 그들의 수사법에 일반 시민들이 말려든 거지. 전쟁은 해법이 될 수는 없소. 남쪽 시민들 중에서 누가 전쟁을 원하겠소? 전쟁을 피하는 가장 좋은 방법은 미리 전쟁에 대비하는 것이지. 우리가 이렇게 애쓰는 것도 저들의 도발을 막자는 것이지 않소. 우리는 이제 저들 세력에 대항하는 시민운동을 전개하여야 하오. 우리의 뜻에 동참하는 이가 많아지면, 그 시민운동은 상당한 힘을 갖는 정치세력이 될 수 있다고 생각해. 예를 들어 그 의병이 선거에서 표를 가진 백만 대군, 천만 대군이 된다면 정치인들도 우리의 목소리에 귀를 기울일 수밖에 없지 않겠소?"

광복이 "그것이 바로 제가 바라는 것입니다. 저는 이 일에 제 한 몸 바칠 각오가 되어 있습니다." 문 대령이 철민을 바라보았다. 철민은 좀더 생각해 본 후에 얘기하겠다고 하면서 즉답을 피했다. 문 대령은 철민이 말을 아끼는 것이 못마땅한 듯한 표정을 지으면서 "자, 그러면 오늘은 여기까지만 하지. 김 국장, 내 차까지 이 휠체어 좀 밀어주겠어?"라 하며 그날의 모임을 마무리 지었다. 문 대령은 장애인용으로 특수 제작한 차를 운행하고 있었다. 그는 왼쪽 다리만을 잃어 지팡이에 의존하여 걸을 수도 있었지만, 얼마 전부터 기력이 쇠약해졌는지 휠체어를 이용하는 빈도가 잦아지고 있었다.

한국에 온 후 철민은 미옥의 죽음으로 비탄에 빠져 외부 세계와의 접촉을 자제하고 자기 내부에 성(城)을 만들어 그 안에 침잠하면서 책에 묻혀 살았다. 그는 분야를 가리지 않고 많은 책을 섭렵했다. 특히 외교관 출신이어선지 사회과학 분야, 특히 동북아 안보 문제에 관한 서적을 탐독했다. 그러는 그에게 영애와 영석은 유일한 위안이었다. 다행인 것은 그들은 광복의 두 딸들과는 달리 학교생활에 잘 적응하고 있었다. 주변에 친구도 많은 것 같았다. 철민은 두 아이가 어렸을 적부터 사랑이라는 단비를 흠뻑 맞으면서 자랐기 때문이 아닌가 하고 생각했다. 자신은 아이들이 철들기 시작할 무렵부터 그들과 떨어져 살아 아비의 정을 주지 못했지만, 맑은 영혼을 가진 미옥이라는 엄마와 그들을 애지중지하던 외할아버지의 가없는 사랑이 아이들에게 밝고 순수한 마음을 선사했다는 생각이 들었다. 친구들은 영애와 영석의 밝은 표정과 착한 성품에 이끌려 그들을 좋아하게 되지 않았나 하는 생각도 들었다. 하지만 가끔씩 그들의 얼굴에 옅게 드리운 그림자를 볼 때마다 철민의 마음은 메어지는 것 같았다. 그는 그 그림자가 엄마에 대한 그리움을 속으로만 삭히는 아픔의 잔영임을 알고 있었다.

그러던 어느 날 헬렌에게서 전화가 왔다. 라일락 향기 짙은 밤, 철민의 집 앞에서 샐쭉한 얼굴로 급히 차를 몰고 떠나던 그녀의 모습이 떠올랐다. "너무 심한 것 아니에요. 어쩜 전화 한 번 안 주세요." 그녀의 목소리는 경쾌했다. "우리 만나요. 이번에는 비즈니스 미팅이예요." 다음 날 그들은 로스앤젤레스 타임즈 서울 사무실 겸 헬렌의 집이 있는 남산 산자락 아래에 있는 이탈리안 레스토랑에서 점심을 했다. 헬렌은 본사에서 8·15 특집을 준비하고 있는 데, 자기에게 한국에 거주하는 탈북민의 생활상을 취재하라는 지시가 와서 철민의 조언을 듣고 싶다고 했다. 철민은 자신은 이미 미국 생활을 경험하여서 한국에 적응하는 것이 별 문제가 없었지만, 다른 탈북민의 경우 대부분 많은 어려움을 겪고 있다고 했다. 그 중에서 제일 큰 어려움은 문화적 쇼크와 한국인들의 탈북민에 대한 차별이라고 했다. 북한 인민은 조선 말기의 가렴주구 왕조 시대를 거쳐, 일본 제국주의와 스탈린식 공산주의 아래에서 살아왔고, 현재는 수령유일체제라는 잔혹한 독재체제 아래에서 살고 있기 때문에 자유, 민주, 인권, 인본주의라는 개념에 대한 이해가 거의 없고, 지시에 따른 절대적인 복종에만 익숙해 있다고 했다. 이런 이들에게 모든 것을 자기 스스로 결정하고 책임 져야 하는 남한의 시스템은 마치 부모가 어린아이를 놀이공원 한 가운데에 버려 놓고 알아서 집을 찾아오라고 주문하는 것과 마찬가지라고 했다. 또한 장마당 이외에 자본주의에 대한 경험이 없는 그들에게는 시장, 은행, 이자, 가격과 같은 낯선 자본주의적 개념에 적응하는 것이 쉽지 않다고 했다. 예를 들어 화폐개혁 당시 저금소(은행)에 저축했던 돈을 거의 찾지 못하고 빼앗겼던 그들은 은행을 자신들의 돈을 수탈하는 기관으로 생각하는 등 금융에 대한 이해가 거의 없는 것도 한국 사회에 적응하는데 큰 문제라고 했다. 그러나 자유민주주의와 자본주의라는 체제에 적응하지 못하는 데에서 오는 어려움보다 이들이 더 좌절하는 것은 남한 사람들의 탈북민에 대한 부정적 시각이라고 했다. 한 마디로 한국인들은 탈북민을 3등국민으로 인식하고 있다고 했다. 이들이 취업할 경우 고용주는 비교적 자본주의에 익숙한 중국 국적의 조선족을 이들보다 선호하여, 고용시장에서는 조선족 2등근로자, 탈북민 3등근로자라는 눈에 안 보이는 차별이 존재하고 있다고 했다. 철민은 보다 상세한 개별적인 케이스를 알고 싶다면 탈북민들의 모임인 '해바라기회'를 접촉해 보라고 일러 주었다.

'해바라기회'는 탈북민들이 자생적으로 이룬 모임이다. 그들은 소외받는 사회에서 서로를 이해할 수 있는 사람들이 그리웠다. 만나면 눈빛 하나로, 몸짓 하나로, 서로를 이해하고 서로에게 이해 받는 사람들이 그리웠다. 그곳에서는 한국 사람 누구와도 나눌 수 없는 아픔을 나눌 수 있어 좋았다. 북녘 땅에 두고 온 가족이 그리울 때면, 또 그들이 걱정될 때면 서로 만나 하소연할 수 있어 좋았다. 또 한국 사회에서 차별과 멸시를 받을 때면 마음 놓고 푸념하고, 한국 사람들을 욕할 수 있어 좋았다. 또한 그곳에서는 한국 사회에서 살아가는 데 필요한 각종 생활정보를 얻을 수 있어 좋았다. 누가 먼저라 할 것 없이 그렇게 다섯 명, 열 명 모이다 보니 제법 큰 동아리를 이룬 곳이 '해바라기회'이다. 그러나 '해바라기회'는 탈북민들의 친목 단체의 성격을 띨 뿐, 사회적으로 조직화를 이루지는 못했다. 그들은 비록 비슷한 환경에서 살고, 비슷한 고통을 겪고 있더라도 상대방에게 자신의 속마음을 터 놓는 경우가 상당히 드물다. 서로를 감시하고 서로에게 감시받고 살아온 북한에서의 생활이 몸에 배어서인지 그들의 솔직함에는 한계가 있을 수밖에 없다. 모이는 사람들의 이러한 심리적 배경과 사회적인 무력감으로 인해 그들은 모임의 조직화를 상상해 보지도 않았다.

고백

　문 대령과의 맥주집 회동이 있은 지 며칠 후 철민이 광복에게 연락하여 둘은 마포 뒷골목의 허름한 선술집에서 만났다. 둘은 함흥 신흥관 호텔에서 헤어진 후 한국에 들어오기까지의 과정을 때로는 분노로, 때로는 절망으로 풀어 나갔다. 둘이 그 고통의 시간들을 함께 나누다가 미옥을 잃게 된 사연을 얘기하던 철민은 결국 참고 참았던 눈물을 보였다. 광복에게 그 아픔이 뼛속까지 전해왔다. 철민을 위로하던 광복은 가족과 북한을 탈출한 이후 자기 혼자서만 삭혀 왔던 그의 고통을 철민에게 토로했다. 광복은 "너도 의문을 품고 있겠지만 경숙이와 아이들이 어떻게 요덕수용소의 그 삼엄한 경비를 뚫고 탈출했겠어?" 어느새 둘은 오랜 친구처럼 "너, 나"를 자연스럽게 호칭하는 관계가 되어 있었다. "결국 경숙이가 어떤 경비원 놈에게 몸을 내 주고, 그 자의 도움을 받은 거지. 그 상황에서 그 방법 밖에 없었을 거야. 아이들도 살려야 했으니까. 충분히 이해해. 그래서 경숙이를 만난 이후 나는 수용소 탈출 과정에 대해 한 번도 물어본 적이 없어. 경숙이도 거기에 대해서는 침묵했고. 나의 머리는 그 현실을 이해했지만, 나의 가슴은 경숙의 그 짓을 받아들이지 못하고 있어. 철민에게도 광복의 아픔이 전해왔다. 철민은 '그래도 경숙이는 살아 있잖아. 미옥이는 이 세상에 없어.'라는 생각이 들었지만, 차마 그 말을 입 밖에 낼 수가 없었고, 어떠한 충고도 해줄 수 없었다. 고통은 주관적인 것이기에 남의 고통을 자신의 잣대로 평가할 수는 없다는 생각이 들었고, 그러한 고통은 스스로 극복하여야 하는 것이지 남의 충고나 위로는 별 도움이 안된다고 생각했기 때문이었다. 철민은 만취하여 몸을 가누지 못하는 광복을 업고, 늦은 밤 간신히 택시를 잡아타고 그를 자기 집으로 데려왔다. 영애와 영석이 놀랐다. 몸을 휘청거릴 정도로 술 취한 아버지의 모습을 본 적이 없었기 때문이었다. 그 보다 거무튀튀한 얼굴에 떡 벌어진 어깨를 가진 낯선 아저씨의 등장이 무서웠다.

다음날 아침 잠에서 깬 철민은 해장국으로 황태탕을 끓였다. 아이들은 이미 학교에 가고 없었다. 해가 중천에 뜰 무렵 잠에서 깨어난 광복은 절제를 잃고 만취했던 자신이 부끄러웠다. 광복이 철민에게 몇 번이고 미안하다는 말을 했다. 철민이 "친구 간에는 미안하다는 말을 할 필요가 없어." 라고 응대했다. 황태탕을 벗 삼아 맥주로 해장술을 하던 광복이 철민에게 함흥에서 꾸었던 1만 달러는 갚으려면 시간이 걸릴 터이니 양해해 달라고 했다. 철민은 그 돈이 가족을 구하는데 결정적으로 쓰였다는 것을 전날 광복으로부터 들어 알고 있었다. 철민은 아무 말없이 자기의 은행 계좌번호를 주고는 광복의 계좌번호를 달라고 했다. 광복은 의아한 표정을 지으면서 자신의 계좌 번호를 철민에게 알려주었다. 그날 오후 철민은 은행에 가서 광복에게 3억 원을 송금한 후 "1만 불도, 방금 송금한 돈도 갚을 필요 없어. 가족들과 정착하는데 유용하게 쓰였으면 하는 것이 내 유일한 바람이야. 우리는 앞으로 하여야 할 일이 많이 있잖아!"라는 문자 메시지를 보냈다.

'해바라기회'를 통해 십여 명의 탈북민을 만나 취재했던 헬렌은 다음과 같은 기사를 본사에 송고했다. "…… 전략…… 한국 시민들의 탈북민에 대한 멸시와 차별은 심각하다. 예를 하나만 들자면, 어느 탈북인은 한국의 최고학부로 일컬어지는 서울대학교 의과대학을 유급 한 번 없이 졸업하고, 의사 면허를 취득했다. 그러나 그를 기다리고 있던 것은 창창한 미래가 아니라, 어이없는 좌절이었다. 그는 취업을 위해 중간 규모의 병원 몇 군데에 이력서를 내었으나, 면접에서 번번이 퇴짜를 맞았다. 검정고시라고 기재한 고등학교 학력 란이 항상 문제가 되었다. 고등학교를 다니지 못한 이유를 묻는 병원 원장에게 탈북인이라고 얘기하면, 매번 집에 가서 기다리면 연락하겠다는 대답이었고, 결국은 아무런 연락이 오지 않았다고 한다. …… 후략……"

항상 밝은 표정으로 재잘대던 영애와 영석이 말수가 줄어들고 자기들 방에서 각자 혼자 있는 시간이 길어졌다. 철민은 여름 방학이 시작되어 함께 놀던 친구들도 만날 수 없으니 아이들이 답답해한다는 생각이 들었지만 애비로서 어찌해야 할지를 몰랐다. 철민은 미옥의 부재가 주는 집안의 허허로운 공기를 다시 한번 느꼈다.

철민은 몇 번이고 망설이다가 용기를 내어 헬렌에게 전화하여 주말에 시간이 있냐고 물었다. 몇 마디가 오고 가자 헬렌이 주말까지 기다릴 것 없이 당장 철민의 집으로 가겠다고 했다. 현관문의 차임벨 소리가 울리자 철민은 가벼운 흥분을 가라앉히려는 듯 느린 걸음으로 마당을 지났다. 현관문을 열자 가슴 한아름 해바라기를 안고 있는 헬렌이 해바라기 같은 환한 웃음을 철민에게 보내며 "오랜만이에요."라고 인사를 건넸다. 찾아오는 이가 거의 없는 집에 차임벨이 울리자 집안에 있던 아이들이 마당으로 뛰쳐나왔다. 아이들은 헬렌을 보자 "안녕하세요." 라고 반갑게 인사했다. 철민과 헬렌이 거실 소파에 자리 잡았다. 사람이 그리웠던 아이들도 둘의 주변을 떠나지 않고 재잘거렸다. 헬렌이 아이들에게 "나, 너희들에게 줄 선물이 있어." 라며, 쇼핑백에서 예쁘게 포장되어 있는 박스두 개를 꺼냈다. "너희들이 좋아하면 내가 무척 기쁠거야." 라며 핑크 빛 박스는 영애에게, 하늘색 박스는 영석에게 주었다. 아이들은 "감사합니다."라는 말을 하기가 무섭게 호기심 가득한 표정으로 선물상자를 열었다. 그 순간 "헉"하는 짧은 숨소리와 함께 철민의 눈이 휘둥그레졌다. 로스앤젤레스 한인성당 바자회에 철민이 기증했던 천하대장군과 지하여장군 목각 인형이었다. 헬렌이 "이 목각인형들을 철민 씨가 직접 조각했다는 말을 에이미로부터 들었어요. 철민 씨의 손 때가 묻은 작품이라 그날 제가 샀어요. 서울에 와서 애들을 제 책상 앞에 놓고, 매일 아침 애들에게 '굿 모닝'하고 인사한 후 일을 시작하고 있죠. 영애와 영석 생각이 나서 오늘 가져왔어요." 철민은 그 목각인형들이 하늘나라에 있는 에이미가 자기에게 보내온 전령이라는 생각이 들었다.

　헬렌의 스포츠카가 미시령 잿마루에 올랐다. 바다 내음을 흠뻑 품은 서늘한 바람이 8월의 작렬하는 태양의 열기를 식혔다. 초록 물결의 태백 산지 나무 숲이 눈 앞에 펼쳐 졌고, 멀리 동해의 짙푸른 수평선이 한 눈에 들어왔다. 여름방학 내내 집안에 갇혀 답답해하는 아이들을 위해 함께 바캉스를 가자는 철민의 청을 헬렌이 흔쾌히 받아들였고, 철민의 제안에 따라 그들은 행선지를 화진포로 정했었다. 일행은 농촌마을에서 방이 두 개 딸린 별채를 빌려 민박했다. 어스름이 다가오자 철민은 차 트렁크에서 제법 큰 포대를 꺼냈다. 포대 안에는 장작, 조개탄 등 모닥불을 피우기 위한 장비가 준비되어 있었다. 모닥불 불꽃이 별빛 가득한 여름 하늘로 피어올랐다. 아이들이 노래를 불렀다. 북한을 탈출하며 개마고원에서 피웠던 모닥불 불가에서 수령님 찬가를 불렀던 아이들이 이번에는 "푸른 하늘 은하수 하얀 쪽 배에……"로 시작하는 동요를 불렀다. 아이들을 바라보는 헬렌의 눈에 이슬이 맺혔다.

　도착 다음날 아침 그들은 휴전선과 맞닿은 고성 통일전망대에 올랐다. 전망대 앞뜰에는 키가 족히 10m는 되어 보이는 화강암 부처님이 북녘 땅을 내려다보시며 그 땅 중생들의 마음의 평화를 기원하고 계셨다. 그 옆에 자리한 십자가에는 예수님이 학정에 신음하는 영혼을 구원하기 위해 오상(五傷)*에서 피를 흘리고 계셨다.

●　예수 그리스도의 몸에 난 다섯 상처. 십자가에 못 박히셨을 때 두 손과 두 발에 박힌 못 자국과 나중에 병사가 창으로 옆구리를 찔러 난 상처를 말한다.

북녘 땅을 바라보던 철민의 눈에 눈물이 고였다. "저기도 내 땅이요, 내 강산인데, 자유 잃은 곳이기에 더욱 그립다." 어디서인가 읽은 시의 한 구절이 떠 올랐다. 또한 그 땅에 살면서 온갖 특혜를 누리면서 하위 성분에 속하는 인민들을 무시하며 그들의 고통을 당연하게 여겼던 자신의 지난 날들이 부끄러웠다. 자신이 누렸던 특혜는 김일성 일가에 충성했던 아버지를 두었던 덕분이라는 사실이 부끄러웠다. 아버지의 숙청과 함께 자신에게 위험이 다가오자 가족을 남겨 둔 채 혼자 살겠다고 탈출한 그 이기심이 부끄러웠다. 에이미와 사랑을 나누면서 미국에서 안온하게 살았던 것이 미옥과 아이들에 대한 배신이었다는 생각이 들어 미안했다. 미옥과 아이들에게 새로운 삶을 안겨주겠다는 미명 하에 그들을 탈출시키고자 했던 자기 합리화가 죄스러웠다. 무엇보다도 에이미를 잃은 후 가족과 함께 살고 싶다는 자신의 욕심 때문에 아이들이 엄마를 잃었다는 사실에 이르러서는 결코 스스로를 용서할 수 없었다. 마침내 그의 양 볼에 회한의 눈물이 흘러내렸다. 그때, 등뒤로부터 헬렌의 양 팔이 그를 감쌌다. 그 모든 것을 이해하고 보듬어 주겠다는 듯이.

파라솔 아래 자리 잡은 그들에게 동해의 푸른 파도가 밀려왔다. 파도는 해변에 이르러 스스로 몸을 부수더니 흰 거품으로 사라져 갔다. 아슬아슬한 곡예를 부리는 서핑 족의 모습이 눈에 들어왔다. 철민은 아이들에게 파도가 높으니 물에 들어가지 말고 바닷가에서만 놀라고 주의를 주었다. 아이들은 모래로 갖가지 형상을 만들다가 허물어 버리곤 했다. 얼마 후 둘은 함께 여자 얼굴을 만들면서 정성스럽게 다듬고 있었다. "엄마 얼굴이구나." 철민의 가슴에

찡하는 아픔이 전류처럼 퍼져 나갔다. 그때 아이들과 철민을 번갈아 바라보던 헬렌이 철민에게 나지막이 속삭였다. "하느님은 세상의 일을 일일이 다 챙길 수 없어 어머니를 만들었답니다. 그런데 저는 아이를 낳을 수 없어요. 선천적으로 탈이 있대요. 제가 저 아이들을 챙겨 주겠어요. 어머니가 되겠어요." 철민은 놀라움으로 헬렌을 쳐다보았다. 헬렌이 말을 이어갔다. "저는 사실 철민 씨를 오랫동안 좋아했어요. 철민 씨가 이해심이 깊은 남자처럼 보였어요. 기억나세요? 에이미가 세상을 떠나던 날, 에이미가 저에게 '크리스마스 이브인데 만날 남자 친구 하나도 없어?'라고 놀려서 제가 '철민 씨 만한 사람이 있어야지.'라고 했고, 그래서 셋이 모두 웃었잖아요. 그 말, 빈말이 아니었어요. 그렇지만 저는 철민 씨가 저를 사랑하는 것을 기대하지는 않아요. 그토록 사랑했던 에이미와 미옥 씨를 잃은 그 상처받은 가슴으로 또다시 저도 사랑해 달라고 기대하는 것은 염치 없는 욕심이잖아요. 제가 원하는 것은 저를 그냥 이해해 달라는 것이예요. 제가 오랫동안 혼자서만 간직해 왔던 저의 아픔, 엄마가 될 수 없는 운명을 가진 여자를 이해해 달라는 것이에요." 헬렌의 양 볼에서 눈물이 흘러내렸다. 철민은 아무 말도 못한 채 헬렌을 꼭 안아 주었다.

'자유북한' 사무실에서 이사회가 다시 열렸다. 문 대령이 정상화 이사는 몸이 안 좋아 참석하지 못한다는 연락이 왔다고 했다. 여기저기서 그의 건강을 걱정하는 얘기들이 나왔다. 문 대령은 정 이사가 지난 번 회의에서 중요한 화두를 던졌다고 하면서, 그는 없지만 통일 문제에 대해 허심탄회하게 논의해 보자고 했다. 문 대령이 먼저 얘기를 꺼냈다. "통일에 대한 우리의 가장 큰 문제는 한국 사회에 통일을 원치 않는 사람들이 더 많다는 점입니다. 특히 젊은 세대에서는 그러한 경향이 더욱 심합니다. 허나 통일은 우리가 원한다고 이룰 수 있고 원치 않는다고 지나쳐 지는 문제가 아닙니다. 우리는 선택권 없이 통일 전야에 놓이게 될 것입니다. 그때 일어나는 혼란을 최소화하기 위해서는 보다 많은 우리 국민이 통일의 불가피성을 인식하고 이를 지지하는 것이 필요합니다. 따라서 우리는 통일에 대한 국민적 공감대 형성을 위해 노력하여야 할 것입니다. 지난 번에 저는 지금 우리 사회에서 준동하기 시작한 종북 세력에 맞서는 시민운동을 하자고 제안했습니다. 그 시민운동이 통일로 연결되면 좋겠습니다. 즉, 우리 '자유북한'이 불을 댕기는 시민운동이 통일에 대한 국민적 공감대를 형성하는 시발점이 되도록 하자는 것입니다."

이때 최영복 교수가 반론을 제기했다. "이사장님께서 통일의 공감대 형성을 얘기하셨는데, 여러분들, 어떻습니까? 그것이 가능하리라 보이십니까? 저는 불가능하다고 봅니다. 통일에 반대하는 사람들은 통일 과정에서 야기될 혼란을 두려워하는 것입니다. 그들은 현상 유지가 주는 안정을 원합니다. 또한 그 많은 통일비용을 왜 우리가 부담해야 하냐는 겁니다."

국정원 출신 박정민 이사가 말했다. "저도 통일에 대한 완전한 공감대 형성은 가능하지 않다고 보지만, 보다 많은 사람들이 통일의 불가피성을 인식하도록 노력하는 것은 필요한 일이라고 생각합니다."

광복이 끼어들었다. "통일은 우리가 선택할 수 있는 문제가 아닙니다. 불시에 찾아올 수 있는 북한 급변사태는 한반도를 발기발기 찢어 놓을 수도 있고, 통일로 가는 길을 열어 줄 수도 있습니다. 갈라진 한반도는 언제 폭발할지 모르는 화약고를 품고 있는 형국입니다. 제 말씀은 북한 급변사태가 발발하는 계기에 통일을 이룸으로써 언젠가는 불이 당겨질 지도 모르는 그 화약고를 아예 없애버리자는 것입니다. 우리 후손들에게 화약고를 넘겨주지 말자는 것입니다. 통일의 불가피성을 인식하는 사람들이 많아진다면 그 급변사태 때 혼란이 덜 할 수 있겠지요."

그때까지 회의를 관망하던 김석현 회장이 입을 열었다. "박 교수 말씀대로 통일을 원치 않는 사람 중 상당수는 통일비용을 두려워합니다. 특히 젊은이들은 그 엄청난 비용을 왜 자신들이 짊어져야 하냐고 반문합니다. 통일과정에서 정치적, 사회적으로 엄청난 혼란이 올 것은 분명합니다. 그러나 경제적인 문제에 대해서는 저는 좀 생각이 다릅니다. 우리가 통일비용을 두려워하는 것은 독일의 통일 과정을 보았기 때문일 것입니다. 그러나 저는 독일 정부의 통일 정책이 잘못되었다고 생각합니다. 통일이 된 다음 몇 년 후에 동독 주민의 생활 수준을 서독 주민 생활 수준의 몇 퍼센트까지 만들겠다는 식의 분배 위주의 접근법이 잘못되었다는 것입니다. 한반도의 통일은 경제적으로는 분명히 기회입니다. 분배 방식 접근이 아니고 투자와 생산 방식으로 접근한다면 통일비용을 조달할 수 있습니다. 투자에는 회임기간이라는 말이 있습니다. 투자 후 그 투자액을 회수하는 기간을 말합니다. 그 기간은 어디에 투자하느냐에 따라

달라집니다. 또 북한은 토지가 전부 국유지이고 노동력이 저임입니다. 여기에 우리나 외국의 자본이 투입된다면 적은 투자로 엄청난 결실을 맺을 수 있을 겁니다. 만일 통일이 되고 그때까지 제가 살아 있다면 저는 회임기간이 짧은 업종 즉, 경공업이나 서비스 업에 투자할 것입니다. 또, 통일비용, 통일비용 하는데 분단 비용은 왜 생각 안합니까? 국방비 같은 직접적인 분단 비용도 있겠지만 한국이 지불하여야 하는 눈에 잘 안 띄는 분담 비용은 엄청납니다. 저는 이러한 면도 생각해 봐야 한다는 의견입니다."

외교부 출신 이철순이 말했다. "그렇습니다. 분단에 따른 안보 리스크는 외국인의 국내 투자에 부정적 영향을 주는 등 대외관계에 있어서 큰 마이너스로 작용하고 있습니다. 저는 통일 문제의 국제적 성격에 대해 얘기해 보겠습니다. 한반도는 2차대전의 결과로 해방되었고 또 분단되었습니다. 통일도 결국 국제 안보환경이 결정적 변수가 될 것입니다. 북한의 현 체제가 붕괴된다 하여도 그것이 통일로 연결된다는 보장은 없습니다. 체제 붕괴 이후에 벌어질 상황은 그때의 북한 내부 사정과 미국, 중국 그리고 한국의 정치적, 경제적, 군사적 상황에 따라 결판 날 것입니다. 그러나 확실한 것은 남북한 둘이서만 쿵작쿵작하여 통일을 이룰 수는 없다는 것입니다. 역사상 어느 나라도, 어느 정권도 합의에 의해 통일을 이룬 적이 없습니다. 이탈리아 통일(1861), 독일 통일(1871), 베트남 통일(1975), 독일의 재통일(1990) 등 모든 통일은 무력 통일이었거나 흡수통일이었습니다. 어떤 정치 지도자도 자신이 가진 권력을 나누려 하지 않습니다. 최고권력이란 말 그대로 맨 꼭대기 한 사람만이 가질 수 있는 권력을 말합니다. 때문에 남북한의 최고 권력자들은 그들이 가진 최고권력을 결코 나누려 하지 않을 겁니다. 현재 중국은 미국과의 패권 다툼에서 북한을 완충지대로 여기면서 북한 정권의 생명을 연장시켜주고 있습니다. 중국은 앞으로도 그런 입장을 계속 유지하겠지요. 미국은 한국 주도의 통일을 원하지만 중국 변수 때문에 대놓고 통일을 지지하지는 못할 것입니다. 북한에 급변 사태가 발생할 때 우리가 손을 놓고 있고, 중국이 사태를 수습한다면, 북한에는 친중 정부가 들어서서 또 다른 모습의 분단이 장기화될 것입니다. 그러면 우리 세대는 우리 전 세대가 우리에게 죄를 지었듯이 역사와 후손에 죄를 짓게 될 것입니다. 그렇기 때문에 통일에 대한 우리 정부와 국민의 마음가짐이 중요합니다. 그래서 쉬운 일은 아니지만 통일에 대한 국민적 합의를 이루는 노력은 하여야 할 것입니다. 우리 '자유북한'이 이 일에 앞장서야 합니다."

문 대령은 만족한 표정을 지으며 국민적 합의를 도출하기 위해 어떠한 노력을 해야 할 것인지 물었다.

철민이 입을 열었다. "통일에 대한 긍정적 여론 형성을 이사장님께서 말씀하신 시민운동의 주요 목표 삼아야 할 것입니다. 그런데 우리 '자유북한'은 세가 약하니 사회적으로 명망이 있고 활동력 있는 유력 인사를 우리의 리더로 모시는 것이 어떻겠습니까? 그런 분이 나서는 것이 지지자들을 모으는데 유리할 것입니다."

다수의 이사가 철민의 의견에 동조했고, 사회적으로 존경받는 명망가를 모시는 일은 문 대령 등 원로 이사들이 맡기로 했다. 이사회를 마치기 직전 문 대령은 "큰 일을 벌이자고 해 놓고 사실은 큰 걱정이 있습니다. 자금 마련입니다. 우리 회원들이 매달 십시일반 보내주는 소액의 후원금과 뜻있는 사람들의 기부금으로는 단체의 일상 경비를 감당하기도 어려운 형편인데 그러한 큰 사업을 벌이려면 상당히 큰 돈이 필요할 텐데…… 하여튼 시간을 두고 자금 마련 방법을 함께 고민해 봅시다." 라고 말했다. 자금 문제가 나오자 이사들은 침묵했다.

회의를 끝내며 문 대령은 시민운동의 출정을 자축하는 의미에서 저녁 식사를 하며 술 한잔하자고 제안했다. 열띤 토론으로 약간은 긴장되었던 분위기를 누그러뜨리기에는 술만 한 약이 없었던지 이사들은 흔쾌히 좋다고 했다. 그러나 철민은 중요한 약속이 있어서 참석하지 못하겠다면서 양해를 구했다. '자유북한' 사무실을 나오자 하늘은 저녁 노을로 물들어 있었다. 철민은 무거운 마음을 달래려고 무작정 걷기 시작했다. 충무로 사무실을 나온 철민의 발걸음은 어느새 남산 둘레길로 접어 들었다. 어스름이 찾아왔다. 길 옆에 헬렌과 한달 전에 점심을 했던 이탈리안 레스토랑이 보였다. 철민은 헬렌에게 전화했다. 마침 헬렌이 집에 있었다. 헬렌은 자기 집이 근처에 있어서 30분 내로 식당으로 올 수 있다고 했다. 간편복 차림의 화장기 없는 헬렌의 모습이 오히려 싱그러웠다. 철민의 심각한 표정을 누그러뜨리려는 듯이 헬렌은 가벼운 농담을 섞어가며 대화를 이어 갔다. 와인이 몇 잔 들어가자 철민은 그날 이사회에서 논의된 시민운동 출범 계획에 대해 얘기했다. 몇 가지 질문과 답변이 오고 간 후 헬렌은 잠시 말이 없었다. 이윽고 그녀는 "저도 키드만 여사의 '드림NK' 회원으로 가입한 후 북한 정권과 북한 주민에 대해 관심이 많아 졌어요. 특히 취재차 십여 명의 탈북인을 만나고 나서는 북한 주민을 해방시키기 위해서는 무엇인가를 해야 한다는 생각이 들었어요. 그래서 그러한 시민운동을 벌인다는 데에 기본적으로 찬성이에요. 헌데 철민 씨가 그 중심에 서는 것은 마음이 내키지 않네요. 시민운동에 참여하는 것은 좋지만 무거운 책임은 맡지 않으면 좋겠어요." "나는 한국에 온 이후 지난 일년 반 동안 내가 하여야 하고 또 할 수 있는 의미 있는 일을 찾아 헤맸습니다. 이제 그 일을 찾은 것 같습니다. 나는 이 시민운동이 불꽃처럼 활활 타오르게 하는 데 이 한 몸을 바칠 각오입니다."라고 말하는 철민의 눈에 결의의 불꽃이 보였다. 헬렌은 자신은 그러한 철민의 결의를 꺾을 수 없다는 생각이 들었다.

철민이 헬렌에게 남산 타워까지 걷자고 했다. 가을이 다가오는지 대기가 선선해졌다. 오르막 길이 제법 험준했다. 언덕길을 계속 오르다 보니 숨이 가빴다. 헬렌이 쉬어 가자고 했다. 둘은 쉴만한 곳을 찾아 아스팔트 포장 길을 벗어나 숲 속으로 들어갔다. 소나무의 피톤치드 냄새가 코 끝을 자극했다. 둘은 활엽수 낙엽에 덮인 공터에 자리 잡았다. 철민이 입을 열었다. "지난 번 화진포 해변에서 헬렌이 내게 한 말, 영애와 영석의 어머니가 되겠다는 말을 듣는 순간 나는 망치로 머리를 얻어 맞은 것 같은 충격을 받았어요. 또, 너무나 급작스러운 제안이라 아무런 대답을 할 수 없었어요. 생각할 시간이 필요했죠. 사실 나, 헬렌을 많이 좋아해요. 그런데 선뜻 마음을 열지 못하겠더라구요. 무엇보다도 미옥과 아이들에 대한 죄책감 때문이었죠. 또 다른 이유는 헬렌은 나라는 사람이 넘볼 수 없는 저 높은 것에 있는 여인으로 보였기 때문이었죠. 두 번이나 결혼했던, 아이가 둘 달린 홀아비가 이렇게 아름답고, 교양 있고, 착한 젊은 여인을 넘본다는 것은 주제넘은 욕심이라는 생각이 들었었지요. 그래서 헬렌을 그냥 좋은 친구로서 대하자고 스스로에게 몇 번이나 다짐 했었지요. 그런데 헬렌이 저를 받아 주고, 또 영애와 영석의 엄마가 되어주겠다고 하니 놀랠 수밖에 없었던 거죠. 그 후 많이 생각했어요. 아이들의 엄마가 되어주겠다고 하는 헬렌의 제안은 미옥과 에이미가 하늘 나라에서 보낸 축복과 같은 선물이라고 생각하기로 했어요."

그러더니 철민은 양복 안주머니에서 무엇인가를 꺼냈다. 자그마한 박스를 열자 다이아몬드 반지가 나왔다. 철민은 무릎을 꿇으며 "헬렌, 나와 결혼해 주세요. 생명이 다하는 날까지 그대만을 아끼고 사랑하겠소." 라고 사랑을 고백하며 미래를 약속했다. 말없이 철민을 바라보는 헬렌의 눈에 다이아몬드의 영롱한 빛이 달빛에 반사되어 빛났다. 헬렌은 말없이 고개를 끄덕였다. 철민은 헬렌의 왼손 네번째 손가락에 반지를 끼워주었다. 둘은 포옹하며 입술을 포갰다. 둘의 온기가 서로에게 전해졌다. 휘영청 보름 달빛이 그들을 감싸 앉았다.

다음 날 오후 헬렌이 철민의 집을 찾았다. 영애와 영석은 이미 학교에서 돌아와 있었다. 화진포에서의 헬렌의 따사로운 눈빛과 부드러운 손길을 잊지 않았던 그들은 헬렌을 반갑게 맞았다. 헬렌이 저녁 식사로 무엇인가를 열심히 만드는데 철민에게 그 동작이 너무 서툴어 보였다. 그러나 철민은 그러한 미숙함 마저도 귀엽다고 생각했다. 헬렌이 아이들에게 저녁이 늦어서 미안하다는 말을 연발했지만 아이들도 이미 헬렌의 서툰 솜씨를 눈치 챘는지 "괜찮아요, 배 안 고파요." 라고 하며 오히려 헬렌을 위로했다. 철민은 헬렌의 심기를 헤아려 주는 아이들이 오히려 안쓰러웠다. 영애와 영석이 밤 인사를 하고 2층 자기들 방으로 올라 가자, 철민은 가슴에 묵직하게 남아 있는 고민을 헬렌에게 털어 놓았다. "사실 시민 운동을 추진하는 데 풀어야 할 숙제가 있어요. 바로 자금이예요. 동조자를 모으고 또 집회나 행사를 하려면 우선 돈이 있어야 하잖아요. 그것도 거금이 필요한데, '자유북한'의 다른 이사들도 별 뾰족한 수가 없는 것 같고……"

잠시 호흡을 가다듬던 철민이 헬렌에게 물었다. "중국에서 탈출할 때 라오스 국경 근처에서 최현준 대사가 강도로 돌변한 탈북 브로커에게 살해당했다는 얘기를 한 적이 있는데, 기억나세요?" 헬렌이 "물론이죠. 그 긴박했던 순간을 어찌 잊겠어요?"라고 답했다. 철민은 "사실 최 대사가 임종하면서 나에게 남긴 말이 있어요. 어마어마한 돈과 관련된 얘기죠. 김정일과 김정은이 최 대사에게 맡긴 주요 임무 중의 하나는 그들의 비자금을 만드는 것이었어요. 그는 북한에서 보내 주는 마약과 수퍼 노트를 중국 조직폭력 집단에게 팔아 넘기면서 거금을 마련했죠. 그러면서 최대사는 그중 상당 부분을 자기 몫으로 챙겼어요. 그 돈을 크레디 쉬스(Credit Suisse) 은행의 무기명 비밀계좌에 입금했다고 해요. 엄청난 액수의 돈일 거예요. 그가 임종하기 직전에 그 계좌번호는 알려주었는데 비밀번호를 알려주려는 순간 그만 숨을 거두었어요. '수령님, 타이타닉'이라는 묘한 말을 남기고." 헬렌이 물었다. "비밀번호는 몇 자리예요?" 철민이 답했다. "컴퓨터로 그 은행에 들어가서 계좌번호를 쳐보니 비밀번호 칸에 별표가 18자리나 나오더라구요. 지난 몇 년 동안 숫자와 알파벳을 섞어 임의의 조합으로 수백 차례나 시도해보았는데 모두 실패했죠. 헬렌이 자기도 비밀번호를 찾는 궁리를 해 보겠다고 했다.

그 다음날 이른 아침 헬렌에게서 전화가 왔다. "어제 비밀번호를 알아 내려고 밤잠을 설쳤어요. 후보로 여섯 개를 골라 놓았는데 우리 확인해 봐요. 지금 제 아파트로 오실 수 있어요?" 철민은 '내가 몇 년 동안 수백 번을 시도했지만 안된 것을 하룻밤 동안 낑낑거리며 해보고는 저렇게 자신감 넘치는 목소리를 낼 수 있다니……' 라는 생각이 들면서, 헬렌의 그러한 자신감 넘치는 성격이 좋았다. 철민은 자신의 노트북 컴퓨터를 들고 집을 나섰다. 헬렌의 아파트는 한남동 쪽에서 남산으로 올라가는 초입에 있었다. 헬렌이 환한 얼굴로 철민을 맞았다. 밤잠을 설쳤다고 했지만 헬렌의 얼굴에는 생기가 넘쳤다. 아파트는 제법 넓었다. 철민은 그 아파트가 타임즈 특파원의 서울 사무실을 겸하고 있으니 그러려니 하고 생각했다. 거실은 깔끔했으나 업무용 방은 사무기기와 책, 자료들이 가득 차 비좁고 여기저기 잡동사니가 널려 있어 너저분했다. 사무실 책상 앞에 의자 두 개가 있었다. 헬렌이 자기 옆 자리에 철민을 앉혔다. 철민이 노트북을 켜고 크레디 쉬스 은행의 홈페이지에 들어갔다. 헬렌이 호흡을 가다듬으며 철민의 노트북을 자기 앞으로 당겼다. 그녀는 "자, 이제부터 마술을 부릴 겁니다. 제가 비밀번호를 맞히면

예금 총액의 몇 퍼센트를 주실 거죠?"라며 철민에게 윙크했다. 철민은 씨익 웃으며 "아주 많이."라고 대답했다. 해결 가능성이 거의 없는 시도이니 헬렌의 기분이라도 좋게 해주자는 심산이었다. 그러한 철민의 속셈을 눈치 챘는지 헬렌도 웃었다. 첫 번째, 두 번째, 세 번째 다 실패했다. 철민은 비밀번호를 찾아가는 그 시도가 마치 러시안 룰렛과 같다는 생각이 들었다. 둘 다 여섯 개의 가능성 중 하나를 맞히는 것이지만, 다른 점은 러시안 룰렛은 1/6의 확률이 현실화되는 순간 죽음의 길이 열리고, 이 시도는 그 확률이 실현되는 순간 횡재의 길이 열리는 것이 다를 뿐이다. 헬렌이 준비한 다섯 번째 번호를 누르는 순간, 노트북 컴퓨터의 화면이 바뀌었다. 예금 잔액이 나왔다. 헬렌이 "야호!"하고 소리를 질렀다. 철민은 전율했다. 그 액수는 철민이 상상한 것보다 훨씬 컸다. 철민이 헬렌에게 비밀번호를 어떻게 생각 해내었냐고 물었다. 헬렌이 철민에게 쪽지를 내밀었다. 쪽지의 다섯 번째 칸에는 'kis19120415titanic'이라고 쓰여 있었다. "김일성이 태어나던 날, 타이타닉호가 침몰했어요." 헬렌이 말했다. 철민은 "아하!"하는 탄성을 지르며 헬렌을 껴안았다. 흥분을 가라앉힌 철민은 그 돈을 체이스맨하탄 은행의 자기 구좌로 송금했다. 총액이 워낙 거액이라 송금이 한 번에 안되어, 철민은 며칠 동안 여러 차례에 나누어 전액을 송금했다.

납치

몇달 동안 '자유북한' 사무실은 시민궐기대회 준비로 분주했다. 철민은 머리를 식히려고 사무실을 나왔다. 찬 바람에 코끝이 아렸다. 며칠 전 내린 눈에 얼어붙은 길이 미끄러웠다. 어느새 남산 둘레길이었다. 남산은 흰 눈으로 옷을 갈아 입었다. "이사님, 결전의 날이 얼마 안 남았네요." 명수가 말했다. 이듬해 삼일절 날 열기로 한 '자유우파 총궐기대회'를 언급한 것이었다. 철민과 함께 한국에 온 그는 하나원에 입소하면서 철민과 헤어졌었다. 그러던 그가 두 달 전에 '자유북한' 사무실로 철민을 찾아왔다. 명수는 '해바라기회'를 통해서 철민의 소재를 알게 되었다고 했다. 그는 하나원 퇴소 시 정부에서 정착금으로 준 400만 원을 사기당하고 거리에 나 앉았다가 건설현장에서 막노동을 하며 생계를 유지했었다고 했다. 철민은 그에게 '자유북한' 사무실에서 허드렛일을 하는 일자리를 마련해 주었다. 명수와 헤어진 철민은 헬렌의 집으로 발걸음을 옮겼다. 몸과 마음이 지친 그에게 필요한 것은 따뜻한 손길과 마음의 위안이었다. 그러나 아파트의 현관 문을 열어 주는 헬렌의 표정이 평소와 달리 어두웠다. 철민은 헬렌이 내려준 향기롭고 약간 시큼거리는 에티오피아 산 원두커피를 마시며 헬렌의 눈치를 살폈다. 이윽고 그녀가 입을 열었다. 로스앤젤레스에 계신 부모님이 철민과의 결혼에 극구 반대한다는 얘기였다. 그러나 그로서는 헬렌을 위로할 방법이 없었다. 헬렌 부모님의 그러한 반응을 이미 예상했던 철민이었지만 씁쓸해지는 마음은 어쩔 수 없었다. 그러한 철민의 마음을 헤아렸던지 헬렌은 짐짓 명랑한 표정을 지으면서 "영애와 영석을 밤 늦게까지 자기들끼리 내버려두는 것은 좋지 않아요. 빨리 집에 갑시다."라고 말하고는 철민에게 사무실 방으로 들어오라고 손짓했다. 그곳에는 자그마한 생 전나무가 있었다. 헬렌이 "우리, 집에 가서 크리스마스 트리를 만들어요. 아이들이 좋아할 거예요. 트리에 장식할 소품들은 여기에 다 준비해 놓았어요."라며 큼직한 잿빛 가방을 손가락으로 가리켰다. 헬렌의 스포츠카가 세곡동 철민의 집으로 향했다. 집 현관 문 앞의 미등에 검은 그림자가 어른거렸다. 헬렌의 차가 다가오자 두 명의 건장한 사내가 황급히 옆 골목으로 몸을 숨겼다. 철민의 가슴에 어두운 그림자가 스쳐 지나갔다.

영애와 영석에게 새로운 세상이 펼쳐졌다. 동화책에서만 보던 크리스마스트리 장식을 자기들 손으로 직접 만들다니…… 전나무 가지 위에는 흰 눈이 내렸고, 그 위에 작은 별들이 반짝였다. 작은 별들 옆에는 크리스마스 전날 밤에 찾아오실 산타클로스 할아버지를 위해 큰 빨간색 양말 두 켤레를 걸어 두었다. 성탄절을 기다리다

잠이 들면 성탄 아침에 그 양말 안에 소중한 선물이 가득 담겨 있으리라는 기대와 함께. 철민과 헬렌은 소파에서 잠든 아이들을 안아 2층 각자의 방 침대에 눕혔다.

둘만의 시간이 왔다. 철민은 자신의 마음을 짓누르고 있는 고민을 헬렌에게 털어 놓았다. "나는 지난 몇 달 동안 시민운동을 궤도에 올려 놓기 위해 혼신의 힘을 다했지만 끝이 안보이는 터널을 걷고 있는 기분이네요. '자유북한'은 내년 삼일절 날 광화문 광장에서 '자유우파 총궐기대회' 개최하기로 결정하고 구체 행동계획에 따라 일을 진행하고 있는데, 일이 제대로 진척되지 않네요. 궐기대회는 대한민국의 정통성과 정체성을 부정하는 세력의 정체를 국민들에게 폭로하면서, 이들을 척결하자는 시민운동의 불꽃을 당기는 것이 주 목표지요. 헬렌도 잘 알지만 '자유북한'은 조직이 약하잖아요. 그래서 최근 우후죽순처럼 돋아난 다른 우파 시민단체와의 공조를 꾀하고자 했는데 그게 뜻대로 되지 않아요. 이들 우파 단체들은 목소리만 크게 낼 뿐 조직화되지 않았고, 또 단체 서로 간에 헐뜯는 일이 다반사죠. 그보다 더 근본적인 문제는 이들 단체 회원들의 정신자세예요. 그들 중 많은 이가 대의를 위해 헌신하겠다는 마음가짐 보다는 공명심에 눈이 멀었다는 생각이 드네요. 그들은 자신이 전면에 나서서 자기 이름을 팔아먹으려 하고, 눈 앞의 이익을 좇는데 급급하고 있어요. 그러니 똘똘 뭉친 저들에게 이길 수가 없어요. 지금 한국사회의 분열은 '체제와의 전쟁'이에요. 대한민국의 정통성을 지키려는 측과 그 정체성을 까부수려는 측과의 전쟁이란 말이에요. 우파들의 또 다른 문제는 이들을 이끌어 나갈 구심점이 없다는 것이예요. 사회적으로 존경받는 이를 지도자로 모시려고 몇몇 사회 원로들과 접촉했는데 이들이 극구 사양했어요. 대부분 이전투구의 장(場)에 들어서기보다는 여생을 여유롭고 점잖게 살겠다는 것이 그 이유였죠. 전형적인 우파 멘탈리티죠.

헬렌도 철민의 고충에 공감한다고 했다. 자신도 본사 지시에 따라 최근 한국사회에서 격화되고 있는 좌우 갈등을 취재하여 몇 번 본사에 송고했는데, 취재 과정에서 자신이 관찰한 우파들의 행태도 철민이 얘기한 내용과 비슷하다고 했다. 한편 헬렌은 자신이 관찰한 종북 세력의 행태 중 자신으로서는 도저히 이해가 안되는 점이 있다고 하며 철민에게 질문했다. 그녀는 "제가 말하는 종북 세력이란 한미동맹 해체, 주한미군 철수, 북한 주민의 인권에 대한 침묵, 북한 핵무기 보유에 대한 침묵 나아가서는 그 정당성 옹호, 김일성 3대 세습 정권 옹호 등 북한 정권이 지난 수십 년간 주장하여 온 내용과 동일한 주장을 펼치는 세력을 말하는 것이예요. 저는 그들의 진짜 정체가 무엇인지 모르겠고, 세칭 지식인이란 사람들이 이성적, 합리적 판단으로는 도저히 수긍할 수 없는 그러한 주장에 수십 년간 얽매여 살며 이를 옹호하는 이유를 알 수 없어요."

철민은 한숨과 함께 대답했다. "북한 정찰총국*에서 공작원의 양성과 그들을 남한에 침투시키는 공작을 지휘하던 대좌가 3년 전

---

* 정찰총국은 대한민국 및 해외의 공작활동을 총괄하는 군 소속 첩보기관으로 공작원의 양성, 침투, 정보수집, 파괴공작, 요인암살, 납치, 테러를 주 임무로 하고, 사이버 테러 및 해킹 등 정보 전자전을 수행하는 정보 전사를 양성하는 군 소속 첩보기관이다. 최고사령관 김정은의 직접 지휘를 받는다.

남한으로 귀순했는데, 그에 따르면 6·25 종전 이후 북에서 보낸 직파 간첩의 누적 수는 만 명이 넘고, 이들이 포섭한 자들도 수십만 명이 된다고 해요. 이들이 일단 종북 세력의 핵심이죠. 다른 부류로는 80년대 주사파 운동권 출신들이 있죠. 이들 중 적지 않은 사람들이 직파간첩들로부터 포섭된 자들이죠. 이들 중 상당수가 30-40년이 지난 지금에도 학창시절에 빠져들었던 주체사상의 굴레에서 벗어나지 못하고 있어요. 소련이 붕괴되고 냉전이 종식되면서 이들 중 일부는 자신들의 믿음이 틀렸다고 인정하고 주체사상이나 공산주의와 결별했지만, 대다수는 아직도 그 굴레에서 벗어나지 못하고 있어요. 나는 그 이유가 신념이나 믿음 때문이 아니고, 생활인으로서의 생계 유지 때문이라는 생각이 들어요. 즉 '생계형 주사파'라고나 할까? 주사파 운동권 출신 중 많은 사람들이 자신의 힘으로 제도권에 들어오지 못했지만, 그들 중 상당 수가 오늘날 사회적으로 영향력을 발휘하고 또 경제적으로도 여유가 있어요. 그 이유는 이들의 특징이 우파들과 달리 '우리끼리 나눠먹기, 서로를 챙겨주기'인데, 그 중 누군가가 사상 전향을 하면 그는 동료 주사파 그룹에서 배신자라는 낙인이 찍혀버리죠. 그 순간 그는 사회적 네트워크가 다 끊겨 고립되면서 '나눠먹기, 챙겨주기'에서 배제되죠. 그러면 생계가 막막해지는 거지요."

며칠 후 '자유북한' 사무실에 철민을 찾는 손님이 찾아왔다. 철민은 어디서인가 본듯한 얼굴이라는 생각이 들었다. 그는 자신의 이름이 최영식이라고 했다. 그 순간 철민에게 최현준 대사의 얼굴이 떠 올랐다. '그렇다. 최 대사 부인 장례식 때 보았던 최 대사의 아들이구나. 아, 탈북에 성공했구나!" 철민은 반가웠다. 그가 "대사님이 자제 분이 두 명이라 하셨는데 형이신가요, 동생인가요?"라고 물었다. "형님은 탈북하는 중에 돌아가셨습니다."라고 대답하는 그의 얼굴에 고통의 빛이 스쳐 갔다. 철민은 섣부른 위로의 말은 가식이라는 생각이 들어 아무 말도 하지 않았다. 철민이 "자, 여기에 이렇게 있기보다는 식사하러 가십시다. 거기서 우리 서로 지나간 세월을 얘기해 봅시다. 둘은 인근 한정식 집에 자리를 잡았다.

영식은 얘기는 4년 전으로 거슬러 올라 갔다. "아버지로부터 공화국에서 탈출하라는 긴급 연락을 받고 우리 형제는 신의주를 거쳐 단둥으로 넘어가려 했죠. 가족을 평양에 내버려둔 채 말입니다. 어쩔 수 없는 상황이었습니다. 잡히면 온 가족이 모두 처형당하거나 수용소 행이었으니까 말이죠. 그 당시로서는 우선 우리들이나 살고 훗날을 기약해 보자는 심산이었습니다. 우리는 아무래도 국경 경비가 허술한 압록강 상류나 두만강 상류 쪽으로 가서 중국으로 건너가기로 작정하고 혜산으로 향했습니다. 혜산으로 가는 길에 우여곡절이 많았지만 그 얘기는 다 그만둡시다. 하여튼 우리는 혜산에서 국경을 넘어 온갖 고생 끝에 선양에 도착했어요. 그러나 그곳도 안전하지 못했습니다. 보위부와 보위사령부 놈들이 우리를 포함하여 장성택과 연줄이 닿는다고 생각한 사람들을 색출하기 위해 은밀히 중국 전역을 뒤지고 다녔으니까 말이죠. 중국 정부도 그 낌새를 알아 채고 조선에 수차례 경고했지만 김정은은 아랑곳하지 않았어요. 반역의 불씨가 되살아 나지 않게 하기 위해서는 장성택의 끄나풀들을 완전히 제거해야 한다고 생각했으니까요. 그러다가 우리 형제를 숨겨주었던 놈들의 밀고로 꼬리가 밟혀 우리 형제는 각자도생하기로 하고 헤어졌습니다. 저는 대도시가 숨어 살기에 오히려 낫다고 생각하여 창춘, 상하이, 충칭 등을 전전하다가 두 달 전 한국으로 왔습니다. 경제적으로는 별 문제가 없었습니다. 아버지에게서 받은 달러와 인민폐가 제법 있었으니까요. 형님은 선양에서 탈출 직전에 보위부 놈들에게 잡혀 조선으로 끌려가 바로 처형당했다는 소식을 들었습니다." 그는 잠시 숨을 돌리다가 "아버지가 라오스 국경 근처에서 돌아가셨다는 얘기는 들었습니다. 어떻게 돌아 가셨습니까? 또 저희 형제에게 남기신 말씀은 없었습니까?"라고 물었다. 철민은 비극적 상황을 상세히 풀어 놓아봤자 영식에게 아픔만 준다는 생각에서 라오스 국경에서 중국 공안에 쫓기던 상황을 가급적 간략히 얘기해 주었다. 그리고 "대사님이 두 형제 분께 전해달라고 하신 돈이 있습니다. 영식 씨의 은행 계좌번호를 알려주세요. 수일 내로 형님 몫까지 함께 보내드리겠습니다."라고 말했다. 철민은 영식의 이글거리는 눈에서 의심의 빛을 읽을 수 있었다. 영식은 "그래, 얼마나 되오?"라고 물었다. 갑자기 철민은 푸통화로 답했다. 철민은 영식의 눈빛에서 당황해하는 기색을 읽었다. 철민은 "아, 죄송합니다. 오랜만에 중국어를 써 봤어요. 정리할 것이 있어서 지금 정확한 액수를 말씀드리기 어렵다는 말이었습니다. 며칠만 기다리시면 돈을 받으실 겁니다."라고 했다. 며칠 후 철민은 그에게 20억 원을 송금했다. 철민은 최 대사가 남긴 돈을 체이스맨하턴 은행에 그대로 예치해 둔 채, 수시로 필요한 만큼의 돈을 자신의 국내 은행 계좌로 이체하곤 했다.

'자유북한' 사무실은 활기를 띠었다. '삼일절 국민총궐기대회' 준비는 다른 우파 단체들의 비협조로 지지부진했지만, 문 대령과 철민이 오랫동안 구상해 왔던 사업이 본격적으로 시작되었다. 철민이 기여한 막대한 자금이 사업 개시의 원동력이 되었음은 물론이다. 가장 먼저 시작한 '통일 아카데미' 사업은 질과 양적으로 차근차근 확대, 발전되어 갔다. '통일 아카데미'는 통일에 대한 국민적 공감대를 확산하기 위해 '자유북한'이 야심 차게 기획하고 운영하고 있는 강의코스이다. 이 아카데미는 통일의 당위성, 국제 안보 환경 등을 강의하고 토론하는 장(場)인데, 예상보다 많은 젊은이들이 참여했다. 문 대령과 철민은 많은 젊은이들이 직장과 학업을 끝내고 피곤한 몸을 이끌고 이 코스에 참여하는 것을 보면서 '한반도의 장래가 결코 어둡지만은 않구나.'하는 생각에 힘을 얻을 수 있었다. 또한 '자유북한'은 대북전단 풍선 날리기 사업을 본격적으로 시작했다. 전단에는 인민에 대한 착취와 거짓으로 점철된 김정은 정권의 실상을 폭로하면서, 김정은 정권이 타도되어 남조선 주도로 통일이 되면 인민들은 더 잘 수 있다는 내용을 담았다. 전단에 스테이플러로 찍어 붙인 5달러짜리 지폐도 함께 휴전선을 넘었다. 그것이 헐벗은 인민들의 손에 쥐어 질 수만 있다면 뇌물이라 하여도 좋고 인도적 지원이라 하여도 좋았다. 5달러면 암시장에서 쌀 8kg을 살 수 있는 큰 돈이다. 그런데 그 사업이 암초에 걸렸다. 그 암초는 대한민국 정부였다. 정부는 그러한 행위는 북한 정권을 자극한다는 이유에서 그 사업을 금지하라고 명령을 내렸고, 위반하는 자는 처벌하겠다고 겁박했다. 다음으로 그들은 라디오 단파방송국을 설립

했다. 전단과 유사한 내용의 선전 내용을 단파방송으로 북한에 송출하는 것이었다. 마지막으로 '자유북한'이 수년간 발간해온 『북한인권백서』를 영문으로 번역하는 작업을 시작했다. 번역이 완료되면 그 책자를 유엔 인권위원회와 여타 국제 인권단체에 보내 김정은 정권의 북한 주민 인권유린 실태를 국제적으로 폭로하기 위해서였다. 번역은 한국에 거주하는 한국어에 능통한 미국인 청년 두 명이 맡았다. 놀랍게도 이들은 거의 자원봉사형태로 이 사업에 뛰어들었다.

성탄절이 며칠 후로 다가온 거리에는 캐롤이 흘러 넘쳤다. 철민과 광복은 명동의 한 펍에 자리를 잡았다. 그들은 젊은이들의 웃음소리와 와자지껄하는 소음에 아랑곳하지 않았다. 철민은 은밀한 얘기를 하기에는 오히려 그 소음이 보호막이 된다는 생각이 들었다. 그가 입을 열었다. "요즘 무엇인가 낌새가 좋지 않아. 내 주변에 검은 그림자가 다가오는 것 같아. 한 열흘 전 어느 날 밤 우리 집 앞에서 괴한 두 명이 서성거리다가 내가 탄 차가 다가오자 황급히 골목으로 도망가더군. 그리고 며칠 전 나하고 중국에서 함께 탈출하다가 죽은 최현준 대사의 아들이 나를 찾아왔어. 그가 지난 4년간의 자신의 행적에 대해 얘기했는데 석연치 않은 점이 많아. 무엇보다도 중국에서 4년동안 숨어 살았다고 하는데 내가 의도적으로 간단한 내용의 얘기를 중국어를 했는데 못 알아들었어. 또, 그는 아버지의 죽음을 애도하기 보다 아버지가 감추어 놓았던 돈에 더 관심이 큰 것 같았고, 하여튼 뭔가 이상했어." 그리고 철민은 슬쩍 광복의 눈치를 보더니, 떠듬떠듬 말을 이어갔다. "음, 그리고 내가 너에게 숨긴 비밀이 있어. 장수일 보위사령관이 우리 애들 외할아버지야." 광복의 입이 떡 벌어졌다. 광복은 정색을 하며 철민을 나무랐다. "그 얘기를 왜 지금에서야 하는 거야? 장수일은 내가 보위사령부 군관이었을 때부터 지금까지 근 10년 동안 그 자리를 유지하고 있어. 어떻게 그게 가능했겠어? 그는 김정은의 충복일 뿐 아니라, 일 처리가 매우 주도면밀해. 그는 집요한 것으로 정평이 나 있는 인물이야. 한번 목표를 세우면 반드시 이루어 내고야 말지." 철민은 장수일의 세평에 대해서는 거의 알지 못했다. 철민에게 장수일은 그저 미옥과 영애, 영석에게는 인자한 아버지, 외할아버지로 비춰졌을 뿐이었다. 철민의 주변 사람들이 사위 앞에서 장 사령관에 대해서는 거의 언급하지 않았었기 때문이었다. 말실수라도 하게 되면 좋을 일이 없을 것이라는 우려 때문이었을 것이다. 광복이 말을 이었다. "자네 처가 자네 때문에 세상을 떠났는데 장수일이 가만히 있을 리 없지. 특히 애들이 위험해. 애들 외할아버지가 남매를 끔찍이 사랑했다며? 그렇다면 장수일은 애들을 납치해서 데려 가려 할 꺼야. 한밤에 네 집 앞에서 서성거렸던 놈들은 장수일이 보낸 공작원들이 틀림없어. 너도 위험하지만 우선 애들을 피신시켜." 철민은 전기 충격을 받은 듯 아찔해졌다. 철민은 그제서야 헬렌과의 관계에 대해 광복에게 얘기했다. 광복은 "망설일 것이 없어. 지금 당장 애들을 헬렌 집으로 피신시켜."라고 했다. 철민은 영애의 휴대폰으로 전화했다. 영애가 밝은 목소리로 아버지 언제 오시냐고 물었다. 철민은 곧 집에 돌아 갈 터이니 문단속 잘하고, 누가 와도 절대로 문을 열어주지 말라고 당부했다. 그리고 곧바로 헬렌에게 전화했다. 헬렌이 마침 집에 있었다. 그는 헬렌에게 이유는 나중에 얘기할 터이니 아이들을 당분간 맡아 줄 수 있겠냐고 물었다. 헬렌이 "기꺼이"라고 영어로 답했다. 철민은 헬렌에게 아이들을 데리러 가자고 하며 외출 준비를 하라고 일러 두었다.

철민과 광복을 태운 헬렌의 스포츠카가 세곡동 철민의 집으로 향했다. 차 안에서 철민은 헬렌에게 자초지종을 얘기했다. 헬렌의 표정이 굳어졌다. 집 앞에 도착했다. 유리창을 통해 며칠 전 아이들이 헬렌과 함께 만든 크리스마스 트리의 불빛이 반짝이고 있었다. 현관문이 열려 있었다. 철민과 헬렌 그리고 광복이 집안에 들어섰으나 아이들의 목소리가 들리지 않았다. 철민이 거실에서 "영애야, 영석아."를 외쳤으나 대답이 없었다. 그는 급히 2층으로 뛰어올라가 모든 방을 샅샅이 뒤졌다. 아이들이 없었다. 철민은 다시 아래층으로 내려와 온 구석을 뒤졌다. 아이들의 자취가 남아있지 않았다. 철민은 거실 한가운데에 주저앉았다. 그때 광복이 철민에게 흰 종이 한 장을 내밀었다. 소파 테이블 위에 있었다는 그 쪽지에는 "아이들은 우리가 데려간다." 라는 한 줄의 글이 컴퓨터로 프린트한 활자로 적혀 있었다.

다음날 이른 아침 철민의 휴대폰이 울렸다. 휴대폰에는 발신번호 표시 제한 문자가 떠 있었다. 철민이 "여보세요"라고 말하자, 음성을 변조한 목소리가 들렸다. "아이들은 우리가 데리고 있다. 오늘 저녁 7시 강남역 6번 출구 앞으로 나와. 거기에서 우리 전화를 기다려. 경찰이나 수사기관에 신고하면 아이들에게 좋지 않은 일이 벌어질 거야." 철민이 대꾸하려 하자 전화가 끊겼다. 전날 밤, 철민과 광복 그리고 헬렌은 철민의 집에서 대책을 숙의했었다. 헬렌이 경찰에 신고하자고 했고, 광복은 그들은 북한 공작원이 틀림없을 것이니 국가정보원에 신고하자고 했다. 그는 한국 입국 직후 자신을 취조했던 국정원 직원과 아직도 연락이 닿으니 그에게 연락하겠다고 했다. 철민도 납치범은 북에서 보낸 공작원들이라고 확신했다. 일반 납치범이라면 경찰에 신고하지 말라고 위협했을 터인데, 경찰이나 '수사기관'에 신고하지 말라고 한 것을 보면 그들이 국가정보원을 의식했던 것이 틀림없기 때문이라는 생각이 들었다. 철민은 그들이 장수일 사령관이 북에서 보낸 공작원이라면 아이들을 해칠 가능성은 없다고 판단하여 경찰과 국정원에 신고하기로 결론을 내렸다. 광복이 국정원에, 철민은 경찰에 아이들의 실종 신고를 했다.

퇴근 시간 무렵의 강남역 근처는 행인들로 붐볐다. 철민의 휴대폰이 울렸다. 변조된 목소리였다. "경찰에 신고했지? 주변에 개들이 깔려 있는데……" 철민은 대답 대신 "너, 요구사항이 뭐야?"라고 오히려 물었다. "이놈 봐라. 그래 말하마. 네가 최 대사에게서 훔친 돈을 몽땅 내놔. 아니면 네 놈은 이 세상에서 애들을 다시 보지 못하게 될 거야." 철민은 심호흡을 가다듬으며 침착하게 말했다. "최영식! 아이들이 죽으면 너도 죽어. 장수일 사령관이 너희들을 살려둘 것 같아?" 잠시 어색한 침묵이 흘렀다. 철민은 자신이 최영식이라고 넘겨 짚은 것이 제대로 들어 맞았다고 확신하면서 말을 이었다. "경찰뿐만 아니라 국정원도 깔려 있어. 국정원이 이미 너희들의 꼬리를 밟고 있었어. 너희들은 이미 독 안에 든 쥐야. 아이들을 데리고 넘어가는 것이 가능할 것 같아? 최영식! 아이들을 돌려주고 너희들이나 빨리 도망 가. 그러면 생명은 부지할 지도 모르지.” 전화가 끊겼다. 철민은 식은 땀을 흘렸다. 철민이 상대방이 최영식이라고 넘겨 집은 것은 그 자만이 최현준 대사가 돈을 숨겨두었다는 사실을 확실히 알고 있었기 때문이었다. 그는 북한 당국이 최 대사가 비자금을 감추어 놓았을 것이라고 의심은 할 수 있었겠지만 확신하지는 못했을 것이라고 생각했다. 국정원이 이미 그들의 꼬리를 밟고 있다는 것은 물론 철민이 완전히 거짓말을 한 것이었다. 철민이 그들을 잘 알고 있기에 그런 허세가 가능했다. 강한 자에는 약하고, 약한 자는 마구 짓밟는 그들. 마치 조직폭력배와 같은 그들. 경찰과 국정원은 자신들이 짜준 각본과 완전히 달리 행동한 철민의 뱃심에 놀랐다. 그러나 어찌하랴? 엎질러진 물인 것을. 수사기관 요원들도 철민의 대응으로 납치범은 북에서 보낸 공작원이라는 것을 확신하게 되었고, 그에 맞춰 수사를 진행하기로 결정했다.

철민과 광복은 국정원 안가에서 수사관들과 대책을 숙의했다. 광복이 말했다. “그들은 결코 여기서 물러나지 않을 것입니다. 그들은 아이들을 납치해서 데려가는 것이 외에 또 다른 임무를 띠고 남파되었을 것입니다. 제가 장수일 사령관을 잘 압니다. 그는 자기 딸을 죽게 만든 강철민을 내버려 둘 리 없습니다. 배신자 강철민을 처형하라고 지시했을 겁니다. 그들이 아이들을 미끼로 철민에게 접근한 것은 철민을 유인하여 처단하려 했던 것이 틀림없을 겁니다. 그들을 잡으려면 철민을 미끼로 사용하십시오.” 수사관들이 철민의 얼굴을 쳐다봤다. 철민은 “예, 그것이 가장 좋은 방법인 것 같습니다.”라고 태연히 말했다. 또한 철민은 ‘그들이 나에게 접근한 것은 나를 죽이기 전에 최 대사가 감춰두었던 비자금을 찾아가겠다는 최영식의 욕심 때문일 거야. 그렇지 않다면 나는 이미 쥐도 새도 모르게 죽었을 거야.'라고 생각했다.

국정원 방첩 부서에서는 직파간첩으로 의심되는 자들의 최근 행적에 대한 수사를 강화했다. 장수일 사령관이 보낸 공작원들은 이미 남한에 터를 잡고 있는 고정간첩들로부터 협조를 받았을 것이므로 그들의 행적을 추적하는 것이 그들 공작원을 체포하는 지름길이라는 판단에서였다. 한편 국정원은 미끼 철민에게 경호원을 붙였다. 근접 경호원 두 명과 외곽 경호원 세 명이 24시간 철민의 주위를 맴돌기 시작했다. 철민은 '이것은 시간과의 싸움이다. 다른 방법이 없다. 수사는 국정원에 맡기고, 나는 끈기 있게 그들이 나에게 접근해 오도록 유도하여야 한다.'라고 생각하며 평상 시와 같이 '자유북한' 사무실에 출근했다. 광복은 명수를 불러 상황을 설명한 후, 물론 국정원 경호원들이 있지만 자신과 명수가 철민을 밀착 호위하자고 제안했다. 명수는 "예, 강철민 이사님은 저의 생명의 은인이십니다. 총에 맞아 죽어가는 저를 살려주셨고, 또 중국에서 탈출시켜 주셨습니다. 그 은혜를 갚을 기회가 왔습니다. 제 목숨을 바쳐서라도 강 이사님을 보호하겠습니다."라고 말했다. 광복은 그에게 보위사령부 공작원들의 암살 수법을 몇 가지를 알려 주었다.

크리스마스 캐롤이 울려 퍼졌다. 철민은 헬렌과 함께 성탄 전야를 보내고 있었다. 잠수교 남단 한강변에 위치한 세빛둥둥섬의 뷔페 레스토랑이었다. 장소는 국정원의 권유에 따른 것이었다. 철민은 장소가 외진 곳이고 차량 통행로가 외길이어서 범죄자의 도주로 차단이 용이한 장소이기 때문에 국정원이 이곳을 추천한 것 같다는 생각이 들었다. 철민과 헬렌의 옆 테이블에 광복과 명수가, 조금 떨어진 테이블에는 근접 경호원 두 명이 자리를 잡았다. 창문 밖으로 함박눈이 내리고 있었다. 헬렌이 지금의 상황을 잊은 듯 오랜만에 만나는 화이트 크리스마스라고 좋아했다. 헬렌이 그동안 자기가 부모님을 설득하여 부모님의 철민과의 결혼 반대 입장이 많이 누그러들었다고 하면서, 아이들을 구한 다음 미국에 가서 살자고 했다. 철민이 벌여놓은 일이 많아서 그리할 수 없다고 했다. 헬렌이 아이들 외할아버지가 아이들을 데려가려고 마음먹은 이상 한국은 철민 가족에게 더 이상 안전한 곳이 아니라고 했다. 그리고 미국에 가서도 얼마든지 품은 뜻을 펼칠 수 있다고 했다. 아이들의 안전을 거론하자 철민이 흔들렸다. 그러나 철민은 아이들을 구한 후 다시 얘기하자 하며 헬렌의 말을 끊었다.

그 순간 명수가 몸을 날려 철민을 덮쳤다. 바닥에 엎어졌던 명수가 손가락으로 레스토랑의 문을 나서고 있는 두 남자를 가리켰다. 근접 경호원 두 명과 광복이 순식간에 그들을 덮쳤다. 두 남자는 만만치 않았다. 격투가 벌어졌다. 식당 손님들이 비명을 지르며 달아나기 시작했다. 그때 철민을 외곽 경호하던 세 명의 국정원 요원들이 들이닥쳤다. 전원 특공 무술에 단련된 젊은 남자들의 생사를 건 격투였다. 날고 긴다는 북한 공작원들도 수적 열세는 어쩔 수 없었던지 곧 제압되고 수갑이 채워졌다. 명수의 얼굴이 파래지기 시작했다. 공작원이 철민에게 쏜 독침을 명수가 자신의 몸으로 막았던 것이었다.

국정원 취조실에 잡혀 온 괴한 두 명은 입을 열지 않았다. 장수일 보위사령관이 휘하 공작원 중 최정예 전사를 선발, 남파했을 터이니 그들은 국정원의 노련한 수사관들에게도 만만한 상대가 아니었다. 국정원은 광복에게 그들을 설득해 달라고 부탁했다. 광복이 공작원들 앞에 나타났다. 광복의 등장은 그들에게 충격이었다. 광복은 부하들에게 엄격했지만 존경받았던 보위사령부의 엘리트 군관이었다. 5년 전 갑자기 사라졌던 보위사령부의 전설, 김광복 소좌가 그들 앞에 나타난 것이었다. 두 명의 공작원 중 한 명은 광복이 중대장으로 있을 때 휘하의 소대장이었다. 광복은 수사관들에게 자리를 피해 달라고 요청했다. 수사관들은 옆 방에서 한 쪽 편에서만 보이는 유리창을 통해 광복과 그들을 감시하며 대화를 엿들었다. 광복은 그가 탈북한 이후 겪었던 중국에서의 생활, 미국에서의 생활, 그리고 입북해서 아내와 딸 둘을 데리고 재탈북한 과정을 친구에게 얘기하듯이 자연스럽게 얘기했다. 그리고 한국에 와서 북한 주민들을 질곡에서 구하기 위해 투쟁하고 있다고 하면서 '자유북한'의 활동을 소개했다. 남한에는 자신과 같은 탈북자가 3만 2천명이나 살고 있다고 알려 주었다. 광복의 회유와 설득에도 그들은 입도 뻥끗 않고 계속 침묵을 지켰다.

광복의 제안으로 수사관들은 그들을 떼어 놓고 한 사람씩 취조하기 시작했다. 광복이 회유를 계속했다. 첫 번째 인물은 요지부동이었다. 그러던 그가 딱 한번 입을 열었다. "김광복. 이 배신자 새끼. 퉤!" 광복의 얼굴에 침은 뱉은 그의 눈이 복수심에 이글거렸다. 두 번째는 광복의 휘하에서 소대장으로 있던 자였다. 광복은 그의 이름을 간신히 기억해 냈다. "이지철, 네가 여기 온 지 얼마나 되었는지 몰라도 네 눈으로 남조선 인민들이 사는 모습을 봤어. 네가 귀순하면 그들처럼 자유롭게 살 수 있어. 가족 문제는 일단 시간에 맡겨 보자고. 지금 김정은 정권이 오래 갈 수 있다고 생각하나? 북조선은 곧 망할 거야. 그러면 너는 통일된 한국에서 가족들과 함께 살 수 있어. 아니면 네가 귀순하여 자리를 잡은 후 나처럼 공화국으로 잠입해서 가족을 구출해 나오는 방법도 있지. 물론 네 목숨을 걸어야 하겠지만. 아이들이 무슨 죄가 있어. 자기 아비와 잘 살고 있는 아이들을 그 지옥 같은 땅으로 꼭 데려가야겠나? 최영식이 숨어 있는 곳을 말해. 아이들을 찾지 못하면 네가 받게 될 형벌은 더 무거워질 거야. 다 털어 놓으면 석방되어 다른 탈북민들처럼 자유를 누리고 살 수 있어." 시간이 흐르고 그는 계속 입을 다물고 있었다. 이미 동이 트기 시작했다. 취조실 옆방에서 대기하고 있던 철민의 입술이 타 들어갔다. 이지철이 버틸수록 영애와 영석이 자신에게서 멀어져 가는 느낌이었다. 수사관들도 초조해지기 시작했다. 그들에게는 아이들도 아이들이지만 최영식을 체포하는 것이 급선무였다. 수사관들과 광복은 번갈아 가며 이지철을 회유하기도 하고 협박하기도 했으나 그도 끝내 요지부동이었다. 철민이 수사관들에게 자신이 이지철을 만나 보겠다고 했다. 수사관들도 아이들 아버지의 호소가 효과가 있을지 모르겠다는 생각에 철민이 그와 만나는 것을 허락했다. 몇 마디가 오고 간 후 철민이 갑자기 그에게 다가갔다. 물론 이지철에게 수갑이 채워져 있었지만 유리창을 통해 그들을 보고 있던 수사관들은 이지철이 철민을 공격할까 봐 긴장했다. 철민이 그의 귀에 무엇인가를 속삭이고는 취조실을 나왔다. 철민이 수사관들에게 그가 생각할 수 있는 시간을 좀 주자고 했다. 반 시간 정도가 흘렀다. 그가 유리창을 통해 손짓했다. 수사관 한 명과 광복이 급히 취조실로 들어갔다.

그가 입을 열었다. "이번 임무를 위해 네 명의 우리 요원들이 남파되었습니다. 최영식이 조장입니다. 우리 임무는 배신자 강철민을 처형하고, 아이들을 공화국으로 데려가 장수일 사령관의 품으로 돌려 드리는 것입니다. 우리가 세빛섬에 갔을 때 최영식은 애들을 데리고 은신처에서 대기하고 있었습니다. 그는 철민을 죽이지 말고 납치해 오라고 했지만, 우리의 정체가 발각된 마당에 납치는 어렵다는 것이 나와 박민수 동지의 판단이었습니다. 우리들은 철민이를 처형하라는 사령관 동지의 첫번째 명령을 수행하는 것이 중요했으니까요. 여기에 잡혀온 나와 박민수 이외에 또 다른 한 명이 세빛섬 주차장에서 대기하고 있었습니다. 그가 타고 있던 차량은 흰색 소나타 렌터카입니다. 최영식은 두 달 전에 중국인으로 위장하여 미리 한국에 들어와 있었습니다. 그동안 그는 여기에 사는 우리 동지들과 협조하여 임무를 완수하기 위한 사전준비를 했죠. 나와 박민수 그리고 세빛섬 주차장 차 안에서 대기하고 있던 또 다른 한 명도 중국인으로 위장하여 보름 전에 인천공항으로 입국했습니다. 최영식은 그의 형이 선양에서 붙잡혀 조선으로 끌려와 처형당한 직후 창춘에서 체포되었고, 그들이 무슨 짓을 했는지 몰라도 그는 곧 보위사령부에서 공작원 훈련을 받게 되었습니다. 아마 최영식의 처와 자식들을 놓고 흥정했겠지요. 그런데 그에 대한 교육은 다른 공작원에 대한 교육과는 달랐습니다. 그는 육체적 훈련보다는 주로 실내에서 교육을 받았습니다. 아마 인간 개조가 필요했던 것이 아닐까 하는 생각이 듭니다. 일년 후 그는 완전히 딴 사람이 되어 있었습니다. 특권층의 아들이라는 때 국물이 싹 빠졌고, 머리부터 발끝까지 완전한 공작원이 되어 버렸습니다." 광복은 최영식을 공작원으로 키운 것은 장수일 사령관의 심모원려라는 생각이 들었다. 그는 최영식이 최현준 대사의 아들이니 최 대사와 함께 탈북한 사위 강철민에게 접근하기 쉬우리라는 생각에 그를 살려두고 세뇌시켰을 것이라고 생각했다.

완전 무장한 국정원 수사관들과 경찰 특공대를 태운 검은색 밴 두 대가 사이렌을 울리며 올림픽대로를 질주했다. 이지철의 제보에 따라 최영식과 또 한 명의 공작원이 숨어 있을 것으로 예상되는 은신처를 급습하러 나선 것이었다. 이지철이 길을 안내했다. 전날 밤 내린 눈으로 남산이 흰 옷으로 갈아 입었다. 또 눈발이 휘날리기 시작했다. 철민은 이 화이트 크리스마스에 남매와 자신의 운명이 엇갈리고 있다는 생각이 들었다. 그는 머리와 가슴에 성호를 긋는 자신을 보며 스스로 놀랐다. 허나 철민은 그 상황에서 자신이 할 수 있는 일은 기도하는 것밖에 없다는 생각이 들었다. 국정원 수사책임자는 철민과 광복의 동행을 허용했다. 철민은 최영식을 직접 만났던 인물이고, 보위사령부 출신 광복은 그들의 작전에 도움을 줄 수 있다는 판단에서였다. 은신처는 김포시 월곶면에 있는 폐허가 된 외딴 농가였다. 경찰 특공대가 삐걱거리는 문을 박차고 들어갔다. 집안 여기저기에 잡동사니가 널려 있을 뿐 인적이 없었다. 국정원 책임자가 해군과 해양경찰에 연락을 취하라고 선임 수사관에게 지시했다. 은신처로 오는 차안에서 그는 이지철로부터 도주 계획을 파악했었다. 이지철은 비상 도주로의 종점은 강화도 평화전망대 근처라고 했다. 그는 최영식의 지시에 따라 남조선에서 암약하고 있는 동지가 고속정을 미리 준비하여 두었고, 그 배로 야음을 틈타 북으로 월경할 계획이라고 했다. 그는 그 고속정은 워낙 속도가 빨라 남조선 해군이나 해양 경찰의 경비정이 따라오지 못하며 5분 정도면 해상 군사분계선을 넘을 수 있다고 들었다고 했다. 은신처를 출발한 두 대의 밴이 사이렌을 울리며 전속력으로 강화도로 향했다. 눈발이 더욱 거세졌다. 멀리 강화대교가 보였다. 다리 진입로에는 경찰 순찰차가 밀집해 있었다. 경찰이 이미 바리케이드를 치고 오가는 차량을 검문하고 있었다. 바다에서는 해군과 해경의 경비정들이 강화도 평화전망대 방향으로 집결하기 시작했다. 육상에서는 경찰 병력이 강화도 북단 전망대 쪽으로 이동하고 있었다. 흔들리는 차안에서 철민은 생각했다. '어젯밤 세빛섬에서 소요가 있은 후 이미 12시간이 지났다. 주차장에 대기하고 있던 공작원이 상황을 최영식에게 보고했을 터이고 최영식은 고속정을 준비시켰을 것이다. 그러나 어젯밤 괴 선박이 해상 군사분계선을 넘는 시도가 있었다는 보고가 없었으니 아직 탈출하지 못했을 것이다. 밤 사이에 최영식이 강화도로 들어왔다면 그는 독 안에 든 쥐다. 수사망이 좁혀가고 있는 상황에서 그가 아이 둘을 데리고 도망가는 것은 불가능하다. 그들이 장수일에게 세뇌된 투철한 공작원이라면 영애와 영석에게 해를 가할 리 없다. 그들이 영애와 영석을 버려두고 육지로 도주하는 것은 가능할지 모르겠으나 그것은 이차적인 문제다.' 이러한 생각을 하면서 철민의 마음이 조금 가벼워졌다.

어둠이 깔리기 시작했지만 경찰은 강화도 북단 마을에 있는 가옥을 모조리 수색하기 시작했다. 해양경찰은 포구에 정박해 있는 어선을 포함한 모든 선박을 수색했다. 경찰 특공대는 평화전망대의 깎아지른 절벽 아래에 있는 수풀과 해안가를 샅샅이 뒤지기 시작했다. 그때 특공대는 수풀 바로 아래 움푹 들어와 있는 해안에 검은 색 비닐 천으로 덮은 소형 보트를 발견했다. 고속정이었다. 보트에는 인적이 없었다. 경찰 특공대는 비상을 걸고 인근 숲 속을 수색했다. 그때 아이들의 울음 소리가 들렸다.

평화전망대 아래 도로에 주차한 국정원 밴은 임시 수사본부가 되었다. 철민과 광복은 밴에서 나와 계속 주변을 살피고 있었다. 이미 어둠이 짙어졌다. 바닷바람에 휘날리는 함박눈이 가로등의 형광에 반사되어 은빛으로 빛나며 땅 위로 내려 앉았다. 철민은 초조한 마음을 달래려고 밴 주변에서 서성거렸다. 구두가 수북이 쌓여 있는 눈 속에 파묻혔다. 그때 외길로 검은 색 밴 두 대가 다가왔다. 경찰 특공대의 무장 차량이었다. 차량에서 무장 경찰들이 내리며 주변 경계 태세를 취했다. 그 뒤로 가로등 불빛에 길게 드리워진 두 개의 그림자가 보였다. 그 그림자가 철민 쪽으로 서서히 다가왔다. 그 겨울의 그림자는 영애와 영석이 드리운 것이었다. 철민이 뛰었다. 아이들도 아빠를 알아보고 뛰어왔다. 셋은 부둥켜안고 한 몸이 되었다.

밴 안에서도 아이들은 무서움과 추위에 몸을 떨었다. 철민과 광복이 윗도리를 벗어 아이들을 감쌌다. 수사관들은 조급했다. 국정원 수사책임자가 철민에게 최영식과 다른 공작원의 행적을 아이들에게 물어봐 달라고 조심스럽게 부탁했다. 철민은 아이들을 안심시키며 그동안 어떻게 지냈는지, 그들이 못된 짓을 하지는 않았는지, 또 그들이 어디로 도망 갔는지 등을 물었다. 아버지가 옆에 있어서 안심이 되었던지 영애가 똘망똘망하게 대답했다. "맨 처음 우리를 집에서 잡아갈 때는 무섭게 굴었는데, 그 다음부터는 잘해 줬어요. 맛있는 것도 많이 주고. 그런데 어젯밤에 두 사람이 잠자고 있는 우리를 깨워서 차에 태우고 이리로 데려왔어요. 차 안에서부터 그들이 다시 무서워졌어요. 밤새 숲 속에 숨어 있으면서 아무 소리도 내지 말라고 겁을 주었어요. 낮에는 한 사람은 우리를 지키고 다른 한 사람은 숲 속에서 나갔다가 한참만에 돌아왔어요. 그리고는 몇 시간 전에 먹을 것을 가져올 테니 소리내지 말고 가만히 있으라고 하면서 두 명 다 갔어요. 가면서 만일 소리를 내거나 도망가면 죽이겠다면서 날카로운 칼을 목에다 들이댔어요. 영석이와 나는 무서워서 아무 소리도 내지 못하고 꼼짝없이 나무 뒤에 숨어 있었어요. 그러다가 불빛이 보이고 여러 사람들이 다가오는 소리가 들려 영석이가 그만 울음을 터뜨렸어요. 그래서 나도 함께 울었죠."

국정원 수사관들과 경찰은 사흘 동안 강화도 전역을 샅샅이 뒤졌으나, 그들의 행적을 발견하지 못했다. 북한 최정예 공작원 두 명이 연기처럼 사라진 것이었다.

기약

보신각 제야의 종소리가 남산 헬렌의 아파트에까지 들려왔다. 종소리를 크게 들으려고 헬렌이 창문을 열었다. 종소리가 잦아 들자 영애와 영석이 뿔 피리를 불었다. "뿌우웅, 뿌우웅". 뿔 피리의 고음이 새해 아침의 신선한 공기를 갈랐다. "해피 뉴이어"의 환호성이 터져 나왔다. 헬렌이 철민 가족과 철민의 벗들을 자기 집에 초대했다. 문대화 대령, 김광복, 김명수가 자리를 함께 했다. 공작원이 철민에게 발사한 독침을 자신의 몸으로 막았던 명수는 사흘 만에 병원에서 퇴원했다. 명수는 만약의 사태에 대비하여 국정원이 세빛섬에 대기시켜 놓았던 앰뷸런스를 타고 신속히 병원으로 이송되어 긴급 처치를 받았다. 문 대령은 명수의 회생은 물론 신속한 치료의 덕분이지만 역시 젊음이 가장 큰 약이었을 것이라고 생각했다. 헬렌이 손님들에게 붉은 색 포도주를 서빙했다. 그때 금속으로 와인 잔을 두드리는 청아한 소리가 났다. 문 대령이 티스푼으로 잔을 두드리며 손님들의 시선을 모았다. 문 대령이 숙연한 표정으로 입을 열었다. "새해를 맞이하는 축하를 하기 전에 할 일이 있습니다. 방금 정상화 이사 사모님으로부터 연락을 받았습니다. 정 이사님이 몇 시간 전에 운명하셨다고 합니다. 정 이사님은 돌아가시기 직전에 백억 원 상당의 건물을 사단법인 '자유북한'에 기증한다는 유언을 남기셨다고 합니다. 생전에 그가 애타게 기다렸지만 이루지 못한 꿈, 통일을 이루는데 보탬이 되었으면 한다는 말씀과 함께. 우리 모두 정 이사님의 명복을 빕시다." 모두 눈을 감았다. 철민은 정 이사의 명복을 빌면서 그가 남긴 마지막 유언, 통일이라는 말을 마음 속에 되새겼다.

곧이어 철민이 와인 잔을 들고 자리에서 일어섰다. "여기 내가 사랑하고, 의지하는 사람들이 모두 모였습니다. 우리 모두 참으로 힘든 한 해를 보냈습니다. 그러나 이제 새로운 태양이 떠오르고 있습니다. 지나간 시간 속에는 아픔과 고통이 있었지만 그것은 새로운 출발을 위해 하느님께서 내리신 시련이었다고 믿고 싶습니다. 여기 계신 분들과 여러분이 사랑하는 모든 분들의 행복과 건강을 위해 건배합시다. 아울러 우리의 이 간절한 기도가 북녘 땅 우리 동포들에게도 전해지기를 기원합니다. 그리고 우리 모두가 압니다. 그들을 위해 우리가 무엇을 하여야 하는가를!" 모두 일어서서 경건한 마음으로 붉은 포도주로 입술을 축였다. 생전 처음 맛보는 알코올 기운에 영애와 영석이 얼굴이 찡그렸다. 그러나 그들은 곧 밝게 웃었다.

철민이 잔을 들고 말을 이어갔다. "여러분께 중대 발표를 하겠습니다." 모두들 호기심에 찬 눈빛으로 철민을 바라보았다. "저와 헬렌은 곧 결혼합니다. 축복해 주십시요." 문 대령과 명수가 놀라는 표정을 지었다. 광복은 예상했다는 듯이 환하게 웃었다. 그때 낭랑한 목소리가 찬 공기를 갈랐다. 영애와 영석이 "아빠, 엄마. 결혼 축하해요!" 하더니, 아빠와 헬렌에게 달려가 두 사람이 서로 손을 꼭 잡게 하고는 박수를 쳤다. 그제서야 여기저기서 박수 소리와 함께 "와!" "축하해!"하는 탄성이 나왔다.

　신년 파티가 마무리될 무렵 광복이 철민을 구석 자리로 끌어내고는 그에게 물었다. "궁금한 것이 있어. 어떻게 이지철의 입을 열었나? 철민이 답했다. "그에게 귓속말을 할 때 '너희들, 내 돈을 노렸지? 최영식이 말했을 것 아냐? 그래 나 돈 많아. 네가 귀순하더라도 돈이 없으면 자본주의 사회에서 살아가기 힘들어. 우리 아이들이 어디 있는지 알려주면 너에게 50만 달러를 주겠어. 내 목숨을 걸고 약속하지. 어때? 혹 하지 않아!' 라고 했지."

　일주일 후 문 대령과 광복이 인천공항에서 철민 가족을 배웅했다. 철민 가족은 헬렌의 부모가 살고 있는 로스앤젤레스에서 새로운 둥지를 틀기로 했다. 문 대령이 철민에게 말했다. "미안해할 것 없어. 다 이해해. 장수일이 건재해 있는 한 한국은 아이들에게 결코 안전한 곳이 아니야. 그렇지만 나는 당신을 알아. 당신은 가슴 속에 새겨 둔 우리의 염원을 결코 저버릴 사람이 아니야. 그곳에서도 북녘 땅에서 신음하는 우리 동포를 위해 할 일이 많아. 또 당신은 통일이라는 역사와의 승부를 위해 헌신할 것이라고 확신해. 사라 키드만 여사에게 당신이 간다고 이미 연락해 두었어. 구체적인 활동 계획은 그녀와 상의해 보게나."

푸른 빛 대한항공기가 뭉게구름을 뚫고 더 푸른 하늘로 날아올랐다.

"친구, 잘 가게. 행복하게 잘 살아. 그렇지만 우리 곧 만나게 되지 않겠나? 우리 앞에는 할 일이 너무 많이 쌓여 있잖아." 광복의 뺨에 두 줄기 눈물이 하염없이 흘러내렸다.